幸好

他也喜欢自己

魅丽文化 花火工作室

今天也想抱抱你

绘桃雾

著

江苏凤凰文艺出版社
JIANGSU PHOENIX LITERATURE AND ART PUBLISHING

图书在版编目（CIP）数据
今天也想抱抱你 / 绘桃雾著. -- 南京 : 江苏凤凰文艺出版社，2024. 12. -- ISBN 978-7-5594-9018-6
Ⅰ. I247.5
中国国家版本馆CIP数据核字第2024BY7076号

今天也想抱抱你

绘桃雾　著

出版统筹　曾英姿
责任编辑　周颖若
特约编辑　朵　爷　图　南
装帧设计　丹青客　李　娟
封面绘制　早文吕
出版发行　江苏凤凰文艺出版社
　　　　　南京市中央路 165 号，邮编：210009
网　　址　http://www.jswenyi.com
印　　刷　长沙金鹰印务有限公司
开　　本　880mm × 1230mm　1/32
印　　张　8.5
字　　数　245 千字
版　　次　2024 年 12 月第 1 版
印　　次　2024 年 12 月第 1 次印刷
书　　号　ISBN 978-7-5594-9018-6
定　　价　46.80 元

目录

Contents

第一章
我不会追人

渝城连续下了几天的暴雨，恰巧在渝大开学的这天停了，且天气格外晴朗。

温絮此时还在柔软的床上呼呼大睡，双腿夹着被子，身上的睡裙早已卷到腰上。

付岚眼看日上三竿了温絮还没起床，便走到她的房门前敲了敲。

没反应，付岚又敲了敲，还是没反应。

付岚直接拧住门把手，推门而入。

房间里空调温度开得极低，窗帘拉得死死的，一点光都透不进来。

这是人待的地方？付岚走到窗边，一把拉开窗帘，阳光瞬间洒满整个房间。

面对突如其来的明亮，床上的人嘤咛一声，眯着眼睛看了付女士一眼，然后若无其事地把睡裙拉下去，再扯着被子盖过头顶。

付岚："这都几点了还不起床，不上学了？"

见温絮没反应，付岚直接上手扯她的被子。

温絮拗不过她，只好哀怨道："妈，我起，我起。"

付岚轻哼一声："快点起来，然后下来吃早餐。"

待付岚走后，温絮又赖了几分钟床才不情不愿地坐起身，把充着电的手机拔掉插头，点开屏幕看了一眼。

才九点！她本来想睡到十一点再慢悠悠地去学校的。

她把手机随手扔在床上，踩着拖鞋走进卫生间。刷好牙后，又洗了把脸才清醒了一些。

她坐在化妆台前简单地化了个妆，毕竟是开学第一天，还是不能太邋遢。

她穿的也很简单，白色衬衫配短裙，一头及腰的栗色鬈发随意披散在身后。

下楼时，付岚正卧在沙发上，手里拿着电视机遥控器。

温絮瞥了一眼，走到餐厅，今天的早餐是她最爱的蒜香面包和牛奶，面包是刚烤出来的，香香脆脆。

吃饱后，温絮又检查了一遍行李，确定没有遗漏才把行李搬上车。

她家离渝大不算远，只需要十分钟就可以到。

但今天是开学日，交通有些拥堵，硬是花了二十分钟才抵达学校。

温絮从后备厢拿下行李箱，朝陈叔挥手：“陈叔再见。”

“再见，小姐慢走。”陈叔满眼慈爱。

陈叔很喜欢温絮，毕竟是从小看到大的，如今出落得越发漂亮，也越来越惹人喜爱。

温絮从围了一群报到新生的校门口挤过去，手抚在额前，瞥了眼头顶的烈日。

推着行李箱站到树荫下，她施施然吐了口气，气还未吐完，就见一个人站在她跟前：“你好，我是志愿者协会的，需要帮忙吗？”

温絮抬眼，男生脖子上挂着一块牌子，上面的五个大字尤其显眼——志愿者协会。

但她昨晚已经跟沈听南约好，他会过来帮她搬行李，要是放他鸽子，她怕小命不保。于是她面带微笑，说：“不用了学长，我在等人。”

男生点点头，转身去问其他新生。

温絮等了好一会儿，汗水从发缝渗出，顺着脸颊滑落。她皱起眉头，一股躁意陡然从心里升起。

又等了一会儿，沈听南才出现在她的视线里，带着歉意说：“不好意思，刚才有点事所以来晚了，晚上请你吃饭作为补偿。”

听到吃饭，温絮的眼睛瞬间就亮了，刚刚心里的烦躁顿时烟消云散。

“好啊好啊。”只要答应得快，免费的饭就跑不了。

沈听南从她手里接过箱子：“走吧。”

两人并排走在校道上，沈听南高出温絮一个头。

其实温絮也不矮，一米七的身高在女生中算是高的，可在沈听南这儿却显得小鸟依人。

一路上，有许多女生频频回头。温絮虽有些摸不着头脑，但她知道那些目光都落在了沈听南身上。他这么受欢迎吗？

她想着，偏头看了他一眼。

白皙的皮肤，高挺的鼻梁，薄薄的嘴唇，精致的下颚线……目光逐渐出神。

沈听南察觉到她的视线，偏头看向她。

温絮慌忙别过头，神色有些不自然。偷看就算了，还被抓包了！

她该怎么解释？觉得她太帅了，情不自禁想多看几眼？

在她胡思乱想之际，沈听南缓缓开口：“想看就看。”

“我才没有。”温絮下意识反驳。

沈听南点点头，没说什么。

“几楼？”

“什么几楼？”

沈听南眉头一皱，像看傻子一样看着她。

“你看到哪儿了？”

温絮扭头一看，已经到女生宿舍楼下了。

温絮赶紧拿出手机，点开微信看了看：“三楼！”

沈听南一只手拎起一个箱子，面不改色地上楼。

温絮不禁疑惑，他拎的是两团棉花吗？她明明装了挺多东西的。

沈听南跟着她走到寝室门口，把箱子放在地上：“你自己拎进去吧。”

“好。”

“我回去了，有事给我发信息。”过了几秒，他又说，“没事也可以发。”

温絮愣愣地点头，等他的身影消失在楼梯口，才推开寝室的门。

寝室是双人间，她来得有些晚，室友此时已经来了。正在收拾东西的云暮听到动静，抬头看向门口。

只是这一眼，她就被温絮迷住了。这人也太好看了，比照片上还要好看。

她们在开学前就已经加了好友，每天都有聊天，关系还算不错。

见对方目不转睛地盯着自己，温絮疑惑地开口：“我脸上有什么东西吗？”

云暮这才回过神来：“没有没有，我就是被你迷住啦。”

“你这小嘴还挺甜。”

"嘿嘿。"

聊了几句，两人就各自收拾东西。

把所有东西整理好后，温絮直接瘫倒在椅子上，拿过手机，准备点外卖。

云暮比她早收拾好，正在打游戏。

温絮问："暮暮，我要点外卖，一起吗？"

正在玩游戏的云暮头也没抬："好呀好呀，你看着点吧，你吃啥我就吃啥。"

"好。"外卖软件上吃的东西太多了，看得温絮眼花缭乱。

一番纠结下，她点了两份麻辣烫，还有两杯奶茶。

由于外卖不能送上楼，温絮只好提前一分钟下去等。

外卖小哥拎着她的外卖，迎面走来："你好，是温大美女吗？"

"温大美女"是温絮点外卖和收快递的昵称。

外卖小哥嗓门还挺大，惹得路过的几个女生回头看。温絮尴尬地扯了扯嘴角："我是。"

"这是您的外卖。"

从外卖小哥手里接过外卖，温絮故作淡定地走到楼梯口，然后百米冲刺上楼。关上门后，她立马把昵称改了，把外卖放桌子上："来吃饭了。"

云暮没回应。她表情严肃，眉头紧锁，估计又是游戏进行到激烈的时候了。温絮没再管她，自己先吃了。

半晌，那边传来游戏胜利的声音。

云暮扔下手机，抱住温絮："谢谢你，我的好絮絮。"

温絮下意识缩了缩，有些不习惯地推开她的脸："不客气，快吃吧。"

"多少钱呀？我转你。"

"不用，当我请你了。"

"那不行，我可不是白占便宜的人。"

听她的语气还挺正经，但温絮确实不喜欢和朋友计较这些小钱，只好说："要不然你下次请我？"

云暮斟酌再三："也行，那说好了，下次吃饭我请你。"

温絮笑了笑："行。"

吃饱喝足后，温絮有些困了。

睡前，沈听南发来信息："晚上六点，我去接你。"

一开始温絮还没反应过来，过了好一会儿才想起之前沈听南说要请她吃饭。

她回了个"好"字，就把手机扔一旁，进入梦乡。

下午五点。

夕阳已接近西山，天空一片通红。

温絮迷迷糊糊睁开眼，张开双手伸了个懒腰。屋子里没开灯，只有昏黄的夕阳映在地面上，看样子云暮应该还没醒。她蹑手蹑脚地下床，开了一盏台灯，拿上衣服进了浴室。

她出来时已经快六点，云暮还没有要起床的意思。

微信里，沈听南发了消息。

沈听南："我在楼下。"

温絮："马上。"

温絮随便穿了件宽松的T恤和短裤，踩着拖鞋，正要出门，余光瞥见云暮睡眼蒙眬地盯着自己，被吓得一激灵。

她拍拍胸口，顺了口气："你什么时候醒的？吓死我了。"

"刚醒，你干吗去？"

"跟朋友吃饭。"

"那你早点回来。"说完，她重新把脑袋缩回床帘里。

温絮一下楼就看到停在路边的那辆熟悉的车，这是沈听南十八岁生日的时候沈阿姨送他的礼物。

她走过去，轻车熟路地拉开副驾驶室的门，坐了进去。

沈听南偏头看她，视线从衣服移到鞋子上——

还真是不把他当外人。

温絮随口问："我们吃什么呀？"

"海底捞。"

听到海底捞，温絮瞬间心花怒放，嘴角疯狂上扬。

感觉到身边的人心情似乎很愉悦的样子，沈听南勾了勾唇。

到达目的地，沈听南去停车，温絮在门口等他。

两人一起进去，服务员热情地迎上来："您好，是两位吗？"

沈听南："嗯。"

"好的，这边请。"服务员说着，做了个"请"的动作。

温絮比较喜欢窗边的位置，服务员就带着他们去了。

服务员从桌下拿出平板，以眼神询问谁来点单。见沈听南扬了扬下巴，服务员瞬间明了，把平板放在温絮面前。

温絮先是点了自己喜欢的菜品，然后对沈听南说："你看看吃点什么。"

"都可以，你看着点吧。"

"行吧。"

温絮点了一些他往常吃得比较多的菜品，然后又加了份甜品。

点完单，温絮去调料区调了两碗酱料，一碗是辣的，一碗是不辣的，沈听南不爱吃辣。

温絮调酱料，沈听南就拿水果，回到座位时，菜已经上了大半。

温絮等不及了，向沈听南投去期待的目光："可以先吃吗？"

"可以。"

得到允许，温絮立马夹起一片牛肉卷放在锅里涮，遵循"七上八下"的原则。

涮熟了牛肉卷，再蘸酱料，只能说，太香啦！！

温絮满足地捧着脸蛋儿。

沈听南涮了几片牛肉卷，全夹到温絮的盘子里。

温絮不由得夹起声音："谢谢听南哥哥。"

沈听南眉心微动，眼里漾着几分温柔："不用谢，快吃。"

"好嘞。"

全程温絮都没怎么动手，基本都是沈听南涮好放到她碗里。

等吃得差不多了，沈听南就往清汤锅里放菜。这是温絮的习惯，吃饱后都会吃些菜解腻。

他边涮边说："等会儿要不要去走走？消食。"

温絮觉得这主意不错，便应下了。

离开海底捞，两人去了夜市。

这个夜市才开始营业，氛围不错，吸引了不少市民。

沈听南在一个饰品摊子前停下，温絮也跟着停下："看什么呢？"

沈听南拿起一个猫耳朵发箍戴在温絮头上，又伸手拨了拨上边的小铃铛，铃铛立马发出清脆的声音。

摊主也很合时宜地拿过镜子，举到温絮面前："美女的男朋友真有眼光，你戴这个超级好看。"

温絮下意识解释："不是，我们不是……"

她话还没说完，就被沈听南打断："喜欢吗？"

温絮抿抿唇，把剩下的话咽回去："你觉得好看吗？"

"好看。"

温絮在镜子前仔细欣赏了一番，认同地点头："确实好看。"

沈听南问老板："老板，这个多少钱？"

老板："二十块。"

沈听南扫了桌上的二维码："付过去了。"

老板："好嘞。"

这一切发生得太快，温絮眨了眨眼："这就……买了？"

沈听南挑眉："你喜欢就买了。"

温絮漂亮的眸子里漾着喜悦："礼尚往来，那我也给你买一个。"

她挑了个同款发箍，想要给他戴上，但是够不到："你低头。"

沈听南配合地低头，这回温絮很轻松地就给他戴上了，还调整了一下位置。

戴上猫耳朵后，沈听南变得可爱了不少，温絮没忍住笑出声。

沈听南不明所以："笑什么？"

"觉得你可爱。"

可爱这个词和沈听南并不配，但他没有反驳，甚至一脸宠溺的表情。

两人戴着同款的猫耳朵发箍，回头率莫名的高。

温絮多少读懂了一些眼神，她微微歪头：“他们好像把我们当情侣了。”

沈听南“嗯”了一声，没说什么。

“要不我还是不戴了。”温絮想摘下来，结果手还没碰到发箍，就被沈听南按住。

“戴着。”沈听南把她的手拉下来。

温絮是怕沈听南介意，但显然他没有，她也就没再说什么，乖乖地戴着了。

两人继续往前走。温絮偷偷瞥了沈听南好几眼，发现他上扬的嘴角就没放下来过，觉得有些莫名其妙。这男人在高兴什么？

夜市里的小吃琳琅满目，温絮想起寝室里还有个云暮，于是给她发信息，问她要不要吃夜宵。

云暮：“要！”

温絮：“有什么想吃的吗？”

云暮：“你看着买吧，我不挑食！”

温絮还不太了解云暮的喜好，就按照自己的口味买了些。

沈听南朝她伸手：“给我拎吧。”

“这些不重。”

沈听南的手没收回去，温絮只好把东西给他拎，他另一只空着的手还顺便接过小摊老板递来的小吃。

温絮张了张嘴，最后还是什么都没说，随他去了。

温絮一路吃吃喝喝，没逛多久肚子又饱了。

沈听南跟在她旁边：“还有什么想吃的吗？”

温絮摆手：“不吃了，太饱了。”

沈听南弯了弯唇：“要回去吗？”

温絮看了眼手机，已经十点了，宿舍十一点关门，她也该回去了。

最后沈听南把她送到女生宿舍楼门口。

温絮下了车，在车窗前弯腰，说：“开车注意安全。”

看着她走进宿舍楼，沈听南抬手摸了摸头上的猫耳朵发箍。

想到今晚两人戴着同样的发箍逛夜市，他嘴角抑制不住地上扬，心里的欢喜如同蜂蜜，甜意蔓延至全身。

翌日。

新生开学典礼在体育馆举行。

温絮和云暮来得有些早，此时馆内只有几个人。正好可以先下手为强，两人直奔后排座位。后排不仅视野好，更重要的是，能悄咪咪地打盹。

过了十几分钟，体育馆里的人逐渐多起来，很快便座无虚席。

十点整，新生开学典礼正式开始。

主持人拿着麦克风走上主席台，偌大的体育馆瞬间鸦雀无声。每个人都睁大双眼，怀着期待的心情看向台上。

“现在有请我们渝大的校长廖钟北致辞，大家掌声欢迎。”

话音一落，全场就响起了如雷般的掌声。

温絮被现场的气氛感染，也有些热血沸腾。她坐直身子，想好好听校长发言。

可校长讲话如同催眠曲一般，温絮起初还强忍着睡意，到后来实在撑不住，索性右手肘撑在座位扶手上，阖上眼皮。

云暮转头想跟温絮说话，瞧见她歪着脑袋一动不动，只好把话咽回肚子里。

看着她睡觉的样子，云暮不禁在心里想：“果然是美女，连睡觉都这么好看。”

过了一会儿，温絮被比刚才更大声的掌声吵醒，她扯了扯云暮的衣服：“怎么了？”

“到学生会主席发言了！”

余光瞥见有人接过麦克风上了台，温絮抬了抬眼。

只见沈听南站在讲台中央，身穿白色衬衫、黑色西装裤，脚踩一双白色休闲鞋，少年感满满。

“大家好，我是学生会主席沈听南……”男人低沉磁性的声音通过麦克风传出。

温絮眨了眨眼，困意瞬间消失殆尽，认真地听沈听南发言。

台上的人往她的方向看了一眼，温絮猝不及防撞上他的视线，不自觉坐直身体，双手乖乖放在腿上。

“希望大家能度过一个美好的大学时光，我的发言完毕，谢谢大家。”

随后，沈听南深深鞠了个躬。

云暮按捺不住内心的激动，猛地拍了拍温絮的背：“好帅啊！他的声音也太好听了，太爱了！”

温絮一脸无奈地推开云暮：“淡定……淡定。”

“絮絮，我们去找他要联系方式吧！”这么帅的帅哥，即使追不上，放在列表里也是个不错的选择。

学生会主席发言完毕，主持人又随便说了几句话，开学典礼便结束了。

云暮立马拉着温絮跑到讲台旁边，此时旁边又有好多女生围了过来。

看沈听南这受人欢迎的程度，为了避免麻烦，温絮想着她还是不要主动承认认识他为好，以免惹“祸”上身。

云暮挤在最前面：“学……学长，可以加个微信吗？”

沈听南的目光从云暮身上移向旁边的温絮，只见小姑娘一脸无辜茫然的样子，他没忍住笑出声，刚才心里的烦躁立马烟消云散。

刚才那个女生和温絮站在一起，估计是朋友，沈听南很给面子地点开微信二维码，举到云暮面前。

云暮扫完后，用手肘顶了顶旁边的温絮，贴在她耳边小声地说：“快加啊，这么帅的帅哥，不加可惜了。”

云暮看温絮没有想加沈听南的想法，便作罢：“谢谢学长。”

她们走后，后面的女生又挤了上来。

没办法，总不能只给一个人，后面的都不给吧，沈听南只好站在原地举着二维码让后面的女生扫。

好不容易等所有女生都加完了，他的头又开始疼了。这么多好友申请，看着就心烦，干脆把手机扔在一旁，等有空的时候再点同意。

回寝室后，云暮一直盯着手机，有些郁闷："学长怎么还没同意啊……"

"可能，他忙吧。"

"也是，刚才那么多女生都加了学长，还不知道什么时候才能同意我呢。"

就沈听南那张脸，说不定平时找他要微信的人一抓一大把。那他是不是也和今天一样，都会把微信给别人？温絮心里没由来有些发闷。

另一边，沈听南吃完饭回到公寓，切换账号一个一个地同意好友申请。

整个下午，温絮和云暮都郁郁寡欢，各有各的心事。

云暮突然尖叫一声，抑制不住兴奋："絮絮，学长同意了！"

温絮随口道："同意什么？"

"好友申请啊。"云暮滑动着手机屏幕，"不过他怎么不发朋友圈啊。"

温絮没放在心上，过了几分钟，她随手点开沈听南的朋友圈，明晃晃的几条朋友圈。

似乎是想到什么，温絮噌地坐起身："把他的微信给我看看。"

云暮以为她是想加沈听南微信了，调侃道："今天让你加，你不加。"

她打开沈听南的主页放在温絮面前："快加吧。"

温絮没搭腔，看着眼前这个陌生的头像，沈听南该不会是换微信了吧。为了证实自己的猜想，温絮给沈听南发了条消息："你换微信了？"

沈听南："没有。"

温絮："那你加云暮的那个微信是怎么回事？"

沈听南看着这个没有印象的名字，猜想应该是她的那个朋友，回复："工作号。"

原来如此，温絮的心情莫名愉悦起来，翘着的脚跟着晃了晃。

一旁的云暮看她一副心情不错的样子，心里估摸着她应该是加上微信了。

军训原定于明天，但不知道什么原因，被学校推迟到了下个星期。

收到这个通知的温絮开心得快要跳起来，毕竟军训这种事能拖多久是多久。但很快，她就被无数节早八和开不完的会压垮了。

好不容易熬到周末，温絮只想躺在床上睡觉，这几天赶课都快把她的腿赶废了。

她选的课上课的教室之间距离有点远，她一下课就得冲出教室往另一栋教学楼赶，好几次都险些迟到。

看来，她很有必要买一辆电动自行车，这样她就不用再用双脚走遍大半个校区了。

下定决心后，温絮开始在网上做攻略。

国标电动自行车是不需要摩托车驾照的，只要有行驶证即可，非常适合她。确定好类型后，她又开始看电动车的款式。

温絮突然想起什么，她好像不会骑电动车，云暮也不会，那她买了要怎样骑回来呢？

思来想去，她还是决定找沈听南。她给他发信息，问他明天有没有时间。

等了一会儿，那边没回消息。

温絮上了个厕所，回来再看手机，还是没回。

就在温絮想直接给他打电话的时候，沈听南回了。

沈听南："刚才在健身，怎么了？"

还附带了一张照片。

照片上沈听南额前的头发被撩起，身上的白色无袖衫被汗水浸湿，腹肌若隐若现。

温絮直接把手机屏幕朝下按在被子上，平复了一下内心的情绪，然后拿起手机敲了几个字，按下发送键。

温絮："明天陪我去买电动自行车。"

沈听南："你会骑吗？"

温絮："就是不会才找你嘛！"

然后配了一个萌萌的表情图。

沈听南一边收拾东西一边准备回去，瞥见她发来的表情图，跟她一样可爱。

沈听南答应了她之后，在微信联系人里找到周皓。

沈听南："明天不打篮球了。"

周皓："大哥，我好不容易才约上你，你就放我鸽子？"

这几天刚开学，沈听南作为学生会主席自然是忙得脚不沾地。周皓一连约了他好几次，都被拒绝了。

临近周末，沈听南终于同意了，可这才半天不到他就反悔了。

周皓气得想直接飞去他家揍他一顿，但想了想沈听南那庞大的身躯，估计被打的会是自己，于是悻悻地放弃了这个想法。

周皓："放我鸽子也得有原因吧？"

沈听南："陪小姑娘，下次请你吃饭。"

周皓："行吧。"

沈听南一说小姑娘，周皓就知道估计又是陪邻家妹妹温絮去了。

他只好作罢。

听说温絮也上了渝大，沈听南多照顾她一点也在情理之中。

按照约定时间，沈听南在女生宿舍楼下等温絮。

半小时过去，没见着温絮，倒是吸引了不少女生的目光。

"那不是沈学长吗？他怎么会在这里？"

"不会是等女朋友吧？"

"不应该啊，你见沈学长跟哪个女生亲近过？"

沈听南依旧坐在石凳上，手机响了一下。

温絮：我马上就下来了！

沈听南：没事，慢慢来。

又过了半小时，沈听南才看到温絮朝他跑来的身影。

温絮穿了条吊带碎花裙，外面是件白色薄纱外套，此时微微喘着气，胸口一起一伏。

两人来到爱玛电动车门店。

温絮拿着心仪的电动车款式图片找到工作人员："你好，我想问问有没有这个款式的车？"

"有的，我带您去看看。"工作人员领着她过去看车。

这个款式的车有好几种颜色，温絮选了最耐看的白色，很快便付了钱。

工作人员大概是很少碰见这么爽快的买家，嘴角都快咧到耳根了："您在这儿等一会儿，电动车很快就可以上好牌照。"

"好。"

上好牌照，温絮顺利拿到两把车钥匙。

因为送的安全帽不好看，她又额外买了两顶安全帽。

温絮把钥匙放到沈听南手里："走吧。"

戴好安全帽，她又拿起另一顶给沈听南戴上："安全第一。"

沈听南带温絮去了专门骑行的地方。

"你先在这里练一下。"怕她受伤，他又叮嘱，"小心点，不要摔了。"

"拧这里就可以走了，但是不要拧完，这是前刹，这是后刹……"

"好了好了，我知道了。"温絮忍不住吐槽，"你话有点多哦。"

这是温絮第一次骑电动车，说不紧张那一定是假的。

她试探性地拧了下车把手，车子往前开了一小段。她又拧了下车把手，这回胆大了一点，车子缓慢地往前驶去。开出很远一段距离后，她又往回开，掉头的动作略显笨拙。

来来回回不知道多少个回合后，温絮终于敢收起放在地面控制平衡的脚。

学成归来，温絮满脸傲娇："我学会啦，其实也没有想象中那么难嘛，还以为今天要在这儿学很久呢。"

沈听南笑了下："我们絮絮真聪明。"

他的夸奖对温絮来说很受用，嘴角的弧度越来越大："哎呀，你不要这样夸我了，我会骄傲的。"

“你现在就挺骄傲的。”

“嘿嘿，看破不说破啦。”

虽然已经学会了，但面对车流量巨大的马路，她还是很害怕，所以提议让沈听南开车。。

“快六点了，要不要吃个饭再回去？”沈听南提议。

温絮肚子很合时宜地咕咕叫了一声，她尴尬地笑笑：“看样子好像是得先吃个饭。”

沈听南忍着上扬的嘴角：“想吃什么？”

温絮选择困难症犯了，想了半天也不知道吃什么好：“要不……还是你决定吧。”

沈听南想了想，试探性地问：“拉面？”

“这个可以！”

正好她很久没吃了。

车子开进一条小巷。

熟悉的道路将温絮的思绪拉回三年前。

那时，温絮以全市第五名的成绩考进了渝城的重点高中。

优异的成绩难免使人变得骄傲自满，温絮就是这样。

直到开学第一次测验，温絮考了全班第十五名。

这个成绩虽然仍属于中等偏上，但还是狠狠打击到了温絮，她不敢相信自己竟然只考了这个名次。

也太丢人了。

一时间，她不知道该怎么和付女士交代。

正好那天是沈听南高三第一次放假，回家后想去看看温絮。见他好久才回一次家，付岚便留了他吃饭。

沈听南看了眼挂在墙上的钟，而后对付岚说：“阿姨，絮絮这个点还没放学吗？”

付岚把菜端出来，擦了擦手，抬头看钟：“这个点该回来了，不会是老师拖堂吧，我打电话问问。”

等付岚挂断电话，沈听南立刻出声：“是拖堂吗？”

“他们老师说早就放学了，没有拖堂。”付岚心下有些着急，她又给温絮打电话，然而只听见机械的女声说：“您好，您拨打的电话已关机……”

见情况不对，沈听南皱眉：“阿姨，怎么了？”

付岚肉眼可见地焦急起来：“她电话关机了，你说絮絮不会出什么事吧？不行，我得出去找她。”

沈听南：“我也去。”

付岚：“行，找到了给阿姨打电话说一声，你注意安全。”

沈听南：“好，您也是。”

沈听南找遍温絮平时喜欢去的地方都没找到，心陡然下坠，像漂浮在巨浪上的船只。

他逼迫自己冷静下来，仔细思考温絮还会去哪儿。

最后，沈听南是在学校旁边的公园里找到的温絮。

温絮正蹲在地上抚摸一只猫的头，嘴里念叨着：“小猫啊小猫，我跟你一样，无家可归了……”

沈听南悬着的一颗心总算是放下了，他当即给付女士发了消息，说找到温絮了。

他朝温絮走过去，强忍着声音里的颤抖，说：“这么晚了还不回家，在这儿做什么？”

听到熟悉的声音，温絮绷直了背，没吭声。

沈听南蹲在温絮面前，看着她发红的眼眶，连一句责骂的话都说不出来。

他把手放在温絮头上，安抚般地揉了揉：“告诉哥哥，怎么了？”

没有想象中的责骂，而是无尽的温柔，温絮没忍住哭了。

她一哭，沈听南就慌了，连忙从兜里拿出纸巾给她擦眼泪：“怎么哭了？”

温絮直接扑到他怀里，沈听南背脊僵了一秒，随后动作僵硬地拍了拍她的背。

等温絮情绪稳定了，沈听南才继续给她擦眼泪，低声说：“现在能告诉我发生了什么吗？”

温絮看了眼沈听南衣服上的一小块水渍，莫名不好意思。

沈听南也不急，说：“你不想说也没关系。”

温絮摇头：“没有不想说，只是，有点，尴尬。”

她低着头，语速极快：“我考了班里第十五名。”

沈听南听清了。他轻笑一声，还以为是什么天大的事，能让温絮哭成这样。

他说：“这不是挺好的吗？”

温絮嘟嘴：“哪里好了？我可是以全市第五名考进来的，现在却拿了这个名次，显得我之前考的成绩不是自己考的一样。”

沈听南揉了揉她的脑袋：“没关系，咱们下次努力，争取考个好名次。”

温絮点了点头。

见她心情还是不好，沈听南说：“我带你去吃东西吧，说不定吃完心情就好了。”

“好。”

沈听南拿出手机给付岚打电话，见他不走，温絮疑惑地走回去，凑到手机旁：“你干吗呢？”

“你不回家，电话也关机，阿姨急坏了，正到处找你呢。”

“我不是故意关机的，是我手机没电了。”她拿出手机，确实是开不了机。

和付岚报了平安后，沈听南带温絮去了一个小巷子里的拉面馆。

沈听南：“这是我吃过且认为最好吃的拉面，每次我心情不好都会来这里，吃完心情就好多了。”

“这么神奇呀。”温絮心下隐隐有些期待。

沈听南轻哼一声，对老板说：“老板，来两碗拉面，一碗不要香菜和葱。”

“好嘞，随便坐哈。”

现在店里没什么人，没过一会儿，两碗香喷喷的拉面就端了上来。

沈听南把那碗没有香菜和葱的拉面推到温絮面前，说："快吃吧。"

温絮尝了一口，露出惊喜的眼神："真的很好吃啊。"

"是吧，我怎么会骗你。"

因为没吃晚饭，温絮的肚子早就饿了，很快就把一碗面吃完，还喝了大半碗汤。

暖呼呼的汤下肚，温絮感觉自己的心也温暖了起来。她暗暗下决心，一定要认真学习，不能再骄傲自满了。

看着眼前沈听南的后背，温絮莫名地想靠一靠，她也确实这么做了。

温絮突如其来的靠近，让沈听南僵住了身子。

"沈听南。"

沈听南的心莫名一紧："嗯？"

"谢谢你。"

沈听南有些不明所以："怎么突然和我说谢谢？"

温絮笑："没什么呀，就想和你说。"

拉面馆一点没变，就连牌匾都没变，只是被擦得铮亮。

沈听南："老板，两碗拉面，一碗不要香菜和葱。"

"好嘞。"

温絮听着沈听南这和三年前如出一辙的话，没忍住笑出声。

"笑什么？"

"没什么，就是感觉这话有点耳熟。"

沈听南突然想起，三年前他也是带着她来这里吃拉面，没想到她还记得。

"哎呀，听南可是有些日子没来了。"老板端来拉面放在桌子上，又偏头看了温絮一眼，"这是女朋友？"

闻言，温絮的脸上泛起红晕，沉默不语。

"现在还不是……我之前有带她来过的。"

老板皱了皱眉头，眼睛往别处看着，一动不动，好似在思考，又看了温絮一眼，说："哦，我想起来了，真是女大十八变，现在这么漂亮啦。”

老板又用手肘顶了顶沈听南，小声道：“再不抓点紧，可就是别人的了。”

沈听南低低地笑了笑：“一定抓点紧。”

老板这才笑着走了。

沈听南回头看温絮，她头都快扎进面里了，他不禁觉得好笑：“是你吃面，还是面吃你？”

温絮抬起头：“你刚刚和老板嘀咕什么？”

“说你漂亮。”

“油嘴滑舌。”

“苍天明鉴，我说的可是大实话。”

温絮轻哼一声，继续低头吃面，突然想到什么，她又说：“你刚刚是什么意思？”

沈听南不明所以：“什么什么意思？”

温絮抿紧唇，这话她怎么好意思再复述一遍，于是摇摇头：“没什么。”

吃饱后，沈听南去前台结账。

已经六点半了，从店门口洒进来一小片夕阳，门外，天空被染成橙红色。

温絮没忍住对着天空和小巷拍了几张照片，挑了三张较为满意的发了朋友圈。

点赞的数量越来越多，其中一个人评论：“这是P图的吗？”

这个人没有备注，估计是网友，温絮回他：“不是！我们渝城的夕阳可以原相机直出！”

结完账，沈听南就看到温絮举着手机拍照，然后又抱着手机打字，不知道在高兴什么。

他拿出手机，对着温絮的背影拍了一张照片，拍完又若无其事地将手机放进裤兜，走过去：“笑什么呢？”

“朋友圈的评论太有意思了，觉得好笑。”说完，温絮收起手机，

“我们走吧。”

想到沈听南不住校，她问：“要不要先送你回去，然后我再自己回学校？”

“哪有先送男生回家的道理，放心吧，我开车来的，送你回去我再走。”

“行。”

回到学校，温絮并没有直接回宿舍，而是在宿舍楼下给云暮打了个电话，让她下来欣赏一下自己的车。

云暮惊讶道：“哇哦，你这速度够快的啊，昨天才说要买，今天就提车了。”

“那是，我一向是行动派。怎么样，好看吗？”

云暮围着车走了几圈：“不错不错，很好看。”

买了新车，温絮的心情格外好，连上楼梯都一蹦一跳的。

“你看着点，小心待会儿摔了。”云暮提醒她

温絮不以为然道：“怎么可能，我又不是傻子。”

然而意外总是来得特别快。

下一秒，尖叫声响彻整个楼梯口。

宿管阿姨大喊：“不准在宿舍楼大声喧哗，听见没有？！”

等楼梯间不再有声音，宿管阿姨才回了值班室。

云暮蹲在温絮旁边：“不会真扭到脚了吧？”

温絮捂着自己的脚踝，眼睛水汪汪的：“好像是……”

“我都说了吧，让你小心点，我带你去医务室吧。”云暮扶着她起来。

扭到的脚一碰到地就钻心地疼，温絮只有一只脚能站在地上。

云暮皱眉：“医务室这么远，你这样估计也蹦不到那儿，我又不会骑车，这可怎么办啊……”

就在两人急得像热锅上的蚂蚁一样时，温絮的手机响了。

是沈听南打来的，她按下接听键。

沈听南率先开口：“你怎么没回信息？我在你宿舍楼下，你下来一趟。”

看着自己目前的情况，温絮无声地叹息，她这样怎么下去啊？

见她不说话，沈听南又说："怎么不说话？"

"我……脚扭到了。"温絮的声音越来越小。

不过沈听南还是听到了："你的脚怎么扭到了？"明明半小时前还活蹦乱跳的。

"你现在能走吗？下来，我带你去医院。"

"有点困难，你可能要等会儿。"

"嗯，我等你。"

云暮离得近，两人的对话听得七七八八，她说："你有朋友在楼下吗？"

"对。"温絮不知道该怎么说是沈听南在楼下等她。

纠结半天，她干脆破罐子破摔，反正她也没说过不认识沈听南。

云暮的眼睛亮了："那太好了！我们赶紧下去吧。"

在云暮的搀扶下，温絮顺利地蹦到一楼。

沈听南双手环胸站在女生宿舍楼门口，脸色不太好看。

云暮："沈学长怎么在这里？"

没等她多想，沈听南已经抬脚走了过去。

云暮："他……他过来了！"

沈听南在两人面前停下，对云暮说："交给我吧。"

云暮一脸茫然。

沈听南直接把人抱起，然后对云暮说："我带她去医院。"

"啊？好的。"云暮呆愣地看着沈听南抱着温絮坐上车。

等车子离开，云暮才回过神。所以，温絮说的朋友难道就是沈学长？

她又想到上次温絮不加沈学长的微信，原来他们两个人是朋友，本来就有微信，哪里还需要加。

云暮在风中彻底凌乱。

沈听南偏头看向温絮，眉眼间的担心显而易见："疼不疼？"

"疼。"

"怎么扭到的？"

上楼梯扭到脚，有点丢人，温絮不好意思说。

“嗯？”

温絮继续沉默。

“说话。”他声音稍微大了些。

沈听南的压迫感太强，温絮闭了闭眼，如实道：“上楼梯，摔了……”

沈听南简直气笑了：“你上楼梯都能摔？”

“嗯……”虽然她也不太想承认。

温絮耷拉着脑袋，看上去可怜兮兮的，沈听南调整了下语气：“刚刚声音大了，我跟你道歉。”

温絮摇摇头：“没关系。”

抵达医院，沈听南把温絮放在椅子上：“在这儿等我。”

温絮乖乖应着：“好。”

因为急诊人比较多，挂完号后沈听南去租了一辆轮椅，还买了两个冰袋。

见他推着轮椅过来，温絮眸子微微睁大，不太确定地问：“这样会不会太夸张了一点？”

沈听南面色不改：“你是想坐轮椅走完全过程，还是我抱你？”

温絮想也没想：“还是坐轮椅吧！”

沈听南蹲在地上，轻轻地将冰袋按在温絮的脚踝处：“疼不疼？”

温絮不想让他担心：“不疼。”

沈听南看了她一眼，轻叹一口气，脚踝都肿了，怎么可能不疼。

他说：“下次注意点，别再摔了。”

“知道了。”

温絮盯着他的头顶，弯了弯唇，感觉扭到脚似乎也没那么糟糕。

一小时后，终于轮到温絮面诊，沈听南立马推着她过去。

面诊完，沈听南带着温絮去拍CT和做核磁共振。

因为现在时间太晚了，所以核磁共振的结果得明天才能拿到。

戴着眼镜的医生不疾不徐道：“按目前的情况来看，没有伤到骨头，不算什么大问题。我的建议是打石膏或者用足踝支具，回家之后静养，尽量少走动，十天之后来复查。”

沈听南和温絮同时点头，一一应下。

在温絮打石膏期间，沈听南拿着医生开的药方去取药，然后又买了一副拐杖。

见他拿着拐杖回来，温絮愣了一下，沈听南主动解释：“怕你行动不方便，所以买了这个。”

温絮扯了扯嘴角：“你还……怪贴心的。”

等出了医院，已经很晚了，沈听南将温絮送回宿舍。

似想到什么，沈听南说：“对了，明天就是军训了，你回去记得和辅导员申请免训，回家好好养着。”

温絮连现在这样基本的行走都难做到，更别说军训了，她说：“好。”

“那我明天过来接你，顺便去医院拿报告。”沈听南从口袋里摸出一支口红，“今天你落在面馆的。”

温絮一看，确实是她的，她今天补完口红顺手放在桌子上了，拍完落日后就忘记了。

“今天谢谢你。”要不是沈听南，她也不能这么顺利地处理好自己脚踝受伤的事。

沈听南扯了下嘴角：“你谢人光用嘴说的？”

好像用嘴说是挺没诚意的：“那我下次请你吃饭？”

“我不想吃饭。”

“那你想我怎么谢你？”

沈听南思忖几秒：“请我看电影吧。”

“行，都依你。”温絮说，“对了，今天在医院花了多少钱？我转你。”

“不用。”

“这怎么行。”

沈听南瞥了她一眼：“温絮，这点钱我还是有的，你留着钱请我看电影好了。”

看电影好像也花不了几个钱，温絮这样想着。

车子停在路边，沈听南说：“可能要麻烦你朋友下来一趟了。”

温絮给云暮打了电话，问她能不能下来扶自己上去。

在她的电话打过来时，云暮已经在起身穿鞋，应了声“好”便开门出去了。

挂断电话，温絮说：“我下去等她吧，免得她看不到我。”

“我扶你下去。”沈听南扶着温絮在石凳上坐下，视线悠悠落在她打着石膏的腿上，“你以后上楼梯要小心一点，别蹦蹦跳跳的。”

扭到脚的感觉并不好受，温絮连连点头：“我知道了啦，不会有下次了。”

云暮是跑下来的，温絮很感动，立马抱住她。

云暮气还没顺过来，温絮就扑了上来，她连忙扶住温絮：“哎呀，好了好了，注意点你的脚。”

沈听南对云暮说：“她脚扭伤比较严重，今晚可能要麻烦你多照顾一下了，下次请你吃饭作为答谢。”

云暮：“不用不用，絮絮是我朋友，我肯定会照顾好她的，你就放心吧！”

温絮这个朋友人还是很不错的，沈听南原本还担心她在宿舍没人照顾，现在悬着的心可算是放下来了。

回到宿舍，云暮的八卦因子就上来了：“老实交代，你和沈学长什么关系？”

温絮斟酌了下措辞：“青梅竹马？”

她和沈听南从小一块长大，说是青梅竹马好像也没错。

云暮惊呆了：“那你那天还装不认识他！”

温絮心虚：“我哪有！我这不是看他的小迷妹太多，怕引火烧身才……的嘛！”

想到那天那个场面，云暮啧啧两声：“这倒也是。”

温絮手机响了下，沈听南发来信息：我给你还有你朋友点了些夜宵，可能又要麻烦她跑一趟了。

温絮扫了眼信息，朝云暮眨眨眼：“沈听南给我俩点了外卖，可能又要麻烦你下去一趟了！”

云暮没想到还有自己的份："不麻烦不麻烦，一点都不麻烦！你就在这儿等着，我很快就上来！"

温絮低头在手机上敲字回复沈听南：谢谢听南哥哥。

云暮风风火火地去，又风风火火地回来。她把外卖放桌子上，边拆袋子边说："我这辈子还没有在一天之内爬过这么多次楼梯，累死了。"

"辛苦你啦。"温絮笑嘻嘻的。

吃了几口，云暮说："我怎么觉得沈学长好像对你有意思呢？又是送医务室又是点外卖的。"

"没有吧，他一直都对我挺好的。"

以前她饿的时候，沈听南都会给她点外卖，或者亲自送过来。

还记得高三那会儿，学校是封闭式管理，一个月才能回一次家，在学校里想吃到好吃的太难了，所以沈听南经常会给她送吃的过来。

他一买就买好多，温絮根本吃不完。对此，沈听南只说让她分点给同学吃。

"怎么没有！我觉得男生不可能闲着无聊对一个没有血缘关系的女生这么好，要么是喜欢，要么是喜欢而不自知！"

温絮没有这样想过，可能是因为习惯了沈听南对她好。

推测完沈听南，云暮又问温絮："那你呢？"

"什么？"

"你喜欢他吗？"

这问题来得猝不及防，温絮差点儿噎到。她陷入沉思："我也不知道。"

"举个例子，如果他和别的女生在一起了，你会开心吗？"

温絮立马摇头，她甚至不敢想沈听南身边站着其他女生。

"那说明你也是喜欢他的！"云暮双手捧着脸，痴痴地笑着，"你们好甜哦。"

本来沈听南和温絮是青梅竹马就已经够让人震惊了，转念一想，两人是很般配啊。

郎才女貌，简直天造地设的一对。

温絮和辅导员说明情况后，辅导员很痛快地批准了她的免训申请，并让她回家好好休息。

申请通过后，温絮立马告诉了沈听南。

沈听南：明天想什么时候回去？

温絮：等我睡醒吧

沈听南：行，那等你醒了再打电话给我，到时候过去接你。

温絮：好。

温絮是被云暮吵醒的。

今天是军训的第一天，云暮一大早又是翻柜子又是翻抽屉的，动静谈不上小。

由于脚扭了实在上不去床，温絮只能打地铺将就一晚。她默默看了云暮一会儿，才出声问："你在干吗呢？"

换作平时，云暮一定会被这突然冒出来的声音吓一跳，但她现在很着急，完全没反应。

她头也不抬地说："找不到我的防晒霜了。"

眼看快到集合时间了，温絮说："要不你先用我的？"

云暮抿抿唇："也只能这样了。"

"在我的抽屉里，自己拿吧。"

云暮拉开她的抽屉，各种牌子、大小不一的防晒霜映入眼帘："你这是搞防晒批发的吧？"

"防晒霜就是要多囤点嘛。"

云暮随便挑了一支，就往脸上和其他裸露在外的皮肤上抹。

本来找不到防晒她都快烦死了，就今天这太阳，指定得晒黑。

涂完，云暮把防晒霜塞包里："回头我给你买支新的，这支我就带走了。"

这个程度的太阳，不补涂防晒，恐怕很难起到防晒效果。温絮随口应了句："好。"

"你快继续睡吧，我要去集合了。"云暮又匆匆绑了个高马尾，带上包就往门外跑。

温絮醒来就睡不着了，索性起来洗漱，顺便做个三明治。

前两天买了小功率煎面包机和一些做三明治会用到的食材，不过因为赶课，一直没用上，今天正好试试。

把蛋、培根、火腿片、蔬菜煎好，温絮又放了两片面包进去煎，直至变成金黄色，最后再把所有食材一层一层叠进面包里，对半切开。

弄好三明治，又冲了一杯牛奶，温絮拿着手机拍了张照片，这才开始吃。

吃饱后，温絮给沈听南打电话。

沈听南："醒这么早？"

温絮："嗯，起来弄了个三明治吃。"

"这么勤快。"沈听南低声笑笑，"我现在过去接你，下楼的时候慢点，别着急。"

温絮心里一暖："好。"

没有人搀扶，温絮只能撑着楼梯扶手，用一只脚蹦下去，每一步都极为小心，生怕自己摔下去。

眼看终于快到一楼了，温絮长长地舒了一口气。

从未觉得下楼梯如此艰难。

男生不能进女生宿舍，沈听南就站在门口，等着温絮出来。

男生站在这儿就已经够显眼了，更何况还是沈听南，路过的女生议论纷纷。

见温絮两手空空，沈听南问："回家你不带点东西？"

"没什么好带的，家里都有。"

"那你跟阿姨说了要回家的事没有？"

温絮眉头一皱，好像把这茬忘了。

看她的神情，沈听南就知道她没说："没事，反正回去阿姨就知道了。"

嫌温絮蹦得太慢，沈听南直接抱起她大步往车的方向走。之后沈听南安安静静地开车，车内只有音乐声。

温絮试探性地问："听南哥哥，你怎么还没找女朋友啊？"

沈听南扯了下嘴角：“怎么，催我找女朋友？还是你想给我介绍？”

“没有，我就随便问问。”她就不该问。

“别早恋。”

温絮差点被他这句话呛到：“我才没有。再说了，我现在是大学生了，不算早恋。”

“我说是早恋就是早恋。”

温絮懒得跟他犟。

回去之前，两人先去了一趟医院。

核磁共振的报告已经出来了，只是轻微的韧带损伤，还是遵照医生原本给的治疗方案进行休养，然后过十天去复查。

把车停好，沈听南绕到副驾驶座抱了温絮下车，走到小院门口才把人放下来。

他把拐杖给她：“撑好，别摔了。”

“知道啦。”

等温絮站好，沈听南才按门铃。等了一会儿，门被打开。

“小姐怎么回来了？”陈姨语调里带着点惊喜，上下扫了温絮两眼，“你这是……”

温絮敛眸：“不小心扭到脚了。”

“啊，严不严重啊？别在外面站着了，快进来快进来。”陈姨边扶她边往屋里头喊：“太太，小姐回来啦。”

等温絮走到门口，付岚已经走了过来：“你这孩子，回来怎么也不和我说一声，好让陈姨买点你喜欢吃的菜。”

“等等，你这拐杖是怎么回事？”她低头，看见温絮脚上打着石膏，“这是怎么了？”

温絮挠挠头，有些不好意思：“扭到了。”

“你这才上了几天学，就把脚扭了，还让听南给你送回来。”付岚一脸嫌弃，“快进去坐吧，别干站着了。”

沈听南：“阿姨，我就不坐了，学校里还有点事。”

付岚也不强留："那行，下次回来，再来阿姨这儿吃饭啊。"

沈听南应下。

送走沈听南，付岚再回头，温絮已经不见了踪影。

回到熟悉的房间，温絮立马躺在床上，然后打开空调，还是家里舒服！

她正准备玩手机，一个电话打进来，备注"美女欢"。

她按下接听键，打开扩音，徐亦欢的声音传出："我在你学校门口。"

"你怎么不告诉我就来找我了。"温絮，"你又要多跑一趟了，我回家了。"

"什么？"徐亦欢的音量突然拔高，"等着，我去找你。"

电话被挂断，温絮看了眼那个备注，估计是徐亦欢自己改的。算了，随她去吧。

不到十五分钟，徐亦欢便出现在房间门口。温絮惊呆了："你坐火箭来的？"

"我飞来的。"

温絮朝她竖了个拇指。

徐亦欢坐在旁边，瞥了眼她的脚，问："脚咋了？"

"不小心扭到了。"

"你这才上学几天就扭到了？"

"你怎么和我妈说一样的话。"温絮不想再继续这个尴尬的话题，便转移话题，"你军训完了？"

两人上的不是同一所大学，徐亦欢的学校提前一星期开学并军训，军训时间比渝大少几天，算算日子，昨天就应该结束了。

"别说了，太难了，你看我黑了好几个度。"徐亦欢苦不堪言。

温絮仔细瞅了瞅她："确实黑了好几个度，不过还是美的。"

"那肯定，毕竟我天生丽质。"

温絮做了个呕吐的动作，然后问徐亦欢："我有个朋友，她好像喜欢上她的竹马了。"

"哦，你喜欢上你的竹马了。"

温絮啧了声："不是我。"

"行，你的朋友。"

"嗯，对！所以怎么办？"

"要我说你就大胆追，哦不，你朋友就大胆追，说不定人家也对你有意思呢？"

温絮点点头："行，那我转告她。"

徐亦欢也配合地点点头："所以你喜欢上沈听南了？"

"都说不是我了！"

徐亦欢上下打量了她两眼，嗤笑道："我还不了解你？你啥时候关心过别人的事，还替朋友打听。"

温絮一头黑线，失策了。

"哎呀，要我说，喜欢就追！"

"小姐，下来吃饭了。"陈姨的声音在门外响起，打断了两人的聊天。

温絮提高音量："来了。"

她抓着徐亦欢的肩膀："快扶我下去。"

徐亦欢一边扶她一边吐槽："你这都二级伤残人员了。"

"所以，麻烦你把我扶好，别让我摔个狗啃屎。"

"行，保证把你安全送到饭桌上。"

饭桌上其乐融融。

温絮埋头吃饭，下一秒话题落在自己头上。付岚说："你看看人家小欢，军训完都没少胳膊少腿的，你再看看你。"

"妈！"温絮开始怀疑自己是不是捡来的，竟挑她的黑历史说！

"还不让人说了。"

吃完饭，温絮和徐亦欢在客厅打游戏，温絮技术不好，全靠徐亦欢带飞。

玩了几局，徐亦欢就要回去了。她拍拍温絮的脑袋："有空再来看你，你腿脚不便，就不用送了。"

温絮撇撇嘴："本来也没想送。"

话是这样说，但她还是目送徐亦欢出了门，然后才起身回了房间，重新瘫倒在床上。

想起留在宿舍的云暮，温絮决定问候一下她：在寝室还好吗？

云暮秒回：不太好，这么大的寝室就我一个人，晚上上厕所可怎么办呀？

温絮：别怕，我的灵魂与你同在。

云暮：你这么说，我更怕了。呜呜呜，你快回来吧。

温絮：等我脚好了，我立马就飞回去。

云暮：骗人是小狗！

下午还有军训，云暮和温絮聊了一会儿，便说要睡觉了。

今天起得太早，温絮也有点困了，看了一会儿视频就睡觉了。

这一觉睡得天荒地老，温絮是被饿醒的，点开手机一看，已经九点了。

陈姨估计已经叫过她了，刚才睡梦中隐隐约约听到有人在叫她吃饭，然后她翻了个身又继续睡了。

温絮穿上拖鞋，抱上平板，准备下楼弄点东西吃。

她打开橱柜拿了一包火鸡面，又拿了一瓶纯牛奶。网上说煮火鸡面的时候倒点牛奶就不辣了，她想试试。

弄好火鸡面后，她又从冰箱里拿了一瓶可乐。

温絮点开沈听南的微信，两人的聊天记录还停留在早上。她要不要说点什么？

温絮想了半天，好像发什么都显得有点突兀。算了，她随手把手机搁在旁边，低头吃了几口面。

吃饱后，她再拿起手机，发现之前不小心给沈听南发了个表情图。

图上配着文字：好想你。

沈听南还没回她。

温絮的大脑随即宕机，她想撤回，但是已经超过了撤回的时间。

在她感到尴尬的时候，沈听南给她发来一个问号。

温絮硬着头皮回他：我不小心点到的。

沈听南：哦。

温絮以为他没放在心上，顿时松了口气，谁知下一秒。

沈听南：那你有没有想我？

温絮的大脑再度宕机，反应过来后，心跳不自觉地加快，耳尖微微发红。

只是简单的几个字便能让她心跳加快，并且毫不反感。或许，她是真的喜欢上沈听南了。

沈听南见她一直没回，心想是不是太突然了，然后又给她发了一条信息：脚好点没？

温絮迅速回了这条消息：好点了。

沈听南扯了扯嘴角，眼睫垂下，眼底涌动着复杂的情绪。他最后叮嘱她好好休息，便放下手机。

他起身走到厨房里拿了一瓶酒，放在桌子上。

他伸手解开衬衫的纽扣，又喝了几口酒，便躺在沙发上。小姑娘好像一点都不喜欢他，一股挫败感油然而生。

温絮总会时不时点开微信，期待着某个人发来信息，但对方安安静静地躺在她的列表里，没有任何消息。

心里莫名有些失落，她躺在床上翻来覆去睡不着。从小到大都是别人追她，她一点追人的经验都没有，不过她也明白“不懂就问”这个道理。

她立马给徐亦欢发消息：“快给我支支招，到底该怎么追沈听南！”

徐亦欢：“都说了，你只要钩钩手指他就来了。”

温絮：“说正经的。”

徐亦欢：“我很正经。”

哪里正经了？温絮在心里吐槽了句，继续拉着她请教。

结束和徐亦欢的聊天后，她点进和沈听南的聊天页面，准备实践一下。

但脑子突然一片空白，在聊天框里删删写写，只发出去一句“在干吗”。

沈听南：“刚忙完，准备睡觉。”

温絮：“都忙到没时间想我了。”

这句话发出去的瞬间，温絮就拍了一下自己的手，她这发的都是什么啊！

正想撤回，沈听南已经回复了：“没有。”

发完，沈听南还是不敢相信这是温絮会说出来的话。

这几天他确实很忙，一边忙着学生会的事，一边忙着酒吧的事。

他和几个朋友合伙开了一家酒吧，最近几天刚装修好准备开始营业。他作为最大的股东，自然要多上点心。

温絮：“那你有没有想我？”

和沈听南的话如出一辙。

沈听南很诚实：“想。”

怎么可能不想，他无时无刻不在想她。

沈听南：“那你呢？有没有想我？”

温絮思索了一番，还是如实地说：“想了。”

沈听南勾起一侧嘴角，漆黑的眸子里闪烁着细碎的光。

两人有一搭没一搭地聊了很久，最后还是沈听南主动说：“时间不早了，你早点睡，有利于脚伤的恢复。”

温絮：“那你给我说句晚安，语音的。”

消息刚发出去，沈听南直接打了电话过来。温絮心一紧，连忙接起。

“晚安。”男人的声音低沉沙哑，有些慵懒。

一下子就撞到了温絮的心上，直到挂断电话，心里的悸动还久久不能平复。

接下来的几天，温絮每天都神清气爽，感觉就连脚伤都好得快了些。她尝试双脚站在地上，除了轻微的不适感，并没有疼痛的感觉。

温絮本想让付女士陪自己去复查的，但沈听南主动说要陪她去。

虽然沈听南偶尔会过来看自己，但温絮还是想见他，便应了下来。

复查结果为恢复良好，再过十天左右就可以拆石膏了。

从医院出来，温絮好心情地说：“我们一起去吃饭吧？”

“下次吧，虽然你脚伤恢复得不错，但还是尽量少走动。”

温絮心里一暖：“好嘛，听你的。那这样，你来我家吃饭。”

沈听南等会儿没什么事，于是点头：“行。”

温絮立马给付女士打电话，让她准备沈听南喜欢吃的菜。

拆了石膏后，温絮又在家休养了几天，就准备回学校。

回学校前，温絮收拾了一箱子的东西，分别是衣服、化妆品和零食。

既然回家，就不能两手空空地走。

窗外的太阳十分毒辣，为了不晒黑，温絮抹了防晒霜，又带上一把防晒系数超高的伞。

她先约了一辆车，才慢悠悠地下楼。这边的车子偏少，每次都要等十几分钟，她可不想干巴巴地在外面晒着。

付岚见她全副武装，问：“要不要让陈叔送你？”

温絮一边穿鞋一边说：“不用了，我已经约了车了。”说着还扬了扬手中的手机。

“去学校照顾好自己。”

“知道了。”

等温絮走到小区门口，车刚好稳稳当当地停在路边。

温絮坐上车便拿出手机，打开微信后发现付女士竟然给她转了五千块钱。

温絮瞬间睁大双眼，控制不住笑出声。付女士真是人狠话不多，直接转账。

前面的司机疑惑地回头看了她一眼，对上司机的目光，温絮干笑两声，然后立马低下头玩手机，以此来缓解尴尬。

到学校后，温絮穿越了大半个校园才走到女生宿舍。

她开始不理解学校把女生宿舍建得离校门口这么远干什么，有助于减肥？

在宿舍打游戏的云暮看到站在门口的温絮时，激动得扔下手机一把把她抱了起来，转了几个圈圈。

吓得温絮尖叫了几声，被放下来的时候，她还惊魂未定。

“你……倒也不必这么激动。”

“我可想死你了。”

云暮以为温絮可能还得过几天才来，独守了这么多天空房，她都要寂寞死了，每天除了军训就是打游戏。

听着房间里传来游戏的声音，温絮疑惑地问："你在玩游戏？"

云暮猛地想起来，自己的游戏还没结束，便把温絮扔在了门口，重新投入游戏里。

果然，女人的爱都是短暂的。

温絮拉着行李走进宿舍，把里面的东西拿出来放好。

桌子上的手机响了一下。

温絮点开看了一眼，是沈听南，他发了句语音。

沈听南："今天来学校吗？要不要我去接你？"

温絮："我已经在学校了。"

沈听南："怎么没叫我？"

温絮："不想麻烦你啦。"

她这招叫欲擒故纵，刚从网上学来的。

沈听南："你以后干什么都可以找我，我很乐意被你麻烦。"

温絮眨了眨染着笑意的眸子，轻笑一声，她突然很想见他。

对面的人仿佛心有灵犀一般。

沈听南："晚上去看电影吗？说好请我看的。"

温絮："好。"

沈听南："晚上八点，我去接你。"

一旁的云暮见她对着手机傻笑，疑惑道："你中彩票了？"

"没有。"

"那就是谈恋爱了！"

见温絮不回答，云暮以为猜中了，一脸贼兮兮地说："是和沈学长吗？"

温絮放下手机："还没谈呢。"脸上的笑意怎么也掩盖不住。

云暮哦了一声，尾音很长："那就是快谈了。"

温絮没回答，她也说不准。

晚沈听南准时出现在女生宿舍楼下。

小姑娘这次没迟到，也很准时地下了楼，然后朝着他的车跑过来。

看清她的那一刻，沈听南的呼吸一滞。温絮今天穿的裙子，是他之前送给她的生日礼物，似乎还精心化了个妆。

温絮对上他的视线，有些不好意思，她今晚可是化了一小时的妆。

车子在红绿灯路口停下，沈听南偏头看她，怎么都看不够。

察觉到他在看自己，温絮转头，两个人的视线猝不及防撞在一起。对方没有移开视线的意思，也没有开口说话的意思，只是安安静静地看着她。

温絮还是第一次见沈听南这个样子，眼底的炽热毫不掩饰，心跳不由得加快，眼睫微颤。

前方的红绿灯闪了一下，沈听南终于收回视线。

温絮捏了捏耳垂，有些发烫，感觉耳朵一定红了。

在商场地下车库停好车，两人便往顶楼的影院走，现在人有些多。

温絮突然想起，自己忘记提前买票了，现在买票估计买不到这个时间点并且位置好的票了。

在她懊恼之际，沈听南已经去取票的机器前排队了。

温絮跟上他："你买票啦？"

"嗯，等你想起来，我们今晚估计看不上电影了。"

温絮瞪了他一眼，只不过一点杀伤力都没有，反而还有点可爱。

盯了她一会儿，沈听南没忍住伸手捏了捏她软乎乎的脸。

很快，沈听南成功取到两张票，他自然地拉住温絮的手腕："走吧，电影快开场了。"

他的手很烫，令温絮心跳加速。

虽然电影快开始了，但沈听南还是先去前台买了一桶爆米花和两杯可乐。

温絮看了一眼被牵住的手，又看了一眼台上的爆米花，单手把爆米花抱在怀里："我来拿爆米花。"

"好。"沈听南拎上两杯可乐，依旧牵着她。

两人进场的时候灯光已经暗下来，只剩大荧幕映的光，沈听南走在前面，叮嘱道："小心点，别摔了。"

"知道了。"

但实在太暗了，温絮还是被脚下的台阶绊了一下，沈听南及时拉住她。

头顶传来低低的声音："看着点。"

温絮咬了下唇，小声道："我没看清。"

沈听南重新牵住她，捏了捏她的手，说："跟着我。"

温絮感到前所未有的安心。

沈听南买的是后排的座位，因为温絮喜欢坐后排，她觉得视野好。

终于走到后排，温絮轻轻地呼了口气。

落座后，沈听南松开温絮的手，手心还残留着温热。沈听南选的是最近刚上映并且爆火的爱情电影，温絮瞬间来了兴趣。要知道她最爱看言情小说了，电影也不例外。

沈听南拈起一颗爆米花，递到温絮嘴前："张嘴。"

温絮沉浸在电影里，很顺从地张开嘴巴。

沈听南把爆米花放进她嘴里，想收回手时，指尖传来一股湿热，是温絮不小心碰到了他的手指。

沈听南一怔，借着荧幕的光，他看到小姑娘一副专心致志看电影的模样，估计还不知道。

沈听南嘴角含笑，坏心眼地用手指轻轻碰了碰。

这触感不对，温絮垂下眼睑，身体猛地后退，后背撞在椅子上，眼睛扑闪两下，有些不知所措："不好意思啊，我看电影太入迷了，没注意。"

沈听南缓缓收回手，轻飘飘地说："没事。"然后若无其事地拈起一颗爆米花放进自己嘴里。

温絮睁大双眼，眸子里满是震惊："你……"这算是间接接吻了吧！

沈听南平静地说："怎么了？"

温絮的话卡在喉咙里，最后憋出两个字："没事。"

除了震惊，更多的是害羞。温絮暗暗庆幸，还好电影院的灯光够暗，否则她羞红的脸将暴露无遗。

见沈听南泰然自若地看电影，她平复了一下心情，继续看电影。

过了一会儿，沈听南突然侧了一下身子，贴在温絮的耳朵旁边说了几句话，说完又坐直身子。

沈听南跟她讨论了剧情，只不过她之后都没办法专心看电影，自然也不明白他在说什么。

接着，电影里的男女主突然接吻。温絮愣了一下，不自觉地捏了捏手指。沈听南突然又贴了过来："絮絮。"

温絮不自觉地屏住呼吸："嗯？"

沈听南盯着她的唇，喉结很轻地滚动了一下，眼底的神色晦暗不明。他舔了舔唇，收回目光："没事。"

"哦。"他刚刚是想亲自己吗？温絮连忙喝了口可乐。

电影散场，两人都默契地没提刚才那件事。

沈听南："送你回去？"

现在已经快十点半了，温絮点了点头。

下车后，温絮朝沈听南挥了挥手便进了宿舍楼。

看着她愈来愈小的身影，沈听南不禁想到在电影院的时候，他是真的想吻她。好在最后理智占了上风，他们还没在一起，不能急。

手中的电话响起，沈听南看了一眼便接起："喂？"

"南哥，酒吧有人闹事。"

"知道了。"挂断电话后，沈听南驱车前往酒吧。酒吧离学校不远，很快就到了。

见沈听南过来，萧彦朝前面扬了扬下巴，说："就他，竟然敢往别人酒里放东西，被逮着了死不承认，还敢打工作人员，正好给我撞见了。"

看着被按在地上的男人，沈听南淡淡地问："教训过了？"

"嗯。"他要是不教训一下，都对不起别人受到的惊吓。

沈听南蹲下身子，伸手拍了拍男人的脸："平常这事没少干吧？"

"没……没有。"

"下次再敢来这儿撒野，可就没这么简单了。"

闻言，男人身子几不可察地抖了一下，连忙说：“不敢了，不敢了。”

“走吧。”沈听南发话，按着男人的两个人便松开了手。

男人连滚带爬地跑出去，头也没回。

处理完事情，萧彦挑了挑眉：“南哥，喝一杯再回去？”

“不喝了。”沈听南说完便拿起钥匙往门外走去。

出了酒吧，周围没那么嘈杂了，他才拿出手机，发现小姑娘几分钟前刚给他发了信息。

温絮：“回到家了吗？”

沈听南不想让她知道酒吧的事，便说：“到了。”

温絮秒回：“那就好，我要睡觉了，晚安。”

沈听南笑了笑，发语音说：“晚安。”

出乎意料的是，温絮也给他回了一句晚安，声音软软的，他的心也软得一塌糊涂。

温絮躺在床上，翻来覆去怎么也睡不着，满脑子都是电影院里沈听南想要亲自己的画面。他应该是喜欢自己的，但为什么还不跟她表白！老男人都这么沉得住气吗？！

她拿出手机，把今晚的事全告诉了徐亦欢。

最后，她发出真挚的疑问：“他为什么还不跟我表白？”

徐亦欢：“可能是觉得时机没到，不过你可以主动出击啊，一举拿下他。”

温絮：“那显得我多不矜持啊。”

徐亦欢：“两情相悦，矜持很重要吗？”

温絮安静片刻：“好吧。”

徐亦欢：“这不就对了，听说你们学校附近开了家新酒吧，国庆去坐坐？”

温絮觉得这主意不错，便应下了。

她上次去酒吧还是暑假的时候，结果她不胜酒力，才喝了几杯脑子就晕乎乎的，最后被沈听南拎回家教训了一顿。

隔天，温絮起床后简单收拾了一番，便往操场走。

操场上的声音源源不断往外传，听不太清，估计是校长在讲话。

今天是军训的最后一天，正在开总结大会。

她不需要参加，只是为了等云暮一起吃饭才过来的。她坐在石凳上，百无聊赖地刷着微博。

过了一会儿，操场没了声音。

温絮估摸着应该是结束了，便跟云暮说了她的位置。

随后，面前落下一道影子。

温絮以为是云暮来了，站起身正想夸她怎么这么快，就看到一个男生站在她面前。

“你好，我叫江之淮。”

温絮感到奇怪：“你有什么事吗？”

“可以加个微信吗？”

温絮恍然大悟，原来是跟她搭讪。就在她想着该怎么拒绝的时候，就听见有人在叫她。

她循声望去，云暮正朝她招手。温絮笑了笑，说：“不好意思啊，我朋友叫我，先走了。”

江之淮见她头也不回地走了，自知是被拒绝了。没想到他第一次找女生要微信就被拒绝了，以往可都是女生追着他要微信。

云暮：“刚刚那男生是谁啊？”

“不知道。”

“又找你搭讪的？你给微信了没？”

“当然没有。”

云暮点点头：“某人心里怕是只有沈学长。”

温絮撇撇嘴：“少打趣我。”

两人走到一食堂，此时正是食堂吃饭的高峰期，温絮想吃的黄焖鸡饭窗口排了长长的一条队伍。

等两人买完饭，发现周围已经没有空位了。

“这么大个食堂，连个位置都没有。”

“找找吧。”温絮四处张望。

“同学，来坐这儿。”

温絮顺着声音看去，是刚才那个男生。两人视线相撞，她莫名觉得他好像在叫自己。

江之淮又喊了一遍：“快过来呀。”

这下温絮确定他是在喊自己了，他的声音很大，惹得周围的人频频投来目光。温絮只觉得一个头两个大。

“温絮。”是一个熟悉无比，堪称救星的声音。

她又往另一边看去，果不其然看见沈听南，还有旁边的周皓。

她靠近云暮：“走吧，我们过去坐。”

江之淮看着温絮在沈听南那桌坐下，拧起眉毛，她竟然跟沈听南认识。虽然被截和心有不甘，但又无可奈何，不过好在知道了她叫什么名字。

温絮坐下后便给两人介绍：“这是我室友云暮。”说完又看着周皓，说：“这是周皓。”

两人又互相打了招呼，就算是认识了。

沈听南把桌子上的两瓶酸奶推到她们面前。

“谢谢听南哥哥。”

“谢谢沈学长。”

见两人都谢沈听南，周皓觉得不公平：“怎么没人谢我，这两瓶也有我的份的。”

云暮嘴角含笑：“谢谢周学长。”

周皓立马笑逐颜开：“不用谢不用谢。”

吃饱后，温絮和云暮就先回了宿舍。

“你有没有……周学长的微信？”

温絮挑挑眉，问：“看上他了？”

“就觉得他有趣，而且长得也挺帅的。”果然帅哥的朋友也是帅哥。

温絮从好友列表里找到周皓，将他的名片推给了云暮。

云暮立马凑到温絮身边，在她脸上亲了一口：“爱你宝贝。”

“快加吧。”

云暮点了添加好友，怕他不同意，又在验证信息里写：我是云暮。

周皓正好上线打游戏，看到微信弹出来的好友验证，见对方是云暮，便通过了，然后又把过期的好友申请清空。

云暮见好友申请通过了，便主动发信息。

云暮：周学长，我是云暮。

周皓：我知道。

云暮回了一个表情图。

周皓也回了她一个表情图。

不过他的表情图都比较拿不出手，找了好久才找到一个正常点的。

温絮化了个浓妆，然后从衣柜里拿出一条红色吊带裙。这条裙子是激情下单的，但不太日常，一直没穿过，现在终于派上用场了。

云暮眼睛都看直了："这种风格也挺适合你的，超级好看！"

"不过你打扮得这么好看，是要去哪儿？"

"跟朋友约了去酒吧，可能晚点回来。"也有可能不回来。

"玩得开心哦。"

温絮打车去了酒吧。

她跟着服务员走到订的卡座，是二楼小角落的位置，视野开阔，关键是不显眼。

她坐下玩了一会儿手机，徐亦欢才姗姗来迟，旁边还跟着一个男生。

徐亦欢贴在她耳边："久等了宝贝。"

"我还以为你掉坑里了。"

两人坐在温絮的对面。

温絮瞥了男生好几眼，还是觉得陌生，说："不介绍一下？"

"哦，对，这是我男朋友谢礼安。"她又对着谢礼安说："这是我闺密，温絮。"

谢礼安朝温絮点点头。

温絮也点点头，然后就拿起手机给徐亦欢发信息。

徐亦欢正和谢礼安低着头说话，时不时还拉拉手，就是不看手机。

温絮忍不住踹了她一脚。

徐亦欢一脸蒙："怎么了？"

温絮扬了扬下巴，示意她看手机。

徐亦欢拿起手机看了一眼。

温絮：什么时候换的？

徐亦欢：哎呀，就几天前。

她记得徐亦欢上一个男朋友谈了还不到三个月。这就算了，分手也不告诉她，新交了男朋友还不告诉她，岂有此理！气得她猛喝了几口酒。

“絮絮，给我俩拍几张照。”徐亦欢说着把手机塞到温絮手里。

温絮打开闪光灯，找了几个好看的角度，一连拍了好多张。

拍完她把手机塞回给徐亦欢。

徐亦欢翻看着照片：“不愧是我姐们儿，拍照技术就是厉害。”

此时酒吧氛围已达到高潮。

“下去玩玩？”

“好。”

温絮和徐亦欢起身，把谢礼安一个人留在卡座上。

两人钻进舞池中央，随着台上DJ打碟的节奏摇晃着身体。

时不时有光束照到温絮身上，少女美艳的面容在灯光的照耀下更加撩人。

殊不知楼上有人正眯着眼看着她，眼帘微垂，看不出情绪。

两人蹦累后便回了卡座，温絮喝了几口酒，感觉有人一直在盯着她看。

她凭着直觉往旁边瞥了一眼，跟一个男生视线相撞。男生瞬间移开视线，神色有些不自然。

温絮收回视线，没放在心上。过了一会儿，那个男生走到温絮旁边，怕她听不见，弯腰凑近说道：“你好，可以加个微信吗？”

酒吧的灯光昏暗，温絮这会儿才看清了他的模样，看上去年纪估计跟她差不多。她正想着该怎么拒绝，耳边就传来熟悉的声音：“我是她男朋友。”

接着温絮就被来人搂住，鼻间是熟悉的味道。

男生见状，抿抿唇，说：“不好意思，打扰了。”

男生走后，温絮憨着笑：“你怎么在这里？”

“我还想问你怎么在这里。”沈听南声音冷冽。

温絮心一慌，上次沈听南就警告过她，让她不要去酒吧。

温絮咬着唇，怕他生气，不知道该怎么解释，索性就闭嘴。

下一秒，温絮被拦腰抱起，然后听到沈听南对徐亦欢说：“我带她走了。”

徐亦欢很有眼力见地说：“好的好的。”

温絮一脸震惊，不可置信地看着徐亦欢，徐亦欢则朝她眨了眨眼。

温絮看着沈听南紧绷着的脸，乖乖任由他抱着。

沈听南用鼻音冷哼一声：“现在知道乖了？”

虽然生气，但沈听南还是轻轻地把她放在座位上，并给她系好安全带。

一路上，两人都没讲话。温絮看路线似乎不是回学校的路，犹豫了一会儿，轻声开口：“不回学校吗？”

沈听南没说话。

温絮瞥了他一眼，由着他去，反正他也不会害自己。

车子驶进城南公寓。

下了车，沈听南攥着温絮的手腕就往里走。

温絮喝了酒，头晕乎乎的，说：“你走慢点，我头晕。”

沈听南没说话，但脚下的步伐放慢了些。

走进电梯，指纹解锁，沈听南从鞋柜里拿出温絮的拖鞋：“穿上。”

两人坐在沙发上，温絮伸手扯了扯沈听南的衣服：“听南哥哥，别生气了。”

沈听南盯着她，良久才开口：“我很生气。”

“你知不知道女孩子去酒吧很危险？”

温絮顺从地点点头：“嗯……我知道错了。”

沈听南见小姑娘一副乖巧的样子，气消了些。他拉起温絮的手，语气软下来：“下次想去酒吧就告诉我，我带你去。”

温絮低头看了眼自己被沈听南握住的手，又想到今天在酒吧沈听南说的话，她觉得自己已经能确定沈听南的心意。

温絮一个翻身把沈听南压在身下，借着酒劲问："听南哥哥，你要不要和我谈恋爱？"

一股酒味在两人之间弥漫开来。

沈听南愣了几秒，问："你知道自己在说什么吗？"

"知道。"

沈听南盯着温絮的目光逐渐炽热，把她反压在身下，吻住了他朝思暮想的唇。

温絮仰着头，手环着他的脖子。

过了一会儿，唇稍微离开了些，沈听南带着些醋意说："下次不许穿这条裙子出去。"

"为什么？"

"只能穿给我看。"说完他又贴上她的唇，她不知道自己现在有多美。

不知过了多久，温絮觉得呼吸有点困难，伸手推了他一下："我……我快喘不过气了。"

闻言，沈听南松开了他，微微喘着气，附在她耳边低声说："你终于是我的了。"

温絮的心一紧，脸红到耳后根，一边平复气息一边说："终于？"

"嗯。"

"早就喜欢我了？"

沈听南抱着她："絮絮，我对你的喜欢还不够明显吗？"

温絮看着沈听南，此刻他的眼里只有她，确实挺明显的。她搂住沈听南的腰，头靠在他的胸膛："对不起，喜欢你喜欢得太晚了。"

沈听南揉了揉她的头："傻瓜，有什么好对不起的。"

"那我以后要多喜欢你一点。"说完她还蹭了蹭。

"只是一点？"

温絮笑了笑："很多。"

沈听南伸手刮了下她的鼻子："今晚别回去了？"

虽然是疑问句，但温絮总觉得这是陈述句：“嗯？”

“想让你陪我。”

两人才刚在一起，沈听南舍不得放她走。

“那我跟暮暮说一下，免得她担心。”其实她也很想和沈听南待在一块。她起身，拿起手机给云暮打了个电话。

云暮大概是在打游戏，过了一会儿电话才被接起。

“暮暮，我今晚不回去了。”

“好。”云暮没多想，因为温絮的家就在渝城。

挂断电话后，沈听南的唇又覆了上来。

良久，温絮才呼吸到新鲜的空气。

“去洗澡吧。”

“好。”

等温絮走进厕所，沈听南才起身去房间拿了一条浴袍，然后敲了敲厕所的门。

“怎么了？”

“给你拿了条浴袍。”

接着，门被开了条小缝，温絮伸出白嫩的手臂。

沈听南移开视线，把浴袍放在她手里。

他坐在沙发上，点开手机，买了几件衣服。

温絮洗好澡，才发现自己似乎也没有换洗的贴身衣物。没办法，她只好先穿上浴袍，

还好沈听南的浴袍很长。

她有些不自然地走出厕所，站在沙发旁边不知道该不该坐。

“坐啊。”

“我……站一会儿。”

沈听南拉着她坐下：“等会儿衣服就到了。”

温絮点点头，没想到他已经买了衣服。

过了一会儿，门铃响起。

温絮正准备起身，就被沈听南按下：“坐着，我去给你拿。”

温絮看了一眼自己，确实不太合适。

沈听南回来后把衣服放在她旁边："去换吧。"

温絮拿起袋子就往厕所里跑，袋子里有两套衣服，还有两套贴身衣物。

温絮的脸又是一红，随便拿了一套贴身衣物换上，竟然意外合身。

温絮换好衣服后，发现沈听南不在客厅。

"沈听南？"

"嗯？"沈听南从厨房里走出来，手里还端着一杯东西。

温絮凑过去看了一眼："这是什么？"

"蜂蜜水，快喝吧。"他把蜂蜜水放在桌子上，"我去洗澡。"

温絮坐在沙发上，端起那杯蜂蜜水喝了一口，是温的。

喝完后，她拿出手机准备看一会儿微博，接着微信进来一条信息。

徐亦欢："怎么样了？"

温絮："还好意思说！"

还配了个抗议的表情图。

徐亦欢："我这可是为了你好，快说说你和沈听南怎么样了？"

温絮："在一起了。"

徐亦欢："可以啊，一定要幸福哦。"

浴室里的水声停了，温絮连忙把手机页面切换到微博。

沈听南一边擦头发，一边走到温絮旁边："在干吗？"

温絮回头看他："啊！！！你……你，怎么不穿衣服！"

沈听南自然地坐在她旁边，搂住她："在家穿什么衣服？我围了浴巾啊。"

温絮红了耳根："我还在呢！"

"你不也是我家的，这有什么呢？"

她不知道沈听南还有这么不要脸的一面，别过头去不看他。

沈听南把她的头转过来："怎么不看我？我难道不比手机好看吗？"

温絮瞥了眼他的腹肌，咽了咽口水。

她的小动作被沈听南尽收眼底，他拉着她的手，放在自己的腹肌上。

她的下巴被随之抬起，沈听南滚烫的气息扑面而来。

过了一会儿，沈听南停下动作，睁开眼睛喘着粗气，眼底一片猩红，说：“我去洗个澡。”

之后沈听南穿着睡衣出来，然后走进客房。他从衣柜里拿出床单和被子，铺好后对温絮说：“你睡客房。”

温絮脱口而出：“为什么？”情侣不应该睡在一起吗？

“那你睡我的房间。”沈听南把她推到房间里，说了声“晚安”然后关上门。

温絮看着被关上的门，眨了眨眼，随后脱了鞋躺到床上。

床上有一股属于沈听南的气息，萦绕在鼻间，仿佛被抱住一般。温絮在床上翻来覆去，睡不着。

最后，她抱着枕头走到沈听南的房门前，犹豫再三，还是敲了敲门。

门被打开，沈听南手撑在门的一侧：“怎么了？”

温絮弯腰，从他手臂下钻过，扑到床上，说：“我要和你一起睡。”

沈听南盯着床上只露出一个脑袋的人，无奈地摇摇头，关上门走过去：“睡好。”

温絮往旁边挪了挪，给沈听南腾了个位置。

沈听南平躺着，温絮不安分地把腿放在他身上，手抱着他的脖子。

沈听南把她的腿和手拿下来：“乖，好好睡觉。”

“我想抱你嘛。”

“你如果不想发生点什么，就乖乖睡觉。”

温絮瞬间明白了他的意思，立马把正要抱他的手收回来：“晚安！”

第二章

我只喜欢你

温絮醒来，伸手往旁边摸了摸，没摸到人。她连忙睁开眼，发现自己确实在沈听南家，才安心了些。

她掀开被子，下床时发现地上没拖鞋，她昨晚好像是光脚跑过来的。她打开门，又推开对面房间的门，果然在地上看到自己的拖鞋。

穿上拖鞋后，她走出房间，就闻到一股饭香味。

她走到厨房，沈听南正在煮饭。她看着沈听南的背影，勾了勾嘴角，会做饭的男人真帅。

她走过去从后面搂住他的腰。

沈听南握着勺子的手一顿，又继续搅着锅里的汤，说："醒了？"

温絮用鼻音嗯了一声。

沈听南关掉火，转过身捏了捏她的鼻尖："去洗漱完吃饭了。"

"好。"温絮抬头，噘着嘴，"你亲我一下。"突然想到自己没刷牙，她又低下头："算了，我还没刷牙。"

她刚想转身，就被一股力量拉回。沈听南捧着她的脸，亲了她一口："我不介意。"

温絮脸有些热，娇嗔道："讨厌。"

看着小姑娘跑掉的背影，沈听南扬了扬嘴角，转身把煮好的汤端出去，又洗了两副碗筷。

见温絮出来，沈听南抬了抬眼："过来。"

他盛了碗汤放在她面前："先喝汤。"

温絮俯下身闻了闻，是她喜欢的玉米汤。沈听南又给她盛了碗饭，满满一碗。

"太多了……"

"多吃点，长身体。"

"我现在只会横着长，不会竖着长！"

最后，温絮把一半的饭倒在了沈听南的碗里。

吃完后，沈听南又默默地收碗。

温絮有些不好意思，饭是他做的，现在碗还是他收："要不，我来收碗吧。"

沈听南避开她伸过来的手："去坐着看电视，收碗这种活我来干就行。"

"可是……"

她话还没说完就被打断："没有可是，快去。"

温絮只好坐到沙发上，找到遥控器，点开《甄嬛传》。这已经是她看的第三遍了，百看不腻。

温絮由坐着渐渐变为躺着，跷着腿一晃一晃的。余光瞥见沈听南出来，她立马又坐起身。

"吃饱了别躺着。"

"知道了。"

接着沈听南又走进厨房，过了一会儿端了一盘苹果出来，放在温絮面前，还贴心地插上水果叉。

"谢谢听南哥哥。"

"那你还不亲亲我？"

温絮起身，搂着沈听南的脖子在他的左脸亲了一下。

沈听南又侧过右脸："要均衡。"

温絮笑了笑，又亲了一下。

沈听南搂着她的腰坐下，温絮顺势把头靠在他肩膀上。

"要不要换个电视剧？"温絮想着沈听南应该不会喜欢看《甄嬛传》。

"不用，你喜欢就行。"

温絮点点头，继续看。

过了一会儿，沈听南突然说："这安陵容怎么有点奇怪。"

见沈听南还真把剧情看进去了，温絮忍不住笑了下："她后面和前面确实有点不一样了。"

沈听南微微张开嘴巴哦了一声，尾音拉长："原来如此。"

接下来沈听南每看一会儿就要和温絮探讨一下剧情。

听着他问出来的各种奇怪的问题，温絮哭笑不得，只好一一给他解答。

连续看完三集后，沈听南把电视机关了："休息一会儿，看太久对眼睛不好。"

"好。"温絮说完就躺在沈听南的腿上，坐了那么久，她的腰都痛了。

沈听南伸手时不时捏捏她的脸，又把玩着她的头发："下午要不要出去玩？"

"好。"

"想去哪儿？"

温絮想了想，拿出手机搜索约会可以做的事，翻看了一会儿，问："要不要去猫咖？"

她还挺喜欢小动物的，一直都想养猫，只不过付女士死活不让她养，说什么她要是敢养猫，就把她和猫一起扔出去。

无奈之下，温絮只好暂时放弃养猫这个想法，等以后工作了再说。

"好。"

沈听南拿出手机挑了几家环境还不错的猫咖，把手机放在温絮面前："你看看想去哪个？"

温絮滑动着几张照片，最后选了粉色调的那家。

沈听南笑了笑，他就知道她会选这家。

小姑娘一向喜欢粉红色，平常用的拖鞋、杯子等东西都是粉色的。

"想几点去？"

"一会儿？"她都有些迫不及待了。

"好。"

温絮立马起身："我去化妆，你也去收拾一下。"

她昨晚在包里带了些化妆品，本来想补妆的，但没用上，现在正好派上用场。因为带的东西不全，她用仅有的化妆品化了个淡妆。

想着昨晚洗的衣服应该干了，温絮走到阳台准备收下来。

"你干吗？"

"收衣服啊。"

"你准备穿这个？"

"嗯。"温絮把衣服抱在怀里。

沈听南一把夺走她的衣服："没收了。"

温絮盯着他手里的衣服："不行……"

沈听南突然靠近她，放低声音："都说了只能在我面前穿。"

察觉到他话里的深意，温絮退后一步，然后头也不回地跑进房间。

温絮拿出沈听南昨天给她买的衣服，是条粉色的裙子，穿上后在镜子面前转了几圈。

沈听南的审美还是可以的。

为了搭配这么少女的裙子，温絮还扎了两条辫子。收拾好后，她走出房间，发现沈听南坐在沙发上，已经换了身衣服。

"走吧。"

"好。"

沈听南按着导航的提示找到了猫咖，在一个商场的一楼，于是把车停到地下车库。

下了车，沈听南拉住温絮的手，语气有些委屈："你都不牵我，就这么自己走了。"

温絮偏头看了他一眼，竟然觉得他还有些可爱。她捏了捏他的手，调整了一下手的位置，与他十指相扣。

沈听南这才笑了一下，俯身在她脸上快速地亲了一口。

温絮哎呀了一声："我的粉都被你蹭掉了！"

沈听南又凑近看了看："没有掉。"

两人走进猫咖，发现里面的环境比照片上还要好。一见到这么多只可爱的猫猫，温絮一下就松开了沈听南的手，扎进猫堆里。

沈听南低头看了眼空落落的手，无奈地摇摇头，只能自己找个位置坐下。

服务员端来两杯饮品和一些小吃，放在桌子上。

沈听南和服务员说了声谢谢，便继续盯着温絮。

服务员回到前台，和旁边的人窃窃私语。

"那对情侣颜值好高啊！"

"对啊，还是头一回见。"

“那个男生看着女生的眼神也太深情了，好羡慕啊！”

温絮学着网上的撸猫手法，猫果然乖乖地趴在地上，一脸享受。她感觉自己的腿被蹭了蹭，回头一看，是另一只小猫在蹭她。

温絮觉得这蹭的不是她的腿，而是她的心，猫猫也太可爱了！

她决定了，她一定也要养一只猫！

温絮起身走到沈听南旁边：“给我拍几张照片呗。”

沈听南本想拒绝，但看小姑娘一脸欢喜，他也不想扫她的兴，于是便应下了。

温絮打开手机原相机递给沈听南：“拍好看点。”

接着她抱着猫摆了好几个姿势，由于不相信他的拍照技术，在他按了几次快门之后，朝他伸手说：“给我看看。”

沈听南顺从地把手机递给她，温絮看了一眼，然后一脸嫌弃，果然男生的拍照技术是不可以相信的。

“算了，你举着，我自己拍。”

沈听南接过手机，自知自己拍照技术不好，于是心甘情愿当个手机支架。

“手机往下点。”

沈听南把手机往下放了点。

温絮摆好姿势后，说：“你按一下。”

沈听南听话地按下快门。

温絮看了眼照片：“还不错，继续。”

就这样，沈听南举了十几分钟的手机，在拍好后，温絮翻看了一下拍的所有照片：“好了，就这样吧。”

拍完照，温絮也有些累了，便和沈听南一块回到座位。

她喝了口水，点开手机相册，把不好看的照片删掉，选了张照片开始修图。

沈听南见她面无表情地盯着手机，手指还不停地滑着屏幕，又想到网上说女孩子如果拍完照看着手机一声不吭那就是在修图。

他识趣地没说话，安安静静地拿出手机刷朋友圈。

过了半小时，沈听南再一次刷新朋友圈的时候，就看到了温絮发的朋友圈。

是九宫格图片，配文：今日份撸猫。

他给她点了个赞，然后退出朋友圈。

“要走了吗？”

温絮摇摇头：“我再玩会儿。”话音刚落，人又跑没影了。

沈听南突然觉得带她来猫咖是个错误的选择。

温絮抱着一只布偶猫到沈听南身边：“你摸摸，可乖了。”

沈听南不着痕迹地蹙了蹙眉，他不是很喜欢这种毛茸茸的动物，但还是伸手摸了摸。

“你再抱抱它。”温絮把猫轻轻地放在他怀里。

沈听南从来没抱过猫，心里有些慌张，生怕把它摔了。

只见小家伙安安静静地趴在他怀里，睁着水灵灵的大眼珠子直勾勾地盯着他。沈听南笑了笑，眼角眉梢都带着笑意。

他的表情变化被温絮捕捉到，见他接受了小猫，悬着的一颗心才放下。

“我们俩拍张照吧。”他们好像都没有几张合照。

“好。”

温絮找来服务员：“你好，可以麻烦你帮我们俩拍张照片吗？”

“可以呀。”

温絮把手机递给她：“谢谢啦。”

两人摆好姿势，快门按下，照片被定格。

照片中两人贴在一起，沈听南抱着布偶猫，眼睛没看镜头，而是偏头看着温絮。

温絮看着照片，白皙的脸上泛起一抹红。

等两人出了猫咖，天色已经暗了下来，于是沈听南便带着温絮去了一家饭店。

温絮先坐进去，沈听南则坐在外面一侧贴着她。

两人点完餐后，沈听南拿起面前的热茶烫了烫碗筷，烫好后把其中一副放在温絮面前。

等菜上齐，沈听南刚要拿筷子去夹菜，就被温絮拦下：“等一下！我先拍个照！”

温絮对着桌子上一顿拍，然后又拍了一张和沈听南十指相扣的照片。

最后她欣赏了一下成片，说：“可以吃了。”

“把照片发给我。”

“我修完就发你。”

“快吃饭，别玩手机。”沈听南拿过温絮手里的手机放在旁边，犹豫了一下，问，“今晚回宿舍吗？”

温絮有些纠结：“你想我回吗？”

沈听南挑挑眉：“如果你问我，我当然是不想你回了。”

“可是我没衣服换。”

“带你回去拿。”

“好。”

沈听南安静了几秒，随后带着笑意说：“原来絮絮也舍不得我呀。”

温絮红着耳根子嘴硬道：“我才没有！”虽然她是真的舍不得他，但是他也不用这么直白地说出来吧！她不要面子的吗？！

吃完饭，沈听南带着她回了宿舍。

“我在这儿等你。”

“好。”

温絮快步走上楼，到了寝室门口，拧了下把手，没拧开，看来云暮不在，她莫名地松了一口气。

温絮找到寝室的钥匙，推开门后打开灯，简单地收拾了几件衣服。但袋子装不下，她只好全塞进行李箱里。

想着万一还要出去玩没化妆品怎么办，于是她又带了一些化妆品和护肤品。

收拾好后，她下楼飞快地跑到沈听南的车旁，把行李箱放进车的后备箱。

坐上车后，温絮深深地呼了口气。

然后她又拿出手机给云暮发了信息：“我今晚也不回去了，我回家住了，国庆后再回去。”

她撒了个谎，总不可能说自己是和沈听南一起住吧。

回到公寓后，温絮脱了鞋就往沙发上躺，拿出手机，看到了云暮的回复。

云暮：“好，我知道了。”

沈听南把行李箱放在一旁：“要不你直接搬过来吧。”

温絮想也没想就拒绝了。

被拒绝是沈听南意料之中的事，他也只不过是随口一提。

温絮歇了一会儿就拿上衣服进了厕所，全身黏糊糊的，急需洗个澡。洗完澡她又把妆卸了，最后想吹个头发，结果找了半天也没找到吹风机。

温絮打开门，探出脑袋，问：“沈听南，吹风机呢？”

“过来，我帮你吹。”

“哦。”温絮跟着沈听南走进房间。

沈听南握着吹风机，打开开关后，用手试了试温度，合适后才往温絮头发上吹。

在头发吹得半干的时候，温絮起身：“我去拿护发精油。”

温絮正要自己抹精油，就被沈听南拦下：“我帮你。”

沈听南还没伺候过小姑娘，所以他得学习一下。他挤了点精油在手里，问：“抹在哪儿？”

“发尾。”

沈听南按着温絮说的，把精油抹在她的发尾，然后揉了揉，最后吹干。

温絮则一脸享受的表情，不用自己动手的感觉真好，她转身亲了沈听南一下。

正欲离开，就被沈听南扣住后脑勺加深了这个吻。

半晌，沈听南松开她：“我去洗澡。”

“好。”

沈听南拿着吹风机走出房间，放在了厕所里，他上次吹头发忘记放好了。

温絮躺在床上拿出手机，简单地把照片修了一下，发给了沈听南，然后选了部综艺看。

沈听南出来的时候看了一眼手机，把温絮发的照片全都保存下来。

“再看一会儿就睡觉了。”

“这么早？”

沈听南走过去，一边掀开被子一边说：“别熬夜。”怕没有说服力，他又继续说，“熬夜对皮肤不好，还会掉头发。”

温絮看着自己日益稀少的头发，立马就放下手机：“快睡觉吧！”

沈听南低声笑了笑：“这才乖。”说完伸手把灯关了。

温絮把腿搭在沈听南身上，手抱着他的脖子，头靠在他的颈窝处。沈听南顺势搂着她，把她整个人搂进怀里：“晚安。”

“晚安。”

翌日。

温絮一如既往地赖床。

沈听南做完午饭，见温絮还没有要起床的迹象，便走到了房间。

床上的人裹着被子，睡得歪七扭八。

沈听南眉心一跳，半跪在床上，轻轻拉开遮在温絮脸上的被子：“絮絮，起床了。”

温絮嘤咛一声，把他的手打掉，翻了个身继续睡。

沈听南见她不肯起床，伸手捏住她的鼻子。过了一会儿，温絮感觉呼吸困难，猛地睁开眼睛，沈听南才顺势松了手。

温絮大口大口地呼吸着，等气顺上来之后，气鼓鼓地盯着沈听南：“你干吗？！”

“你不肯起床，我只能这样了。”顿了顿，他又继续说，“不过还挺管用。”

温絮张嘴想骂人，但看着沈听南笑盈盈的脸，最后只憋出了两个字：

“无聊！”

温絮没了睡意，索性起床洗漱。

吃完饭，温絮在屋子里走了几圈才坐下，总是吃饱了就坐，她都有小肚子了。

整个下午两人都没有出门，一是外面真的很晒，二是温絮也懒得出门。如果可以，她愿意在家里度过一整个假期。

沈听南洗好碗坐在旁边，温絮抬起脑袋，自然地枕在他腿上。

因为无聊，温絮打开了游戏。

她不知不觉跷起腿，时不时晃一下。

“别晃腿。”

温絮停下，过了几秒又不自觉地晃起来。

沈听偏头看了她一眼。

温絮又停下，干笑两声：“习惯了习惯了。”她凑到沈听南的电脑屏幕前，“你在干吗？”

“安排学生会各部门的工作任务。”

学生会招新的时间安排在国庆过后，为了活动能顺利开展，他需要提前安排好各个部门的工作任务。

温絮似懂非懂地点点头：“安排什么工作任务？”

“下周学生会的招新。”

“学生会要招新了？”

“嗯。”见温絮一脸雀跃，他又说，“想参加什么部门？”

温絮想了想，说：“文艺部吧。”

学会生招新的地点在学生会办公楼。

学校为了学生会的同学能有良好的工作环境，就特意整修了这栋楼，用作学生会办公。

温絮和云暮想进的部门不同，所以两人分头走，最后再到楼下集合。

温絮按着路上学姐的提示找到文艺部后，便站在门口排队，四处张望着。

突然，她的目光聚集在一个地方，是沈听南，旁边还有一个女生。

两人贴得很近，低着头不知道在说什么。

温絮皱起好看的眉头，舌头轻戳腮帮子，深吸一口气。

像是察觉到她的目光，沈听南看了过来，弯唇笑了笑，走过去旁若无人地拉住她的手。

见他没有遮掩，温絮的心情这才好了起来。

“来这么早？”

“嗯。”

“我刚刚只是在跟她说工作上的事。”

温絮冷哼一声：“跟我说干吗。”

沈听南捏了捏她的手：“还不是怕你生气。”

温絮舒展眉头，脸上漾出一抹笑：“你快去忙吧。”

“好。”

孟玥：“学长，刚刚那个是？”

“女朋友。”

虽然早已猜到，但听他毫不避讳地说出来，孟玥心里还是有些不是滋味。

温絮回到寝室的时候，发现微信联系人上多了个小红点。

点开一看，对方是精确查找。

想来应该是认识的人，于是她便通过了。

刚想问他是谁，那边就发来信息：我是江之淮。

温絮只觉头疼，这人怎么阴魂不散：你从哪里找到我的微信的？

江之淮：不小心在文艺部的报名表上看到的。

填报名表的时候需要填联系方式，方便后续的通知，于是温絮便填了自己的电话号码和微信。

他既然是在报名表上看见的，那说明他也是……

温絮：你不会也是文艺部的吧？

江之淮：真聪明，都说了我们有缘吧真是孽缘。

江之淮又发了几条信息，温絮只看了一眼，没回。

接着，微信又进来一条信息。

沈听南：一起吃饭？

温絮：好。

沈听南：我在楼下。

温絮：你是吃定了我一定会跟你吃饭？

话是这么说，但温絮已经穿上鞋往楼下跑。

看见温絮的身影，沈听南收起手机，放进裤兜里。

“跑什么，我又不会走。”

温絮微微喘着气：“着急见你不行吗？”

沈听南摸了摸她的头，又牵住她的手：“没说不行。”

温絮哼了声：“要去食堂吗？”

“都行。”

“那我们赶紧过去吧。”

沈听南笑道：“好呀。”

两人走在校道上，路边的树叶沙沙作响，迎面吹来阵阵微风。

沈听南突然开口：“我有点冷。”

温絮有些疑惑：“这么热的天，你冷？”说完把手放在他额前摸了摸，又摸了摸自己的额头，“没发烧啊。”

“你抱我一下。”

温絮愣了几秒，随后忍不住笑出声，伸手环住他的腰：“想让我抱你就直说嘛。”

到食堂后，沈听南顺手牵住温絮的手，十指相扣。

温絮哎呀了一声，有些害羞：“食堂这么多人。”

“那又怎么样？”

温絮莞尔一笑，任由他牵着。买好饭，找到座位，沈听南说：“我先去买点东西。”

“好。”温絮没有先吃，而是坐在座位上等沈听南。

左顾右盼之时，瞥见沈听南在门口被一个女生拦住。两人不知道说了什么，女生灰溜溜地走了。

沈听南把两瓶酸奶放在桌子上。

"刚刚那个女生说什么了？"

"你看见了？"

"我又不瞎。"

"找我要联系方式。"

温絮"哦"了一声便低头吃饭。

"不问我有没有给？"

温絮头也没抬："有什么好问的，你肯定没给。"

沈听南笑了笑，说："嗯，确实没给。"

吃完饭后，沈听南把温絮送回了宿舍。

宿舍楼下，沈听南拉着温絮的手不肯撒手："怎么办，不想放你回去。"

"明天还能见嘛。"她以前怎么没发现沈听南这么黏人。

"亲一下。"

温絮推开凑过来的沈听南："这是在女生宿舍楼下。"被人看见了怎么办？

"我不管。"说完他抬起温絮的下巴，把唇印了上去。

"嗯……"温絮推不开他，只能紧紧抓着他的衣服。

考虑到是在外面，沈听南只亲了一会儿便撤离她的唇。

温絮红着脸："讨厌。"

"嗯，回去吧。"不然他就不舍得让她走了。

"那我走了。"

"嗯。"

云暮看到温絮后觉得她有点奇怪，疑惑地问："你脸怎么这么红？"

"有吗？"温絮迅速抬手摸了摸自己的脸。

"有，是不是背着我干坏事去了？"

温絮下意识反驳："我才没有。"突然想起她好像还没有告诉云暮自己和沈听南在一起了，于是又开口道，"那个……我和沈听南在一起了。"

云暮漫不经心地哦了一声。

温絮有些摸不着头脑，反应这么平淡吗？

过了一会儿，云暮突然跳起来："什么，你和沈学长在一起了？！"

嗯？云暮的反射弧这么慢的吗？温絮没懂。

"什么时候在一起的？"

"前几天。"

"前几天在一起的，你现在才告诉我？"

温絮干笑两声，支支吾吾道："我这……不是忘了嘛。"

云暮双手抱在胸前："我生气了！"

温絮连忙跑过去抱住她，用脑袋蹭她的脑袋："哎呀，我不是故意瞒你的，我请你吃东西，当作赔罪。"

云暮紧绷的脸有些松动："也不是不行，那你下次有什么一定要告诉我。"

"好好好，我知道了。"

哄好云暮后，温絮才看手机，沈听南的信息在最上面。

沈听南："我到家了。"

温絮回了个"好"字。

那边秒回："怎么这么久才回？"

温絮："刚刚和朋友说话。"

沈听南："好吧。"

温絮："我去洗澡。"

说完她便拿起衣服走进厕所，出来已经是一小时后。吹好头发后她又敷了个面膜，好几天没敷了，脸干巴巴的。

温絮拿起手机，给沈听南发了句："洗好了。"

沈听南："明天要不要来看我打球？"

温絮想了想，便应下了。

上次看他打篮球还是在高二的时候，那时候沈听南特别爱打篮球，几乎一有空就打。

而她每次都被沈听南拉过去，给他送水。

两人又聊了几句，沈听南便催着她睡觉。

和温絮说了晚安之后，沈听南又在列表里找到周皓，给他发了一条信息："明天打篮球。"

正在打游戏的周浩瞥见手机亮了一下，拿起来看了一下。瞧见沈听南约他打篮球，他想也没想就答应了。毕竟沈听南找他的次数屈指可数，这就算了，他找沈听南还约不上。

隔天，温絮下午一下课就往篮球场走。

路过便利店的时候，温絮进去拿了瓶水，接着又扭头看着云暮："你要不要也拿一瓶？"怕她不知道，又特意提醒，"周皓也在。"

沈听南每次打篮球，周皓一定会在。

闻言，云暮也拿了一瓶水："好姐妹。"

等她们到篮球场的时候，已经有不少女生在旁边围观了，不过都没敢靠太近。

沈听南的余光瞥见温絮的身影，把球扔给了周皓："等会儿。"

他走到温絮面前："刚下课？"

"嗯。"

他抬手摸了摸温絮的头："去那边坐吧。"

两人坐到篮球场一侧的石凳上。

围观的女生不禁窃窃私语。

"那个女生是谁啊？刚刚沈学长还摸她头了。"

"不知道啊，不会是女朋友吧。"

"沈学长不是单身吗？"

沈听南自入学以来就因为出众的外表以及优异的成绩受到众多女生的追捧，不过他身边一直没出现过女生，所以大家都觉得他是朵高岭之花。

那些女生的想法温絮自然不知道，她安安静静地看着沈听南打球。

只见少年奋力跃起，将篮球从指尖送进篮筐，随后稳稳落地。阳光洒落在他身上，每一根发丝仿佛都在发光。

温絮情不自禁拿起手机，按下快门，好看的照片当然要多拍点。

当温絮再次按下快门的时候，沈听南看向了她，照片被定格。沈听南扬了扬嘴角，回头又投入打篮球中。

接下来，沈听南犹如一头猛兽，连续投中好几个球。

最后累得周皓直喊停："你怎么跟打了鸡血似的？"然后他又摆摆手，"不打了不打了，累死了。"

沈听南抱着篮球，微微喘气："你行不行啊？"

平常周皓要是听到这话，一定会跳起来证明自己。但现在他是一动也不想动："我真的不行了。"

沈听南没理他，径直走向温絮，朝她伸手。温絮瞬间明白他的意思，把水递给他。

此时周皓也走过来，酸溜溜地说："可真幸福，还有人送水。"

云暮见状，把手中的水递给他。周皓有些受宠若惊，"给我的？"

"嗯。"

"谢了。"

沈听南斜睨了他一眼："你这不是也挺幸福的。"

周皓笑了笑："确实。"

他并不是没有收到过女生送的水，只是他都没接过，刚才他鬼使神差地就接了云暮的水。

云暮原本还害怕周皓不会接她的水，不过还好。她突然发现周皓笑起来有个小酒窝，还蛮可爱的。

饭点到了，篮球场的人逐渐散去。

沈听南："我请你们吃饭吧。"之前说要请周皓和云暮吃饭，一直没机会，这下正好一起请了。

周皓立马应声："好啊好啊，我想吃火锅。"

沈听南："你们觉得呢？"

温絮："可以啊。"

云暮："我都行。"

"那行，就吃火锅吧。"

四人来到学校附近新开的一家火锅店，据说很好吃，果不其然，门口坐满了人。

服务员走出来：“不好意思啊，我们现在满座了，麻烦几位坐着等一会儿吧。”

温絮：“前面有几桌？”

服务员：“五十桌。”

最后，四人坐在了门口。

温絮摸了摸自己饿得打鼓的肚子：“你说，有生之年我还能吃上这家的火锅吗？”

沈听南握住她的手：“傻瓜，说什么呢？”

一旁的周皓盯着他们的小动作，目瞪口呆：“你们这是？”现在青梅竹马都能这么亲密了吗？

沈听南没回他，直接和温絮十指相扣。

周皓再傻也知道他们这是什么情况了。

两人谈恋爱，他作为沈听南的好兄弟竟然毫不知情，太令人伤心了。

大概是等不下去了，原本坐在门口的人少了些。

温絮默默看着离开的人，小声祈祷着：“快走吧快走吧……”

看着她这副模样，沈听南没忍住笑出声。

“笑什么？”

“你怎么这么可爱。”沈听南说着还捏了下她的脸。

四人等了一个小时才坐进店里，吃完后沈听南和周皓又把两人送回宿舍才离开。

到宿舍后，温絮点开相册，找到今天拍的照片，放大看。照片里的沈听南头发有些乱，但丝毫不影响他的帅气，反而更有氛围感。

每张照片都很好看，但沈听南刚好看过来的那张照片最好看。温絮把那张照片设为了屏保。

云暮突然惊呼一声，温絮疑惑地问：“怎么了？”

“你快看学校贴吧！”

温絮打开贴吧，有一篇最新的帖子，点赞量很多。

帖子的标题是“学生会主席恋情曝光”。

温絮脑子里瞬间闪过无数个问号，点进去，是她和沈听南的照片——

是在篮球场的时候。

发帖子的人还把旁边的周皓和云暮截掉了，只剩下他们两人。

温絮翻看着底下的评论，除了少数是带着恶意，其他都还算友好。

一部分女生都在感叹自己怎么失恋了，还有一部分是夸她好看，觉得他们俩很般配。至于那些恶意的评论，温絮选择眼不见心不烦。

看完温絮脑子里只有一个想法，沈听南的影响力真大。

温絮把帖子转发给了沈听南。

第二天，温絮洗漱完给沈听南发了个“早安”，然后就拿上包出门。

因为还有时间，温絮就去星巴克买了新出的早餐套餐，还有一杯咖啡，以免上课犯困。

温絮踩着时间点到教室，从后门溜进去坐在了最后一排。在老师点完名后，她轻手轻脚地拿出袋子里的面包。

接着从后门又溜进来一个人，温絮转头想看是谁，结果看见坐在旁边的沈听南。

“你怎么来了？”

“来陪你上课。”他说着把手中的袋子放在桌上，“给你带的早餐。”

温絮看了眼两个一模一样的袋子：“你也买了？”

“也？”

温絮解释道：“我也买了。”

“没事，多吃点。”

台上的老师瞥了他们一眼，温絮立马噤声。但老师又瞥了他们好几眼，准确地说是瞥了沈听南好几眼。

直到老师收回视线，温絮才小声地说：“她怎么一直看你？”

“我之前的老师。”

那岂不是知道沈听南是来陪她上课的吗？温絮尴尬地低下头。

前排的两个女生突然回头看了他们一眼。

“那是沈学长吗？”

“好像是。”

"旁边那个是他女朋友吧，本人好漂亮啊。"

两人说话的声音说大不大，说小也不小，正好被温絮听见了。

温絮偏头看了沈听南一眼："带着你出来，大家都认识我了。"

"那还不至于。"

温絮没搭理他，吃完最后一口面包，便戴上眼镜认真听课。

沈听南坐在旁边，时不时偏头看她，始终没出声打扰她。

温絮沉浸在课堂里，已经忘了旁边还坐着个沈听南，直到下课。

"饿不饿？"

温絮哆嗦了一下："你吓死我了。"等缓过来，她才一只手摸着肚子说，"有点饿了。"

"你下午有没有课？"

温絮拿出手机看了看课程安排表："没有。"

"那要不要去我家，我新学了一道菜。"

"好，不过我得先去一趟学生会，参加面试。"

"嗯，我陪你去。"

温絮一边收拾东西一边说："你可是学生会主席，陪我去不合适吧？"

沈听南一脸无所谓："那又怎么样，我只是陪我女朋友。"

温絮笑了笑，没再反驳他。

两人一起来到文艺部。

文艺部的部长本来是坐着的，但看见沈听南，立马站了起来："沈学长怎么来了？"

沈听南双手插在口袋里，轻飘飘地说："陪女朋友，你就当我不存在。"

闻言，文艺部部长偏头看了一眼站在他身旁的温絮。

快轮到温絮的时候，她回头看了沈听南一眼："怎么办，我有点紧张。"

沈听南摸了摸她的头，又捏着她的肩把人搂进怀里："别紧张，放轻松。"

“下一位，温絮。”

温絮站起身：“到我了。”

“去吧。”

结束后，温絮如释重负，小跑到沈听南身边。

沈听南自然地牵住她的手：“手心怎么出汗了？”

“我太紧张了。”温絮，“我刚刚回答得怎么样，也不知道会不会被录取。”

“别太担心，我们絮絮这么棒，肯定会被录取的。”

“你还挺会说话。”

因为家里食材不够用，所以沈听南带温絮去了一趟超市，买了些她爱吃的菜，出来时拎了两个大袋子。

温絮忍不住说：“这真的能吃得完吗？”

“你多来几趟不就行了。”

温絮愣了几秒，反应过来：“原来你打的是这个主意！”

回到家，温絮扑倒在沙发上。

沈听南跟在她身后，把她的鞋放在鞋架上，然后拎着菜到厨房，把菜放进冰箱里。

温絮躺了一会儿，起来后也进了厨房。

“我帮你吧。”说着，她把袋子里的东西往冰箱里放。

袋子清空后，温絮手叉着腰：“大功告成。”回头发现沈听南正盯着自己，她有些疑惑，“怎么了？”

话音落下，温絮就被沈听南抱起，双脚离地。

她被沈听南放在台面上。

感受到大理石的冰凉，温絮缩了一下，正想开口，就被堵住了全部的呼吸。

不知过了多久，沈听南喘着粗气，缓缓拉开距离。

温絮的心跳得厉害，红着脸把脑袋埋到沈听南颈窝处。

“絮絮，这个时候别撒娇。”

对上沈听南意味不明的眸子，温絮立马跳下去：“我……我走了。”

温絮坐在沙发上，手抚上自己发烫的脸颊，脑中不断重复在厨房的画面。

她甩了甩脑袋，打开电视，拿出桌底下的瓜子，试图分散自己的注意力。

沈听南出来时，看见温絮在嗑瓜子，提醒了一声："要吃饭了，别吃太多。"

温絮哦了一声，不情不愿地放下瓜子。

半小时后，沈听南把做好的饭菜全端出来。餐桌上的菜色香俱全，温絮笑眯眯地说："有个会做饭的男朋友真幸福。"

沈听南盛了一碗饭放在她面前："尝尝我新学的番茄炖牛腩。"

温絮夹起一块牛腩尝了尝，随后竖起大拇指："好吃！"

说着她又多吃了几块。

沈听南满意地勾了下唇："你男人做的必须好吃。"

"自恋。"

沈听南假装板着脸，沉声道："难道不是吗？"

"是是是，你做饭最好吃啦。"温絮不和他犟，她现在只想专心吃饭！

放在手边的手机响了一下，温絮拿起来看了一眼。是学生会发来的录取通知，并让她晚上参加文艺部聚会。

温絮瞬间兴奋："我被录取了！"

沈听南挑眉："我就说吧，你肯定会被录取的。"

"我晚上要去参加部门聚会。"

"晚上我也去。"

温絮有些疑惑，但转念一想，沈听南毕竟是学生会主席，参加聚会也没什么奇怪的。

聚会安排在晚上七点，温絮吃饱就犯困，索性睡了个觉。

到了下午五点，温絮才慢悠悠地起床。为了不吵醒一旁的沈听南，她轻手轻脚地掀开被子，结果发现沈听南正盯着她。

温絮："什么时候醒的？"

沈听南："刚醒。"

温絮点点头，翻身准备下床，下一秒就被沈听南攥住手腕。

"你干吗？"

"想亲你。"他说完就准确无误地擒住她的唇。

等温絮走出房间，已经是半小时后。

洗完脸，温絮又简单地化了个淡妆，毕竟是聚会，总不能灰头土脸地去。

收拾好之后，沈听南凑过来："现在可以走了吗？"

"嗯。"

"那走吧。"

聚会安排在KTV。

沈听南把温絮放在门口，自己去找停车位。

温絮回了几条信息，余光瞥见前方走来一个人，以为自己挡路了，便往旁边挪了一步。

但那人还是站在了自己面前，她抬眼，见是江之淮，愣了几秒。

江之淮笑道："好巧。"

温絮干笑两声："是挺巧。"

两人参加的可不就是同一个聚会。

沈听南过来时，看到温絮正在和一个男生说话，脸色沉了沉。

江之淮正要说话，一个人擦肩而过，挡在自己面前。

沈听南牵住温絮的手："我们走吧。"

江之淮瞳孔收缩，看看沈听南，又看看两人牵在一起的手，不可置信道："你们……"

"嗯，是你想的那种关系。"说完，沈听南拉着温絮走了。

江之淮在风中凌乱。

走出几步，温絮歪头，小声道："你确定我们一起进去吗？"

"有什么不妥？我们是男女朋友关系。"

温絮没想太多，只是觉得她和沈听南一起出现，大概率会成为今晚被议论的对象。

但沈听南说的没错，他们是男女朋友，他们议论一下也就过去了。

踏入包间的那一刻，温絮明显感觉到来自四面八方的视线。

文艺部部长高阳起身迎上去："沈学长、温学妹来了，随便坐随便坐。"

温絮坐下，沈听南坐在她旁边。

这种情况，明眼人都知道是怎么回事了。原本以为那个帖子是乱写的，但现在看来是真的了。

"沈学长，温絮是你女朋友吗？"有个胆大的女生问。

闻言，沈听南抬了抬眼："看不出来？"

莫名被撑了一下，女生有些尴尬："我就问问。"

包间的气氛变得有些微妙，高阳连忙出来打圆场。

沈听南平时说话不会这么冲，温絮凑过去问："你怎么了？心情不好吗？"

沈听南睨了她一眼："有这么明显？"

温絮："你脸上就写了四个字，我不开心。"

"那你还不快哄我。"

"那你说说，你为什么心情不好？"

"你刚刚和别的男人讲话。"

他一眼认出那个男生是当初在食堂喊温絮的那个，男人的第六感告诉他，那个男生绝对对温絮有意思。

听到这个回答，温絮怔了下，随后低低地笑出声："你怎么这么容易吃醋？"

沈听南轻哼一声，没说话。

温絮捏捏他的手心："那我下次不和他说话了，你不要不开心了好不好？"

"你亲我一下。"

"这是在外面！"

沈听南摸了摸鼻子："那回去再亲。"

哄好沈听南，温絮说：“我去跟她们说说话。”

“去吧，别喝酒。”

“知道了。”

温絮一走，高阳就坐到沈听南旁边，试探性地开口：“沈学长，那个，副主席推荐的那件事，您考虑得怎么样了？”

再过一年就是新一轮学生会主席以及副主席选举，高阳作为文艺部部长自然是有资格参与。但只要得到沈听南的推荐，他便可以稳坐副主席的位置。

沈听南淡淡地说：“看你的表现以及工作能力，我觉得你能胜任副主席这个职位了，自然会推荐你。”

高阳笑了笑，说：“那行，就先谢谢沈学长了。”

包间里层次分明，新人坐在一起，老人坐在一起，新人大多都安安静静的。

温絮坐到一个女生旁边：“嗨，我是温絮。”

女生有些惊喜，似乎是没想到温絮会和自己说话：“嗨，我是吴萱，怎么了吗？”

“没什么，就是大家以后是一个部门的了，提前认识一下。”

“这倒也是。”

两人聊了一些关于文艺部的事，然后话题莫名其妙就绕回了沈听南身上。

吴萱：“你和沈学长是怎么在一起的啊？”

温絮啊了一声，如实道：“我跟他从小一块长大，自然而然就在一起了。”

吴萱眼里冒星星：“好羡慕啊。”

聊了几句，温絮坐回沈听南旁边。

沈听南：“不聊了？”

温絮摇摇头：“聊什么最后都要绕到你身上，怕了怕了。”

“现在是点歌时间，大家踊跃参加啊。”高阳的声音通过麦克风传出来。

话音刚落，一个男生冲到台上：“我先来，给大家演唱一首《稻香》。”

接着包间里响起响亮的掌声，温絮也跟着鼓掌，而沈听南则双手环在胸前淡淡地看着台上。

一番吵闹过后，聚会结束了，沈听南送温絮回去。

温絮解开安全带：“那我走了。”

“你是不是忘了什么？”

温絮想了想，随后亲了沈听南一下。

“不够。”

温絮又亲了一下。

沈听南笑了：“回去吧。”

“回去注意安全。”

“好。”

接下来的几天，温絮都忙着上课，沈听南偶尔有空的时候也会去陪她上课。

直到周末，温絮才闲了些。

原本沈听南问她周末要不要出去玩，但温絮想到还没完成的作业便拒绝了，于是两人约会的地点变成了图书馆。

沈听南依旧在女生宿舍楼下等温絮，等了一会儿才看见温絮拎着一个袋子下来。

沈听南接过她手中的袋子，另一只手牵着她的手。

因为图书馆距离女生宿舍不算远，两人便决定走路过去。路过奶茶店的时候，沈听南停了下来：“想喝什么？”

“杨枝甘露，少糖。”

沈听南扭头对奶茶店店员说：“两杯杨枝甘露，少糖。”

等了一会儿，两杯杨枝甘露做好了。沈听南拎着奶茶偏头问：“还有没有什么想吃的？”

温絮扑哧一笑：“我们这是去学习还是去野餐？”

沈听南哎呀了一声：“吃饱了才有力学习嘛，说吧，想吃什么？”

温絮安静了半分钟，瞥见奶茶店旁边的蛋糕店，开口道：“想吃小蛋糕。”

“带你买。”沈听南拉着她走进蛋糕店，“看看想吃哪个。”

温絮左看右看，最后选了一份纸杯蛋糕，里面是六个不同味道的小蛋糕。

买完后，两人才慢悠悠地走到图书馆。

此时图书馆的人不算多，温絮找了个靠窗的位置坐下，从包里拿出电脑和蓝牙耳机。

她把一边耳机递给沈听南，然后选了一首歌：“我要开始做作业了，没什么事不要打扰我。”

“等一下，先把蛋糕吃了，不然等会儿就不好吃了。”

温絮想了想，好像也是这个道理，于是便拆开盒子吃了两个蛋糕。

“好了，我现在是真的要做作业了。”

沈听南点点头：“做吧。”

时间一分一秒流逝，外面高高挂着的太阳逐渐落入西山，暖黄的光透过玻璃爬到桌面上。

随着最后一声键盘声落下，温絮合上电脑，伸了个懒腰。

“做完了？”

“嗯。”温絮拿起手边的杨枝甘露喝了一口，又吃了一个蛋糕，“你怎么不吃？”

“留给你吃。”

温絮笑了笑，捏起一个蛋糕放在沈听南嘴边：“快吃。”

沈听南乖乖地张开嘴巴咬了一口，然后盯着温絮的眼睛说：“宝宝真好。”

“叫什么呢？”温絮捏了捏耳朵，有些烫。

“你难道不是我的宝宝吗？”

温絮没说话，她并不排斥，只是有些不习惯。

手边的手机响了一下，温絮拿起一看，是徐亦欢发的信息。

徐亦欢：“我给你买的生日礼物到了，记得去拿。”

后面配了个亲亲的表情图。

温絮突然想起，再过几天就是她的生日了。这几天太忙，忙得她都忘记自己的生日快到了。

她看了沈听南一眼，不知道他这次会送自己什么。

走出图书馆，两人一起去了学校的快递驿站。

温絮报了自己的手机尾号，快递小哥找了一会儿，拿着一个快递盒，问："温大美女是吧？"

温絮没想到徐亦欢竟然用的这个名字，有些尴尬："是我。"

回到宿舍后，她立马给徐亦欢发信息："你怎么用的那个名字？！"

那边没回。

温絮放下手机，把手中的快递拆了，是她喜欢的宝格丽的白贝母小扇子手链。不愧是闺密，送礼物都送到心坎上了。温絮立马就戴上，并且拍了张照发给徐亦欢。

过了一会儿，徐亦欢才回信息。

徐亦欢："你不是一直用这个名字吗？戴着还不错，喜欢就好。"

温絮："下次别用这个名字了！还有，手链我很喜欢，爱你。"

云暮正好回来，看见温絮手上的手链，似乎都没见她戴过："新买的手链？"

"朋友送的。"

"今天是什么节日吗？"她记得今天不是什么特殊的节日啊。

"没有啦，她提前送我的生日礼物。"

"你的生日到了？"

"还没到，还有几天。"

云暮手托着下巴，半分钟后，说："我也要给你送礼物。"

"不用，心意到就行了。"

"不行，这可是我认识你的第一个生日，你就等着收礼物吧。"

听她这么说，温絮没再拒绝，又想到云暮这几天晚上经常出门，便问道："你刚刚去哪儿了？"

云暮顿了顿，随后有些不好意思地说："和周皓吃饭。"

"可以啊，发展到哪一步了？"

"就……还是朋友关系。"

温絮挑眉："那你加油，我觉得你拿下他的概率很大！悄悄和你说，他还没交过女朋友呢。"

云暮有些惊讶："不会吧，他长得挺帅的呀，怎么会没交过女朋友？"

"追他的女生不少，但他整天就知道打游戏，所以一直单身到现在。"

"这样啊，那我加油！争取早日拿下他。"

在温絮没说之前，云暮就知道自己有机会。

一开始都是她主动约周皓吃饭，到后来周皓也会主动约她吃饭，平时也会主动找她聊天。所以说，周皓对她一定是有好感的。

所以说，既然周皓对她有意思，那她再加把劲，说不定就追上了。

温絮生日那天，沈听南没有和往常一样在零点的时候给她发祝福。

温絮不死心地捧着手机，十分钟后，还是没有等到沈听南的祝福。

这才在一起多久，就把她的生日忘了。果然，男人都是得到了就不珍惜了！

隔天，沈听南照常来陪温絮上课。

见他跟没事人一样，温絮气就不打一处来。她打开书本，抬起右手托住脸蛋，不看沈听南。

沈听南靠近她："怎么了？我们絮絮看上去好像不太开心。"

在沈听南看不见的地方，温絮赏了他一个白眼。

沈听南没忍住笑了下，拉下温絮的手："生气啦？"

主动要祝福好像有点矫情，温絮憋出两个字："没有。"

小姑娘生气的样子还挺可爱，沈听南想。

下课铃声一响，温絮就收了东西往外走，没有搭理沈听南的意思。

沈听南追上去牵住她的手，并接过包背在肩膀上。

温絮试图把手抽出来，但沈听南握得很紧，反倒把自己的手拽疼了。

"别生气了，跟我来。"

温絮没再挣扎，她倒是想看看沈听南要做什么。

沈听南拉着温絮往车的方向走，他仰了仰下巴："开门。"

温絮疑惑地拉开车门，一束粉红色玫瑰静静地躺在副驾驶座上。她不知所措地回头看沈听南："这是……给我的？"

"这里还有别人吗？"

温絮瞬间明白了，他记得自己的生日，但想给自己一个惊喜。

她问："你知道今天是什么日子吗？"

"你生日。"

温絮轻哼："这个惊喜一点都不好玩。"

害她伤心那么久。

沈听南"嗯"了声："那下次不这样了。"

往年都是准点给温絮发祝福然后送礼物，但今年不一样，今年两人已经交往了，所以，他想给温絮一份不一样的生日礼物。

温絮抱着花，上车坐在副驾驶，心情明显好了不少。

快到家的时候，温絮嘴里念叨着："这么大一束花，怎么保存呢？"

以前沈听南送她的礼物她都会保存好，今年的她也想保存好。

沈听南随口扯了句："要不等会儿到家后你放冰箱里试试？"

"有用吗？"

温絮回家后半信半疑地打开冰箱。

一股花香飘入鼻间，五颜六色的鲜花映入眼帘，温絮愣住了。

"喜欢吗？"沈听南看着她，眼里的柔情快溢出来。

温絮眨了眨酸涩的眼睛，回头抱住沈听南。

沈听南顺势抱住她，然后不知道从哪里拿出来一个盒子："这才是你的生日礼物。"

温絮本以为那些花是生日礼物，没想到竟然只是"开胃菜"。

盒子里，是卡地亚的手镯。

温絮笑："我很喜欢，你帮我戴上。"

见她手上多了条手链："新手链？"

"小欢送的。"

"嗯。"沈听南把手镯叠在手链上。

温絮晃了晃手腕："这样戴还挺好看的。"

她偏头看向沈听南，视线落到他唇上，迅速凑上去亲了下："谢谢你，听南哥哥。"

"只亲一下？"

温絮弯了弯嘴角，把唇印上去，却被沈听南按着脑袋加深了这个吻。

良久，沈听南往后撤了些："宝宝，生日快乐。"

以后你的每个生日都有我。

温絮抱住他的脖颈，再度把唇贴了上去。

沈听南得到回应，吻逐渐激烈起来，耳畔的呼吸也逐渐变重。

过了一会儿，门铃响了。这么晚了还有谁会来？这么想着，温絮回头看了一眼。

沈听南正好从外卖小哥手里接过一个盒子，里面貌似是个蛋糕。

等关上门，温絮才出声："这是……蛋糕？"

"嗯，过来吃蛋糕。"

温絮的眼睛瞬间亮了，踩着拖鞋屁颠屁颠地朝沈听南走过去，目不转睛地盯着他拆盒子的手。

蛋糕是粉色的，上面还印着HelloKitty（凯蒂猫）。

温絮惊呼一声，这么可爱的蛋糕她都不舍得吃了，果然还是沈听南了解她喜欢什么。

沈听南插了支蜡烛，点燃后关了灯。

屋子里瞬间暗下来，只有面前的蜡烛散发着微小暖黄的光。

"快许愿吧。"

"好。"

温絮闭上眼，双手合在一起，开始许愿。

希望家人都能健健康康，平平安安。

希望温絮和沈听南永远在一起。

过了一会儿，温絮缓缓睁开双眼，吹灭蜡烛。

沈听南走到开关旁，把灯打开。

"许了什么愿望？"

“说出来就不灵了。”

沈听南点头，切了一小块蛋糕放在她面前：“快吃吧。”

温絮吃了口蛋糕，突然起了个坏心思。趁着沈听南不注意，用手指沾了蛋糕上的奶油往他脸上抹。

沈听南明显愣了一下，温絮笑得上气不接下气：“你……你这样还蛮可爱的。”

沈听南回过神，也用手指沾了奶油往温絮脸上抹。

似乎是嫌抹一边不对称，他抬手又想往另一边脸上抹，温絮下意识抬起手拦着他：“啊，别抹我。”

但男女力量悬殊，温絮还是被沈听南握住手腕，脸上又多出一道奶油。

温絮弯了嘴角：“我也要抹你。”

沈听南握着她的手，温絮拗不过他，一屁股坐回凳子上，闷闷不乐。

沈听南把脸凑过去：“让你抹。”

温絮瞟了他一眼，嘴角缓缓向上扬起，一边用手抬起沈听南的下巴，一边朝他脸上抹了一下。

闹完后，温絮洗干净手，拿起手机：“我们俩拍张照吧。”

拍完自拍后，她又对着桌子上的蛋糕拍了一张。

最后，她找到今天拍的其他照片一起发了朋友圈。

配文：和男朋友一起过生日。

虽然她和沈听南谈恋爱的事情可以说是尽人皆知，但这还是她第一次在朋友圈里发两人的合照。

温絮看大家的评论看得正开心，付岚突然打来电话。

不对啊，付女士平时都不会打电话给她，然后她猛地想到那条朋友圈似乎没屏蔽付女士。

完了完了，温絮看着手里响个不停的电话，不知道接还是不接。

沈听南见她迟迟不接电话，出声问道：“怎么不接？”

温絮抿抿唇，把手机塞到沈听南手里：“你接。”

沈听南一脸疑惑，按下接听，还没说话，付岚的声音就从听筒里传出。

“你什么时候和听南好上的，竟然连你妈都不告诉，还有没有把我当你妈了？！”

等付岚说完，沈听南才说话：“阿姨，我是听南。”

听到沈听南的声音，付岚语气明显温柔起来：“啊，是听南呀，你什么时候和絮絮在一起的？”

“也是最近才确定关系的。”

“那行，这丫头交给你，阿姨放心。”

一旁的温絮看着自家老妈变脸的速度，拉着一张脸，再度怀疑自己是不是亲生的。

两人又聊了几句，付岚才挂了电话。

温絮深深地呼出一口气：“你才是我妈亲生的吧。”

沈听南笑了下，把手机递给她：“快吃蛋糕吧。”

吃饱后，温絮去洗脸，沈听南则收拾残局。

温絮觉得自己哪里都黏糊糊的，洗完脸干脆洗了个澡，洗好才发现自己貌似没拿衣服。

在厕所里转悠半天，她最终还是大喊了一声“沈听南”。

沈听南闻声赶来：“怎么了？”

“你给我拿一下衣服。”

沈听南从衣柜里找了条睡裙还有贴身衣物，敲了敲门：“开门。”

温絮把门打开一条缝，只露出一双眼睛。沈听南眸色一沉，将衣服放到她手里。

等温絮出来，沈听南便拿着衣服立马钻进了厕所里。

洗个澡，有必要这么急吗？温絮不懂。

温絮坐在沙发上等了好一会儿，沈听南还没出来。

平常洗澡不是挺快的吗？怎么今天这么磨蹭。

温絮坐在沙发上刷视频，接着就刷到一个男生给女生送花的视频。送花固然浪漫，但如何将这份浪漫保存下去呢？

温絮开始搜索如何保存鲜花。

网上说鲜花可以水培保存，还可以做成干花。

说干就干，温絮走到冰箱旁，把里面的花都拿了出来，然后按照网上制作干花的方法把鲜花全部用皮筋绑在衣架上。

沈听南出来时，就看见温絮蹲在地上，旁边摆满了花，不知道在捣鼓什么。

沈听南朝她走过去："干什么呢？"

"弄成干花，这样就可以一直保存了。"

闻言，沈听南蹲在她旁边："你教我，我们一起弄。"

"就用皮筋把它们绑在衣架上，然后再挂在阳台上晾就好了。不过不能让太阳晒到，不然会褪色。"

"行。"

两人一起弄，速度明显快了很多。

弄好后，沈听南起身，准备把花拿出去晾，瞧见温絮还蹲在地上："怎么了？"

温絮一动不动："脚麻了。"

沈听南笑了笑："那你先缓缓。"

温絮瘫坐在地上捶腿，明明蹲的时间差不多，怎么沈听南就跟没事人一样？

"你脚怎么不麻？"

"我可没你那么傻，两边脚换着蹲就不会麻了。"

沈听南把花全晾好后，单膝蹲在温絮旁边，握住她的脚。

"你干吗？"

"给你捏捏。"

他的手似乎有魔力，捏了一会儿，温絮感觉好多了。

捏完脚，沈听南又低头收拾地上的垃圾。

温絮觉得有些不好意思，准备跟他一起收拾，却被他拦住。

"去沙发上坐着，我来收拾就好。"

"可……"

"乖。"说着沈听南还偏头亲了她一下。

温絮笑了笑，乖乖地坐到沙发上，目光追随着沈听南的身影，心里如同灌了蜂蜜一般甜。

沈听南收拾好后走到沙发坐下，自然地捧起温絮的脑袋放在自己大腿上。

“沈听南？”

“嗯？”

“有你真幸福。”

“有你也很幸福。”

温絮没课，睡到很晚才起来。

见沈听南进来，她朝他张开双手，沈听南顺势抱住她。

抱了一会儿，温絮用撒娇的语气说：“你给我刷牙好不好？”

“自己刷不行吗？”

温絮摇头：“不行，要你帮忙。”

“行，真拿你没办法。”

温絮不肯撒手，沈听南只好抱着她过去。

“站好。”

等温絮站好，沈听南才挤了牙膏：“张嘴。”

温絮享受着他的服务，头轻轻靠在他肩膀上。

洗漱完后，沈听南又把她抱到餐桌前，将她放在凳子上，再坐在她旁边，把眼前的纸袋打开。

“给你买了些爱吃的面包，还有豆浆。”

刚起床，温絮的胃口不太好，草草吃了几口就吵着要去睡回笼觉。

“乖，再吃一点点。”

接下来，沈听南就跟哄小孩子一样又哄着温絮吃了点东西，才抱着她回房间继续睡觉。

温絮睡到中午十二点才起床，走出房间的第一件事就是看看阳台上晾的花怎么样了。

花已经有些皱了，虽然没鲜花好看，但也还行。

沈听南把饭菜放在桌子上，瞥见站在阳台手叉着腰的温絮："你在看什么？"

温絮回过头："看看花晾得怎么样了。你说我做个干花相框怎么样，我昨天刷到的，可好看了。"

说着，她还点开图片，把手机举到沈听南面前。

沈听南看了一眼："你喜欢就行。"

看到温絮这么认真地保存自己送的花，他心里其实是很开心的，有种被人珍惜的感觉。

温絮立马激情下单，因为花很多，所以她下单了好几个大相框。

吃完饭，沈听南见温絮的指甲长了，便帮她剪指甲。温絮看着自己光秃秃的指甲，小声嘀咕道："好想弄指甲。"

之前她一时兴起去弄了个延长甲，结果上厕所极不方便，没几天就去把甲片给卸了。

虽然她说话小声，但沈听南还是听到了："想弄就去弄。"

"你陪我去。"

"好。"

温絮立马喜笑颜开，掏出手机开始看图。吸取了上次的教训，这次她专门看短甲。

下午的课结束，温絮和云暮一块回宿舍。

见自己桌子上多了个礼盒，温絮回头看云暮："这是……"

"送你的生日礼物，看你没回来，所以就放你桌子上了，快看看喜不喜欢！"

温絮拆开一看，是一瓶古驰的香水："我很喜欢！爱你！"

"喜欢就好。"

温絮立马往手腕上喷了点，然后装回礼盒里。

温絮和美甲师约的是晚上六点半，等沈听南下了课来接她，正好可以赶上。

她这次约的美甲师是徐亦欢推荐的，听她说做的指甲还原度很高，于是她就慕名而来。

美甲师见到温絮的那一刻有些惊诧："你就是温絮吧？"

"对，是我。"

"你也太好看了吧。"

温絮笑了笑："谢谢。"

美甲师的目光从温絮身上移到沈听南身上："这是男朋友？"

"嗯。"

"你们好般配啊。"郎才女貌。

温絮被夸得心情倍儿好，嘴角都快咧到耳朵后面去了。她找到选好的美甲图给美甲师看，问："这个可以做吧？"

美甲师看了一眼，自信道："没问题。"

做指甲费时间，温絮坐了一会儿就觉得脖子有些酸，抬手捏了捏。

沈听南："我帮你捏。"

温絮收回手："好。"

沈听南给她捏了捏："这个力道可以吗？"

"再用力点。"

沈听南又用了点力，温絮舒服地眯起眼睛，一脸享受。

捏完后，沈听南又把她的头轻按在自己肩膀上。

一边手的美甲做好了，温絮看了看，还原度确实高，可以说是几乎一模一样。

轮到另一边手的时候，温絮就没有手刷视频了，她抬眼看着沈听南："宝宝，你帮我滑一下屏幕。"

叫出那个词的时候，温絮的脸一热。她还从来没这么叫过沈听南，他倒是经常这么叫自己，所以她也想这样叫他。

听到这个称呼，沈听南愣了几秒，随后贴近温絮的脸："再叫一遍。"

"嗯？"

"再叫一遍。"

温絮笑了笑，贴在他耳边："宝宝。"

沈听南立马拿起手机，举在她面前。

温絮看完一个视频后："滑。"

沈听南乖乖地滑到下一个视频。

做好两边手的美甲已是三小时后。

温絮对这次的美甲十分满意，心里想着下次还要约这个美甲师。

在她欣赏的时间，沈听南已经把钱付了，随后搂着温絮走了。

美甲师的目光一直追随着他们，直到两人的背影消失在视线里。她什么时候才能拥有这样的男朋友！

去停车场的路上，迎面走来一个男生，上下打量了温絮两眼。沈听南的眼神冷下去，搂着温絮的手紧了紧。

温絮还沉迷于新美甲的美貌中，不知道发生了什么："怎么样，我的新美甲好不好看？"

"好看，很适合你。"

"嘴真甜。"

"今晚回宿舍？"

"嗯。"

"不想让你回去。"沈听南安静了一会儿，然后严肃地说，"你搬过来和我住吧。"

"我考虑考虑。"

她之前是觉得两人刚在一起就同居有些不符合流程，但现在她也有些想和他一起住了。

这样每天起床都能见到他，每天都能一起吃饭。

渝大是允许学生外住的，只要和辅导员申请即可。

沈听南眼睛一亮，之前说的时候，温絮想也没想就拒绝了，现在竟然说考虑考虑。

他便乘胜追击："你就答应我嘛。"

温絮眨了眨眼，沈听南这是在和她撒娇。她忍不住揉了揉他的脑袋，语气也软了下来："好，不过我得和辅导员说一下。"

得到她的回答，沈听南重重地亲了她一口："宝宝真好。"

"要不要再去逛逛？时间还早。"

温絮看了一眼手机，七点四十，确实还挺早。

“好。”

两人去了商场。

路过一家三丽鸥精品店的时候，温絮把沈听南拉了进去。

这么可爱的地方怎么能少得了她。

温絮找到了两顶毛茸茸的帽子，给自己戴上后，又给沈听南戴上。她戴的是美乐蒂，他戴的是库洛米。

沈听南一米八几的大个子，戴上这顶帽子还怪可爱的。

她立马掏出手机，拍了几张自拍照，又对着沈听南拍了几张。

“你笑一笑。”

沈听南配合地弯起嘴角。

“真好看。”温絮满意地收起手机，把两顶帽子拿在手里，继续在店里逛。

温絮拿起一个美乐蒂的小背包，背上后在镜子前看了看。

她今天穿的是粉色的连衣裙，刚好和这个包很配，于是又把背包拿在手里。

因为店里可爱的东西太多了，温絮一时没忍住激情下单了。

沈听南把温絮送回宿舍时，两人在楼下腻歪了好一会儿，他才放她回去。

温絮觉得搬出宿舍这件事应该先和云暮说一下。

“暮暮，我跟你说件事。”

“怎么了？”

“我可能不住宿舍了。”她没说原因。

云暮没说话，温絮不住宿舍的原因她当然知道，毕竟现在她已经在和沈学长交往了，小情侣想住一起，她懂。

和云暮说完后，温絮本想找和辅导员说一说，但考虑到时间有些晚了，不方便打扰辅导员休息，便决定明天再说。

然后她又给徐亦欢发了条信息，告诉她自己要和沈听南同居了。

如果不主动告诉她，后果会很严重。

辅导员同意申请后，温絮在周末就搬了行李到沈听南的家。

看着面前的两个房间，温絮果断走进主卧，然后把自己的衣服放进衣柜里。

她整理好走出房间，沈听南正从厨房里出来。

“收拾好了？”

“没有。”

“那回来再收拾，先去趟超市。”

“去干吗？”

“家里没菜了，顺便给你买些零食。”

一听到零食，温絮就屁颠屁颠地跟在沈听南身后。

来到超市，沈听南推了一辆推车，先是走到菜品区。

“今天想吃什么？”

温絮想了想：“可乐鸡翅，还有茄子。”

沈听南拿了两盒鸡翅和几根茄子放进推车里，又挑了些温絮爱吃的菜。

“走吧，带你去买零食。”

“好。”

来到零食区，温絮走在前边挑零食，沈听南跟在她后面推车。

最后来到一排货架前，温絮一愣，上面摆满了卫生巾。

温絮转过身，推搡着沈听南：“快走吧。”

“不买？”

温絮摇摇头：“不买。”

沈听南挑挑眉：“现在不买，下次我还得帮你买，所以都是要买的，现在就快买吧。”

不等她回答，沈听南已经走到货架前挑起了卫生巾，轻车熟路地拿了几包放进推车里。

几包卫生巾放在推车里尤其显眼，温絮脸一热。虽然沈听南之前没少帮自己买这个，但现在怎么觉得这么羞耻呢？

挑完东西后，沈听南把东西一个个放到收银台上，温絮站在他旁边，瞥到一旁五颜六色的小盒子，脸不禁又是一红。

回到家，沈听南把几个购物袋放在桌子上。

“这些我来收拾就好，你去收拾行李吧。”

“好。”

温絮蹲在几个敞开的行李箱前，把里面的化妆品和护肤品拿出来，整整齐齐地摆放在桌面上。

很快，桌子就被摆满了。

把其它东西整理好后，温絮就把三个空箱子放到客卧，再走回客厅。

她瞥了眼桌子，上面的购物袋已经空了。

温絮走到沙发边，坐在沈听南旁边：“宝宝，陪我下去拿快递。”

前几天买的相框到了，但是太大了，她一个人搬不了，只好拉上沈听南一起。

“走吧。”

两人走到小区的快递驿站，温絮报了自己的手机尾号，快递小哥指了指旁边几个箱子：“这几个都是你的。”

“谢谢。”温絮弯腰正准备搬箱子，却被沈听南握住手腕：“我来。”

温絮哦了一声，乖乖地站在一旁。

沈听南抱起几个扁平的箱子：“走吧。”

温絮走在他前面按电梯，偏头看了眼沈听南：“累不累？”

“不累。”

温絮一脸怀疑：“真的？”

“好像有点累。”沈听南把脸凑过去，“你亲我一下我就不累了。”

温絮笑了笑，飞快地在他嘴上蜻蜓点水了一下。

沈听南嘴角勾起，一脸得逞的模样。

回到家，温絮把阳台上的花收进来检查，发现花还没完全晒干，为了防止发霉，又把花晾了回去。

几个相框则被温絮暂时搁置在一旁。

下午五点。

温絮跟着沈听南来到了学校篮球馆。

再过半个月便是渝大和隔壁大学的篮球友谊赛，沈听南本来不想参加的，硬是被周皓拉了过来，说是篮球队不能没有他。

没办法，就算他不想参加，但参加了就该努力做好。

篮球队的队员看见温絮，便调侃道："哟，南哥还带家属来了。"

他们没见过温絮，但沈听南和温絮的那个帖子实在太火了，所以大家都知道他俩谈恋爱了。

沈听南轻哂："你们要有，也能带。"

此话一出，全场安静了几秒，随后几个队员摆摆手："算了，谁能有南哥这么好的福气。"

温絮闻言，几不可闻地勾了勾嘴角。

沈听南拉着她坐在一旁的观众席上："乖乖待在这儿，有事喊我。"

"好，你快去吧。"

"亲一下。"

温絮微微垂眸："这么多人呢。"

"没关系。"说完，沈听南捏着她的下巴，抬起，亲了一下。

温絮往旁边看了一眼，发现篮球队的队员都在盯着他们俩，两颊瞬间浮起两朵红晕，不自在地说："你快去吧，他们都在等你呢。"

"好。"

沈听南一回头，刚刚盯着他们看的队员纷纷收回视线。

他们真不是故意想看，而是从来没见过沈听南这副模样，感觉太稀奇了。

温絮的视线从沈听南身上移到门口，门口站着许多女生。

其中一个温絮觉得有些眼熟，又看了一眼，好像在哪儿见过。温絮仔细回想了好一会儿，终于想起她是谁了。

是之前在学生会的时候，和沈听南走在一块的那个女生。至于那个女生是来看谁的，她也不好说，于是又把目光移回沈听南身上。

一小时后，训练结束。

沈听南大汗淋漓地走到温絮身边，接过她递来的水，仰头喝下。

他喝得有些急，水从嘴角渗出，顺着脸颊的弧度流下来。

温絮咽了咽口水，沈听南也太帅了。

等他合上瓶盖，温絮抽出一张纸给他擦汗。

眼前的人嘴巴微张，认真地给自己擦汗。沈听南盯着她的视线逐渐炽热，喉结滚动。

“宝宝。”

“嗯？”

“想亲你。”

温絮的手一顿，轻轻推了他一下：“这么多人，回去再亲。”

“那好吧。”

擦好汗后，沈听南接过她手中的废纸，牵着她的手，扭头对周皓说：“先走了。”

门口的女生见两人的动作如此亲密，都快酸死了，但还是默默地给他们俩让道。

走出门口的时候，一个女生叫住了他们。

沈听南疑惑地转头：“怎么了？”

孟玥：“学长打篮球很帅。”

沈听南蹙眉：“嗯。”

“可以一起吃饭吗？”

一旁的温絮愣住了，原来那个女生喜欢沈听南。

但现在女生追人都这么不看场合的吗？她这个女朋友还在旁边呢。

温絮正想说点什么，一旁的沈听南就开口了：“你看不到我女朋友在旁边吗？”

孟玥的脸色一沉。

沈听南又继续开口：“我们只是同在学生会的校友而已，除了学生会的事，其他的就不要跟我说了。”

然后他便拉着温絮离开。

沈听南脸紧绷着，温絮搂住他的手臂，轻声说道：“刚刚那个女生是谁啊？”

刚说完，沈听南就停下脚步，神色认真地道：“我和她就只是同在学生会的校友而已，你千万别多想。”

温絮弯了弯唇：“她喜欢你啊？”

“嗯。”沈听南不是傻子，能感受到对方对自己的心意，他也没有给予任何回应，但今天孟玥实在是过分了。

他拉住温絮的手：“你别不开心。”

“我没不开心啦。”

就凭沈听南刚刚做的、说的，她就完全没有生气的理由。而且沈听南这么优秀，有喜欢他的人也很正常，她没必要因为这个不开心。

“那就好，我只喜欢你。”

“我也只喜欢你。”

回去的路上，温絮的手机响了一下，是徐亦欢发来的消息。

徐亦欢：“我明天来找你玩，谈恋爱之后都不找我了，没爱了！”

温絮发了一个“没有”的可爱表情图过去。

徐亦欢：“记得准备些我爱吃的菜。”

温絮：“好的，小的明白。”

见温絮盯着手机不知道在笑什么，沈听南问道：“跟谁聊天呢？”

“小欢。”

沈听南哦了一声，又问：“聊什么了？”

“她明天要来找我。”

沈听南蹙起眉：“来我们家？”

“嗯。”

闻言，沈听南的眉毛紧紧拧在一起，真会挑时间。

“明天中午我们吃火锅吧。”徐亦欢喜欢吃火锅，她也喜欢。

“可以。”

“但是我们好像没有煮火锅的材料。”

“去买。”沈听南说完又迅速补充道，“不过你明早得跟我一块去。”

温絮哀怨地啊了一声，皱起小脸，扯着沈听南的衣服：“能不能不去啊？”让她一个赖床的人早上起床去买菜，她做不到啊。

“不行。”

温絮扯着他衣服的手又晃了晃，娇声道：“求求你啦。”

沈听南丝毫不为所动：“不行。”

“好吧。”。

因为明天要早起，温絮今天上床的时间格外早。

她捧着手机刷视频，酝酿睡意，可是越想睡就越睡不着，一直刷到十二点还一点困意都没有。

沈听南关上灯：“该睡觉了。”

“我睡不着。”

“睡不着也得睡。”沈听南说完就夺过她的手机，插上充电器后放在桌子上。

然后他翻身把她搂在怀里，替她盖好被子。

窗帘被拉得死死的，一点光都透不进来，整个房间里伸手不见五指。

温絮双手交叠放在小腹上，睁着双眼，没有丝毫睡意。

见旁边的人没有动静，温絮试探性地喊：“沈听南？”

“嗯？”

“我睡不着。”

“闭上眼，什么都别想。”

温絮听话地闭上眼，过了一会儿又睁开：“没用啊。”

等了几秒，沈听南没说话，温絮以为他睡着了，侧过身小声地喊：“沈听南？”

下一秒，沈听南就压在她身上。

“不想睡的话，就做点别的事？”

温絮瞬间惊了：“不不不，我睡我睡。”

沈听南从她身上翻下去：“那就乖乖睡。”

见小姑娘乖乖的没再说话，沈听南才闭上眼。他本来也没打算对她做什么，只不过吓唬吓唬她罢了。

第二天，温絮在八点的时候被沈听南叫醒。

温絮抱着被子做最后的挣扎：“我可不可以不去？”

“那不吃火锅了？”

此话一出，温絮沉默了。最后她硬着头皮起床，火锅还是得吃。

温絮洗漱好后随便穿了身衣服，踩着拖鞋就跟着沈听南出了门。两人开车去的菜市场，因为煮火锅需要的材料有些多。

菜市场一楼是蔬菜区。

“想吃什么？”

“你看着买吧。”温絮默默地跟在沈听南旁边。

买完蔬菜，两人才去了二楼，二楼是肉类区。温絮瞬间就活了过来，拿了好几盒肥牛卷，她可是肉食动物。

最后，沈听南拎着好几袋东西走出菜市场。

两人没有再去超市，之前温絮就带了火锅底料去沈听南家。至于饮料，那天去超市的时候已经买了很多，足够了。

在沈听南准备菜的时候，门铃响了。

温絮立马飞奔到门口打开门，然后拿出一双拖鞋扔在地板上：“换鞋进。”

徐亦欢穿上拖鞋，走进客厅就看见沙发上还有电视机两侧摆放着各式各样的娃娃。

“啧啧啧，小日子过得不错嘛。”

“一般一般，你坐，我给你倒杯水。”她说完就走到厨房拿了一个客人用的玻璃杯，从饮水机里接了一杯温水。

徐亦欢喝了一口水：“真贴心，还是温的。”

温絮笑了笑，一脸傲娇：“我什么时候不贴心了？”

“是是是。”徐亦欢想了想，觉得这件事还是该告诉温絮，“我跟谢礼安分手了。”

温絮刚喝进去的水差点就吐出来，艰难地把水咽下去后才开口：“什么？！”

“怎么又分手了？你这都第几个了？”

徐亦欢“哎呀”了一声：“不合适就分了，不然谈着气自己？”

温絮哽住了，半晌才说：“你开心就好。”

“所以你们学校有没有帅哥？给我介绍介绍。”

“这我哪知道，你看我敢认识别的帅哥吗？”说着瞥了眼沈听南。

徐亦欢若有所思地点头：“也是。”

“不过再过几天我们学校和你学校不是有篮球比赛嘛，到时候你可以过来看啊。”

“这是个好主意。”

沈听南把火锅底料下了后，抬起眼皮看着坐沙发上交谈甚欢的两人，喊了声：“吃饭了。”

温絮提高音量：“好。”又偏头对徐亦欢说，“吃饭了，今天准备的火锅！”

徐亦欢眼睛瞬间亮了：“不愧是好姐妹啊。”

两人搓搓手，快步走到餐桌边。

温絮拉开椅子正准备坐在徐亦欢旁边，沈听南就咳了一声。

徐亦欢见状，说：“你过去坐。”

温絮“哦”了一声，绕到沈听南旁边坐下。沈听南还是一如既往地涮好东西就往温絮碗里放：“多吃点。”

“知道了。”

徐亦欢撇了撇嘴，有些酸。不过她都已经习惯了，沈听南对待温絮的方式跟以前一样。

吃完饭，温絮就拉着徐亦欢进了客卧。

两人躺在床上，徐亦欢说：“你不跟沈听南一起啊？”

“今天你来，当然是跟你睡了。”

沈听南看着被关上的客卧的门，心里有些郁闷，在原地站了许久，最后走进对门的主卧。

他拿出手机给温絮发了条信息。

沈听南：“你都不陪我了。”

还配了个哭唧唧的表情图，这是他从温絮那里存的。

温絮秒回：“哎呀，晚上再陪你。”

沈听南：“你要补偿我。”

温絮："好好好。"

沈听南看着手机屏幕，一侧嘴角勾起。

徐亦欢看温絮对着手机傻笑："他就在对门，要不你过去陪他？"

温絮放下手机，挽住徐亦欢的手臂："不要，我要陪你。"

下午，徐亦欢睡醒后就回了学校。

徐亦欢前脚刚走，沈听南立马就抱住温絮。

温絮盯着他，捧着他的脸亲了一口。

第三章
迟来的醋意

接下来的这些天，温絮只要下课早，就都会陪沈听南去训练。

时间过得很快，转眼就到了比赛的日子。

比赛的运动员需要提前到篮球馆做准备，温絮便让沈听南先过去，她跟徐亦欢一起过去。

温絮站在校门口等了好一会儿，徐亦欢才出现。

篮球馆离校门口不算很远，两人走大概十分钟就到了。

此时观众席坐满了人，温絮一进门就看见观众席上有人扯着一张大大的横幅，上面写着“沈听南加油”。

温絮有些震撼，偏头跟徐亦欢说：“打篮球都有人喊加油，真是艳福不浅啊。”

“确实，不过他都有你了，这才叫艳福不浅。”

“这话中听。”

温絮带着她走到观众席第一排，这是托沈听南的福，参加比赛的运动员都可以带朋友坐在第一排，沈听南特意给她们留了两个位置。

两人刚要坐下，就瞥见只隔了几个座位的云暮。

“我们过去坐吧。”

“都行。”

两人又挪到云暮的旁边。

“暮暮。”

正在玩手机的云暮抬起头，看见是温絮，有些欣喜：“絮絮。”

“你也来看比赛？”

“嗯，周皓非要叫我来。”

闻言，温絮若有所思道：“你们在一起了？”

云暮一脸羞涩：“还没有。”

温絮挑了下眉，拉长尾音哦了一声，突然想起云暮和徐亦欢还不认识，便说：“这是我闺密徐亦欢。”

徐亦欢配合地笑了笑。

温絮又指了指云暮：“这是我之前的室友云暮。”

云暮也友好地朝徐亦欢笑了笑。

话语间，两队穿着运动服的运动员走进赛场，观众席瞬间沸腾起来。

刚刚扯横幅的那些人嘴里喊着："沈听南加油，沈听南加油。"

温絮被现场气氛感染得也有些热血沸腾，差点就跟着喊了。

比赛开始，温絮的视线一直追随着沈听南。在众多运动员中，她只看得见他。

沈听南每进一个球，观众席就会沸腾。渐渐地，温絮也跟着一起沸腾了。

很快，上半场比赛结束，中场休息十五分钟，温絮拿着水走到运动员休息区。

周皓见温絮过来，便腾了个位置给她坐。

"谢谢。"

"客气。"

温絮把水递给沈听南："累不累？"

"看见你就不累了。"

温絮勾了勾唇："下半场加油。"

"好。"

十五分钟过去。

"快回去吧。"说完，沈听南就跟着队伍再次走进赛场。

温絮坐回观众席。

下半场，沈听南的状态依旧很好，甚至比上半场还要好。

最后，比赛以渝大篮球队获胜而结束，温絮激动地站起身，跟着欢呼。接着就看见沈听南朝自己跑来，她微微张开手想要抱住他。

下一瞬，沈听南的呼吸就扑面而来。温絮的大脑轰地一下炸开，她竟然和沈听南在众目睽睽之下接吻了！

果不其然，观众席比刚才更加沸腾，甚至还有人拿出手机拍照。

温絮把脸埋在沈听南的胸膛，闷闷地说："都怪你，我们估计又要出现在贴吧了。"

沈听南拍了拍她的背："不好意思，太激动了，没忍住。"

当他看见温絮为他欢呼的样子，他就想吻她。

观众席的人逐渐散去，徐亦欢跟温絮打了声招呼就跟着走了，她可没忘记自己今天过来的目的。

一出门就见前面有个长得蛮高的男生，穿衣品位不错，并且还是一个人，徐亦欢想也没想就跑到他身边。

“哈喽，请问可以加你微信吗？”说着还悄悄地看了一眼男生的脸。

男生停下脚步，上下扫了眼徐亦欢，便拿出手机点开二维码：“可以。”

徐亦欢扫了二维码：“你叫什么名字？”

“江之淮。”他看了眼好友申请，“徐亦欢？”

“对。”

加上微信后，徐亦欢没走，而是继续跟在他旁边。

“你怎么一个人来看篮球比赛啊？”

“我朋友他们今天有事，所以就我自己来了。”

“原来如此，那我们可不可以一起吃个饭？”

江之淮想着反正也没什么事，就答应了。

两人一块去了食堂。

徐亦欢打饭的时候突然想起自己不是渝大的学生，就看向了江之淮：“那个，你能借饭卡给我吗？我再转钱给你。”

江之淮把卡按在刷卡机上：“不用，我请你。”

“这怎么好意思呢？”

“没事。”

两人找到位置坐下。

徐亦欢：“你是大几的？”

江之淮：“大二。”

徐亦欢点点头，大二，比她大一岁，正合她意。

江之淮：“你呢？”

“大一，不过我不是渝大的学生。”

“了解，那你是喜欢篮球吗？”

不然一个女生也不会特意跑过来看篮球比赛。

徐亦欢想了想，总不能告诉他实话吧，只好说：“我是陪朋友来的。”

江之淮点头。

吃完饭，江之淮跟着徐亦欢走出食堂：“要不要送你回去？”

徐亦欢挑了下眉：“如果不麻烦的话。”既然人家都主动问了，那她肯定得答应啊。

“不麻烦，走吧。”

走出学校，江之淮拦了辆出租车。

一路上，两人没说话。江之淮偏头瞥了徐亦欢好几眼，徐亦欢也瞥了江之淮好几眼。

最后，两人的视线不经意地撞上。

徐亦欢决定主动出击：“你周末有时间吗？”

“应该有。”

“那要不要一起去吃饭？”

“可以。”

到学校后，徐亦欢下了车。

“好了，你回去吧，我们周末见。”说完还眨了下眼。

江之淮愣了几秒：“好，周末见。”

待篮球馆人群散去后，有人提议拍张合照纪念一下。

温絮推了推沈听南：“你快去吧。”

“一起去。”

“我又不是你队友。”

众人见状，纷纷说：“没事，合影怎么能少了嫂子呢。”

接着又转头对周皓说：“皓哥把女朋友也带上吧。”

云暮连忙解释：“不是，我不是……”

她话还没说完就被周皓牵着手拉到身边：“快来吧。”

云暮把想说的话咽回去，弯了弯嘴角，默默地站在周皓旁边。

拍好后，温絮偏头对沈听南说：“记得发给我。”

沈听南把手机放在她手里：“自己发。”

温絮哦了一声，点进群聊把照片保存，然后发给了自己。

吃完饭时间还早，有人说："要不然我们去喝两杯，庆祝一下。"

众人："这个可以。"

温絮跟着来到酒吧门口，心里咯噔了一下，这不是上次来玩被沈听南抓包的那个酒吧吗？她莫名地有些心虚："我们来这儿玩啊？"

沈听南挑挑眉："怎么，心虚了？"

温絮立马挺直腰板："我才没有。"

酒吧还未开始营业，众人有些失望，正想着要不要换一家，就见沈听南牵着温絮直接进去了。

周皓跟了进去，见后边的人都不走，提醒道："这酒吧是南哥的。"

众人纷纷瞪大眼睛，瞬间就对沈听南佩服得五体投地，学习好就算了，打篮球还厉害，现在还当老板了。

萧彦倚靠在桌边玩手机，借着昏暗的灯光看清沈听南的脸，打趣道："哟，这不是南哥嘛，什么风把您刮来了？"

沈听南好久没来过了，这个酒吧就他在兢兢业业地看着。

"少贫嘴，带朋友来玩玩。"沈听南搂着温絮的肩膀，介绍道，"这我女朋友。"

闻言，萧彦的视线落在温絮身上："久仰，嫂子好，我是萧彦。"

他没见过温絮，但常常听沈听南提起。

温絮愣愣地说："你好，我是温絮。"

这酒吧不是还没开始营业吗？而且眼前这个萧彦看上去就像是老板的样子，竟然管沈听南叫哥。

温絮看了沈听南好几眼，不知道该怎么问。

直到进了包间，沈听南才开口："想说什么？一副欲言又止的样子。"

温絮顺了口气："酒吧不是还没开始营业吗？你和那个萧彦是什么关系？他为什么管你叫哥？"

沈听南愣了一下，耐心解释："这酒吧是我和萧彦合伙开的，我是以前练跆拳道的时候和他认识的。"

"至于叫哥嘛，是我把他打服了。"他言简意赅。

高中的时候，沈听南去学跆拳道认识了萧彦，不过两人相处得不算和谐。

沈听南性子冷淡，不爱跟人说话，萧彦看不惯他，觉得他整天跩得跟个二百五似的。

后来有一天，两人起了争执。最后，沈听南把萧彦按在地上问他服不服，萧彦大喘着气点了点头。

两人就此成了朋友，在相处过程中，萧彦逐渐发现沈听南只是性子冷，但为人还是非常好的。

再后来两人都有开酒吧的想法，于是就合伙开了这家酒吧。不过最大的股东还是沈听南，他就是个打杂的。

温絮瞬间就明白了，那么多家酒吧，偏偏沈听南就在这家逮住了她，原来这家酒吧是他开的。

“所以，那天你是不是也在酒吧？”

沈听南明白她说的是什么，诚实地点了点头。那天他在酒吧，刚好看见温絮，于是就把她逮了回去。

服务员把酒端上来后，只听沈听南大声说：“敞开玩，想吃什么随便点。”

众人欢呼：“南哥真好。”

因为比赛赢了，加上有人请客，大家明显兴致高昂。

温絮安安静静地靠在沈听南肩膀上，时不时跟他说说话，时不时跟云暮说说话。

在大家喝得都有些上头的时候，周皓把云暮叫了出去。

云暮跟着周皓走到楼梯间，阻隔开外边嘈杂的音乐声。

云暮捏着手指，有些紧张：“怎么了？”

周皓看了她一会儿，郑重地表白：“云暮，我喜欢你，和我在一起吧。”

虽然已经隐隐预测到周皓会跟自己表白，但云暮的心还是不可抑制地疯狂跳动。

见云暮不说话，周皓心里瞬间就没了底，有些慌张地想要拉她的手。云暮直接踮脚亲了他一下，表明自己的心意。周皓瞬间愣住了，耳尖微微发烫。

看着他一副纯情小男生的样子，云暮没忍住笑出声："你害羞了。"

周皓挠了挠头："我没有。"

"那你吻我。"

周皓看着她的视线渐渐移到嘴唇上，喉结滚动。

见他没有下一步动作，云暮正想说算了，温热的唇瓣就落了下来。

眼前的人紧闭着眼，生涩又热烈地吻着自己，云暮轻轻闭上眼回应。楼梯间充斥着两人的呼吸声，温柔缱绻。

两人分开的时候，都微微喘着气。周皓把她按进怀里，抬手揉着她的头。平复呼吸后，云暮从他怀里抬起头："我们进去吧。"

都出来这么久了，不知道的还以为他们俩私奔了。

"好。"

温絮坐在座位上，瞥见门被推开，进来的两人手牵着手。

云暮坐下的时候，温絮便笑着说："这是在一起了？"

云暮点点头。

温絮又瞥了眼旁边的周皓："可以啊，闷声干大事，祝你们百年好合。"

云暮："好嘞，祝福收到了。"

温絮用手肘顶了顶沈听南："你兄弟有女朋友了，不祝福一下？"

闻言，沈听南偏头看了眼周皓，视线往下落在两人牵在一起的手上，勾了勾嘴角："真行啊你，百年好合。"

面对两人的轮流打趣，周皓有些不好意思。云暮借着灯光看见周皓耳根子有些红，没想到谈了恋爱的他这么容易害羞，反差感还挺大。

结束后，沈听南看着倒在沙发上醉醺醺的几人，有些头疼。

全场就只有周皓是清醒的，照这样看，让他们自己回去估计是不太可能了。于是他叫来萧彦："给他们安排房间。"

萧彦："行。"

"那他们就交给你了，我先回去了。"

"又把烂摊子留给我收拾？"

沈听南拍了拍他的肩："这个月的分红多给你一点。"

此话一出，萧彦立马变脸："好嘞，都交给我了，您安心回去吧。"

交代完后，沈听南偏头看向周皓："走吧，送你俩回去。"

周皓扶着云暮走出酒吧，站在路边。云暮软绵绵地靠在周皓身上，算不上清醒。

温絮也没好到哪里去，整个人贴在沈听南身上，脸颊绯红。

沈听南让温絮别喝太多，小姑娘非不听，这下好了，连带着云暮一起醉了。

沈听南给他们叫了车，送走周皓两人后才给自己叫了车。

在车上，温絮蹭了蹭沈听南的胸膛，手放在他的腹肌上。

两人之间弥漫着一股浓郁的酒味，沈听南握住她的手，声音是说不出的沙哑："乖点。"

"不要。"温絮用另一只手继续摸着他的腹肌。

碍于车上有人，沈听南没再说话，任由她的小手在身上乱摸。

另一边，周皓抱着不省人事的云暮，心里在想着该怎么办。

女生宿舍估计已经关门了，就算没关门，她也不可能自己上楼。

一番思考下，周皓带着她去了自己家。反正他爸妈在国外，一时半会儿也回不来。

周皓抱着她去了自己的房间，给她盖好被子后，又去冲了杯蜂蜜水。

再回到房间，他轻声唤着云暮："暮暮，起来喝杯蜂蜜水再睡好不好？"不然她明天头就该疼了。

见云暮没反应，周皓又叫了一声。

云暮皱着眉睁开眼，定定地看着周皓："你好吵。"

"嗯，喝完我就不吵你了。"

云暮张开嘴，周皓笑了笑，扶着她坐起身，喂着她喝了几口。

周皓摸了摸她的头："真乖，快睡吧。"

云暮没理他，闭上眼睡着了。

周皓看着她的小脸蛋，软软的，凑上去亲了一下。

车停在公寓楼下，沈听南付完钱，抱着温絮上楼。沈听南替她脱了鞋，把她放在沙发上，转身去厨房冲了杯蜂蜜水。

回到客厅的时候，温絮正坐在沙发上，眼皮耷拉着。

沈听南坐在她身旁，柔声说道："怎么了？"

温絮偏头看他，视线逐渐落到唇上，嗓音莫名有些沙哑："想吻你。"

话语刚落，小姑娘温热的唇便落了下来。沈听南搂着她的腰，生怕她摔了。

喝醉了的温絮胆子也大了起来，撩开他的衣服乱摸。

沈听南呼吸一滞，唇退开了些："知道自己在做什么吗？"

温絮没说话，而是扣着他的脑袋再度吻上去，呼吸交缠。

沈听南把她抱起来，走进房间。情到深处时，沈听南微微抬头："不后悔？"

"不后悔。"

窗外不知何时下起了雨，但没能影响屋子里的人。

第二天，温絮一起床酸痛感便遍袭全身，就好像跟人打了一架。她艰难地坐起身，头疼得厉害。

走进厕所，看到镜子里的自己的那一刻，温絮瞬间睁大了眼睛。沈听南怕不是属狗的？

洗漱完，温絮走出厕所。

沈听南瞥见她的身影，说："过来吃饭。"

温絮指着他的脖子问道："这……我弄的？"

沈听南抬起眼皮："难道是我自己弄的？"

温絮弯了弯唇，没继续这个话题，低头吃饭。

沈听南往她碗里夹菜："多吃点。"

很快米饭就成功被菜覆盖，眼看沈听南还要夹，温絮连忙护住自己的碗："好了好了，装不下了已经。"

沈听南看了眼她的碗，确实装不下了，这才收回夹菜的筷子："吃完了告诉我，我再给你夹。"

"我自己会夹，我又不是幼儿园小朋友。"

“在我眼里你就是。”

温絮翻了个白眼，看着手里的手机，不出意外地在贴吧看见了自己和沈听南的照片。

而且还有他们在球场一触即分的接吻照，温絮的脸一热。

云暮睡到了下午才醒，她睁开眼睛环视四周，接着猛地坐起身，努力回想昨晚发生了什么。昨晚周皓跟她表白了，她一高兴就跟温絮喝多了，后面的事她就不记得了，断片的滋味真不好受。

云暮突然低头看了一眼，然后松了口气。她不安地走出房间，想看看这是哪里。

门外安安静静的，只有楼下传来动静。她循声走下去，就看见周皓穿着围裙穿梭在厨房和餐厅之间，悬着的一颗心总算是放下了。

她走过去喊了他一声，周皓回头看到云暮：“醒了？”

“嗯。”

“那就吃饭吧。”

云暮看着桌上色香俱全的饭菜，惊讶道：“你还会做饭？”

周皓挠挠头，诚实地说：“现学的。”

他不想欺骗云暮，他确实是现学的。

云暮点头：“没事，现学能做成这样已经很厉害了。”

不像她，做饭就跟要炸厨房一样，她不止一次尝试做饭，但最后都被她妈请出厨房。

云暮：“对了，这是你家吗？我怎么会在这里？”

周皓：“你昨晚喝多了，我就带你来我家了。”

看着他解释的模样，云暮没忍住笑了笑。

吃完饭，周皓把她送回了宿舍，然后自己也回了宿舍。

回到寝室，几个室友问他：“昨晚去哪儿潇洒了，连宿舍都不回？”

周皓坐在床上一边跟云暮聊天，一边回他们：“昨天不是篮球比赛赢了吗，我就跟他们去喝了几杯，玩得有些晚，就回家睡了。”

几个人突然想起他是渝城人，回家住也很正常。

没问到八卦，几个人很失望地散开。

因为下午没课，温絮就在沙发上躺着看了一下午电视。

夕阳西下，天色渐晚，沈听南下课回到家，发现屋子里黑黢黢的，抬手打开灯。

他换好鞋走进客厅，就看见温絮在沙发上睡着了，手里还抱着沙发抱枕。

他蹲在一旁，伸手轻轻地刮了一下她小巧的鼻尖。

温絮动了一下，抬起眼皮，和沈听南四目相对："你回来了。"

因为刚睡醒，温絮说话有些含混不清，嗓音娇软。

沈听南用鼻音嗯了一声。

温絮撒娇："好想你。"

沈听南笑了笑："我也想你。"

"抱抱我。"

"好。"沈听南抱着她坐在沙发上。

温絮像只树袋熊一样整个人贴在沈听南的身上，肚子咕咕地叫了一声，声音很小，但沈听南还是听见了。

"饿了？"

温絮摸了摸肚子："饿了。"

"我去做饭。"

温絮摇摇头："不要，今天想出去吃。"

沈听南依旧顺着她："想吃什么？"

"烤肉。"她下午的时候看到别人吃烤肉的视频，可香了。

"好，换衣服带你去。"

温絮立马从他身上下来，走进房间随便换了身衣服。

两人走进烤肉店，温絮点了好几盘烤肉，沈听南把烤好的肉放进她的盘子里。

温絮眉眼弯弯地笑着说："谢谢宝宝。"

这个称呼沈听南很受用，嘴角微微扬起，就连眉梢都染着喜悦。

温絮把肉包进生菜里，递到沈听南嘴边："张嘴。"

沈听南乖乖地张开嘴巴，他突然觉得这烤肉还蛮香的。

接下来的画面就是——沈听南烤肉，温絮一边吃一边喂他吃。

吃饱喝足后，温絮擦了擦嘴："我去上个厕所。"

"去吧。"

温絮上完厕所在镜子面前照了照，甩甩手走出去。

突然，她被一个男生拦住："你好，我觉得你长得很好看，所以想认识一下你，方便加个微信吗？"

温絮想也没想："不好意思，我有男朋友了。"

男生有些不信，跟在她旁边："我真的没什么恶意，就是想认识一下你。"

"我真的有男朋友了，不信你看。"说着撩开自己脸颊两边的头发，露出脖子上的痕迹。

男生愣在原地，半分钟过后才带着歉意说："不好意思，打扰了。"

见男生终于走了，温絮回到座位上，扯了扯沈听南的衣服："走吧。"

"好。"沈听南起身搂着她的肩膀，"你刚刚做得很棒。"

"你看见了？"

"嗯，奖励你喝杯奶茶。"

温絮眼睛瞬间亮了："那我要加两份珍珠。"

"好。"

沈听南带着她去了奶茶店："一杯珍珠奶茶，少糖，两份珍珠。"

温絮有些不满："怎么少糖啊？"

"现在是晚上，别喝太甜的。"

"那好吧，你不喝吗？"

"不想喝。"

温絮点点头，没再说什么。

沈听南接过店员手里的奶茶，插好吸管后递给温絮。

温絮喝了一口，把奶茶举在沈听南面前："给你喝一口。"

沈听南喝了一口："不甜。"

温絮一脸问号："刚刚说少糖的不是你吗？"

沈听南没说话，低头亲了她一口："你比较甜。"

温絮扬了扬嘴角。

回到家，两人躺在沙发上玩闹了一会儿就回房间了。

隔天，温絮坐在化妆台前，拿着遮瑕膏仔细地把自己脖子上的痕迹遮住。

沈听南站在她旁边："嘀咕什么呢？"

"你看看你干的好事。"

沈听南笑了笑，拉下自己的衣服："你也看看你干的好事。"

遮好后，温絮化了个淡妆，不然脖子就显得有些突兀了。

弄好后她又拉着沈听南问："你要不要遮一下？"她补充道，"挺显眼的。"

沈听南想也没想："不遮。"

"还是遮一下吧。"这不仅事关他的形象，还事关她的形象。

沈听南躲开她伸过来的手，一把握住她的手腕："我不遮。"

"可是……"

"快走吧。"说完，沈听南就把手插在口袋里走出房间。

没办法，温絮只好放下自己手中的遮瑕膏跟上他。

下楼的时候，温絮还在他旁边念叨："真的不遮吗？被别人看见了多不好。"

"那又怎么样？谁敢说我。"

这话把温絮堵得哑口无言。算了，由他去吧，这面子不要就不要了。

两人一块走进大楼，因为有沈听南在，他们的回头率超高。

到了自己所在部门的楼层时，温絮跟沈听南道了别，就走进屋子里。

她来得不早不晚，屋子里还没有多少人，她找了个后边的位置坐下，等了好一会儿，人才逐渐来齐。

高阳坐在桌子最前方的中间，两位副部长分别坐在他的左右两边。

高阳："元旦将至，也就意味着我们即将迎来元旦晚会，所以我们文艺部的工作就是负责整个晚会的顺利展开，这段时间要辛苦大家了。"

说着，他拿起手机发了一个文件在微信群里："每个人的分工已经发在群里了，注意查收，希望每个人都能做好自己的工作。”

温絮拿出手机，点开那个文件，找到自己的名字，上面写着她负责晚会期间控场。她顿时松了口气，还好不是很难的事情。

另外几个新人的任务也都是控场，其他的工作都交给了比较有经验的人去做。

部长说完话，又轮到几个副部长发言。

温絮偷偷看了眼手机，沈听南说他在楼梯口等她。她回了他个“好”字，便收起手机。

过了不知道多久，高阳说：“如果大家没什么想说的了，就可以散了。”

屋子里安静了几秒，然后大家纷纷起身离开，温絮紧跟其后。

刚走出门，就看见站在楼梯口的沈听南。温絮朝他走去：“你怎么这么快就开完会了？”

沈听南下意识地牵住她的手：“没什么好说的，简单交代了一下任务就让他们散了。”

温絮：“我们今天去食堂吃饭吧。”她都好久没在食堂吃饭了，有点想念黄焖鸡饭了。

“好。”

食堂现在正处于就餐高峰期。

沈听南：“还吃黄焖鸡饭吗？”

温絮：“嗯。”

沈听南带着温絮走到黄焖鸡饭的窗口，双手捏着她的肩膀，站在她身后。

因为两人亲密的动作，吸引了旁边人的目光。他们俩现在可以说是渝大最有名的一对情侣，不少人认出了他们。不过大家都是远远地看着，并没有上前打扰。

温絮察觉到有目光落在自己身上，往旁边看了一眼，跟一旁的女生对上视线。女生慌忙别过头，拿起手机随便点了几下，装作在玩手机。

温絮疑惑地收回目光，身子往后倾了些，沈听南配合地往前低头。

“我怎么感觉有人在看我们，背后凉飕飕的。”

沈听南捏了捏她的手：“别多想。”

温絮哦了一声，重新站好。经过刚才，温絮感觉落在自己身上的目光少了些，不知道是不是心理作用。

打好饭后，沈听南依旧去买了两瓶酸奶。

温絮一边吃饭一边玩手机，微信弹出了一条新消息，是徐亦欢发过来的。

徐亦欢：“你们学校元旦晚会别的学校的能进去吗？”

温絮不太确定，抬起眼皮看向沈听南：“我们学校元旦晚会别的学校的能进来吗？”

沈听南：“可以。”

得到回复，温絮低头给徐亦欢回了可以。

徐亦欢回了个一只猫的表情包，上面写着 OK。

温絮：“问这个干吗？”

徐亦欢：“最近看上你们学校一个男生，元旦晚会过去看看他。”

温絮：“这么快就有看上的了？”

徐亦欢：“嗯，就上次去的时候认识的。”

温絮：“祝你好运，成了带我认识认识。”

徐亦欢：“必须的。”

温絮这才笑了笑，她才不在意徐亦欢跟谁谈，只要告诉自己就好了，至少证明自己在她心里还是很有分量的。

沈听南把车开进地下停车场，和温絮去了小区的快递驿站。

快递小哥按着温絮报的尾号找到寄存的所有快递，一一确认出库。

好不容易全部确认出库成功后，快递小哥语重心长地说：“下次记得早点来拿，别都囤着。”

温絮连忙点头：“好的好的，我就是忘记了，不好意思啦。”

她刚刚在回来的路上看到快递滞留的信息，才想起前不久她买了好多东西。

“下次记得就行，我看你快递这么多，估计也拿不了，那边那辆小推车先借你用吧。”说着指了指门口的小推车，“用完记得还回来。”

“好，谢谢啦。”温絮又扭头对沈听南说，“快去拿那辆推车过来。”

沈听南照做，接着把地上的快递放在小推车上，整齐地摆好，乱放的话这么多快递装不下。

把全部快递放上推车后，两人推进了大楼。

沈听南：“你都买了些什么东西？”他还是第一次一次性拿这么多快递。

温絮：“我也不知道。”

她的确不知道，每次买完东西后，就容易忘记自己买了什么。

沈听南不解地说：“你自己买的东西都不知道？”

温絮眨了眨眼睛，然后无辜地点点头。

沈听南打开门，把推车推进屋子里，温絮帮着把车上的快递卸下来。

看着扔了一地的快递，沈听南眉心突突地跳了跳：“我把推车还回去。”

“好。”温絮找了个空地坐下，拿着美工刀准备拆快递。

看着大小不一的快递，温絮有些无从下手，纠结了好一会儿，才决定从最小的快递开始拆。

每拆一件，温絮就往旁边扔，很快身侧就堆满了东西。

沈听南回来的时候，温絮已经拆了三分之一的快递，他蹲下身：“我帮你。”

“好。”说着又递了把美工刀给他。

她是个丢三落四的人，每次拆快递都找不到美工刀，于是买了好多。

沈听南看了眼手里的粉色小花美工刀，低声笑了笑，果然是小姑娘，喜欢的都是可爱的东西。

沈听南拿起一个长方形袋装的快递，想来应该是衣服之类的，便拆开了。

看到东西的那一刻，沈听南愣了几秒，随后捏着那条不知道是不是衣服的东西问：“这是衣服？”

温絮瞥了一眼：“是啊。”

“你告诉我这是块抹布我都信。”

温絮反驳：“这是外穿款的吊带！”

沈听南冷哼一声，把衣服揣进怀里：“没收了。”

“为什么？！”

沈听南摊开衣服：“就这么点布料，现在天气都变冷了，穿这个合适吗？”

温絮再次反驳：“我可以穿外套啊！”

“我不管，没收了。”

温絮一脸不舍地看着自己被没收的衣服。

当时她就是看到人家模特上身图好看，想买回来试试，结果到嘴的鸭子就这么飞了。

温絮耷拉着脑袋，兴致缺缺地拆了下一个快递，里面是两件款式相同但是颜色不一样的衣服。

她把衣服拿起来看了看，又摸了摸布料，手感挺好，然后把衣服放在沈听南手里，问：“你看看喜欢吗？”

沈听南看了一眼：“喜欢。”只要是温絮买的，他都喜欢。

“那我们下次出门就穿这个好不好？”

“好。”

见沈听南答应，温絮扬起嘴角，又找到其他几件情侣装拆开，然后给沈听南看，问他喜不喜欢。

沈听南耐心地一件一件地看，都说了喜欢。

等拆完快递已经是二十分钟后了。

温絮买的东西基本是衣服，还有一些化妆品和护肤品。

因为主卧已经放不下多余的衣服和化妆品、护肤品，所以温絮就把这些东西全部堆到了客卧，接着就在小角落里看到之前搁置的几个相框。

想着都这么长时间了，晾的花应该已经干透了，她就拿着几个相框出了房间，从阳台上把花收了进来。

沈听南问：“又要做什么？”

“做干花相框呀。”

“我帮你。”

温絮没说话，用微信给他发了个视频：“我给你发了教程，你先看。”

“好。”沈听南点开视频，认真地学习。

过了一会儿，沈听南放下手机蹲在她旁边，捣鼓起地上的花来。

每做好一个，温絮都会在上面写上日期，还有她和沈听南名字的首写字母。

全部弄好后，温絮拍了照，然后把它们分别放在客厅和房间里。

温絮坐在沙发上捏了捏自己的肩，沈听南把手放在她肩膀上：“我给你捏。”

温絮放下手，乖乖地坐着，沈听南的力道拿捏得刚刚好，捏得温絮舒服地眯起眼。

捏完后，温絮转头亲了他一下：“宝宝真好，你今天也累了吧，我给你捏捏。”

没等他说话，温絮已经绕到他背后，手放在他肩上：“这个力道可以吗？”

“用点力。”

温絮又使了点劲：“这样呢？”

沈听南闭上眼，一脸享受：“可以。”

过了一会儿，温絮按得手有点累，瘫坐在沙发上。

沈听南坐在她旁边，顺势搂住她的腰，头靠在颈窝处：“要不要去洗澡？”

滚烫的气息喷洒在颈窝处，温絮缩了下，有些痒痒的。

见她不回答，沈听南又问了一遍，放在腰间的手轻轻地摩挲着。

温絮心里警铃大作，慌忙推开他：“我自己洗。”

说完跑进房间里胡乱拿了套睡衣，钻进厕所后把门锁好。

沈听南起身去厨房给自己倒了杯水，体内的躁动才勉强平息了些。

温絮在厕所里磨蹭了半天，直到沈听南过来敲门：“怎么洗这么久？”

厕所门被打开，因为刚洗完澡，温絮的脸蛋红扑扑的，惹人怜爱。

“你……你洗吧。”说完就从他身旁走过。

沈听南走进浴室，原地站了一会儿才打开花洒，满脑子都是温絮那脸红的模样。

温絮缩在被子里玩手机，心思却不在手机上，有意无意地关注着浴室里的动静。

在听到水声停止的那一刻，她的心莫名地紧张起来。

沈听南一边擦头发一边推门走进来，他身上只穿了一条睡裤，头发有些凌乱，上面还有些水珠。

温絮同他对视，沈听南说：“宝宝，过来帮我吹头发。”

“哦。”温絮去厕所把吹风机拿进来，站在沈听南的身后，调了合适的温度，才轻轻拨弄着他的头发。

吹干头发后，温絮把插头拔了，就准备把吹风机放回厕所去。

她刚转身就被沈听南环住腰，整个人倒在他怀里，稳稳地坐在腿上。

或许是此时的氛围太过暧昧，温絮不受控制地亲了一下他。

第二天早上，温絮迷迷糊糊睁开眼，摸了摸旁边的位置，已经凉透了。

沈听南做好饭，见温絮还没醒，便走到房间打算叫醒她。

听见动静，温絮抬眼往门口看去。

沈听南：“醒了？起来吃饭。”

温絮：“哦。”

下午，温絮去了学校。因为是专业课，她得打起十二分的精神。

下了课，班长走上讲台，说：“大家先别走，有件事情跟大家说一下。”

“元旦晚会马上就要到了，每个院都要表演几个节目，所以有没有人想参加？想参加的就来我这儿报名。”

温絮一边收拾东西一边看戏，这不关她的事，她元旦晚会可是有工作的。

在场的人面面相觑，有的人想参加但是又不好意思第一个上去，有的人则跟温絮一样看戏。

温絮看这情况，估计一时半会儿也走不了，于是拿出手机想告诉沈听南让他多等一会儿。

刚打开微信，就看见沈听南给她发了好几条消息。

沈听南：“我现在出门了。”

隔了几分钟。

沈听南：“我已经到了。”

又隔了几分钟。

沈听南：“你还没下课吗？”

温絮回了他：“已经下课了，但是班长要说点事，所以你得多等一会儿了。”

沈听南：“我等你。”

看着最后三个字，温絮莫名地心安。

见没有人上来报名，班长又说：“大家都别害羞啊，踊跃参与呀！”

此话一出，有一名女生率先起身走上讲台，在报名表上填了自己的信息。

有人开了头，后面的进程明显就快了很多。等结束后，温絮第一个起身。

周围的人还没动，温絮在原地愣了几秒，不知道是该走还是该坐下。

最后，温絮还是顶着诸多目光，硬着头皮走出教室。

反正班长已经说可以散了，既然都是要有人先走的，那她做那个先走的又怎么样？这么想着，她心里倒是舒坦了许多。

温絮准确地在路边找到沈听南的车，不过她不是看车牌号，而是看车型，毕竟她想看车牌号也看不清，只能凭直觉了。

温絮带着歉意说：“不好意思啊，让你久等了。”

沈听南抽了张纸给她擦了擦额头上的薄汗：“没事，都说我等你了。”

“你凑过来。”

“怎么了？”

温絮娇声道：“你过来嘛。”

沈听南乖乖地把脸凑过去，温絮抚着他的脸把唇印上去：“给你的补偿。”

沈听南挑了下眉，语气有些不正经：“可以要别的补偿吗？”

温絮伸出一根手指抵在他额头中间，轻轻推了下。

“好啦，不逗你了。”沈听南拉下她的安全带，扣上。

温絮嫌坐得不舒服，调整了一下坐姿，然后身子一僵。

察觉到她的异样，沈听南说：“怎么了？”

“我好像……生理期来了。”

沈听南抽出一只手摸了摸她的头，安抚道：“没事，很快就到家了。”

他把车速提了提，没多久就到了小区。

一下车，温絮就快步往楼上走，蔫蔫地走进卧室拿了卫生巾和换洗的衣服，又重新走进厕所。

反正裤子已经脏了，温絮就顺便洗了个澡。洗到一半时，沈听南敲了下门。

温絮关了花洒，询问道：“怎么了？”

“别碰凉水，衣服留给我洗。”

虽然温絮有些不好意思，但还是乖乖应下。

洗好后，温絮把自己的衣服扔在盆里，内裤放在最底下。

沈听南进厕所的时候，里面还是雾气腾腾的，嘴角扬了扬。

他换下衣服洗了个澡，然后从盆里挑出温絮的衣服一块放进了洗衣机里。

盆里剩下她的贴身衣服，沈听南面不改色地清洗干净，接着又走进厨房煮了一碗红糖水。

温絮捂着肚子靠在沙发边上坐着，沈听南端着碗坐在她身边，柔声问：“疼不疼？”

“有点。”

沈听南舀了一勺红糖水，放在嘴边吹了吹：“张嘴。”

温絮享受着他无微不至的照顾，眼眶有些发酸。

沈听南看她一副快哭出来的样子，有些慌张：“怎么喝个红糖水都要哭了，是不是很疼？”

温絮摇头。

“那是怎么了？”

“就是觉得你对我太好了。”

沈听南安静了几秒，随后笑了笑，语气依旧宠溺：“怎么那么傻，我不对你好对谁好？”

他不是个多情的人，在喜欢上温絮的那一刻，就已经认定了温絮是他要一辈子对她好的人。

“你对我这么好，我都离不开你了。”

沈听南的表情瞬间严肃起来：“怎么，你还想离开我？”

温絮立马解释：“没有没有。”

沈听南轻哼了下，又继续喂她喝红糖水。

碗空了之后，沈听南又给她揉了揉肚子，并叮嘱道：“这几天不要碰凉水，不要吃辣的，也不要吃冰的。”

温絮听到后面面色凝重，不碰冷水可以，但是怎么可能不吃辣的也不吃冰的！

“后面两个可不可以去掉？”

“不可以，我会盯着你的。”说完他拿着碗去了厨房。

温絮百无聊赖地刷着短视频，很快，厨房里就传出阵阵香味，她的肚子也很合时宜地叫了。

又等了一会儿，沈听南端着做好的菜从厨房出来，又洗了两副碗筷，对着客厅喊：“过来吃饭。”

温絮立马起身飞奔到餐厅：“我来了，我来了。”

看到几盘菜的那一刻，温絮的笑容僵在脸上。

她比较喜欢吃辣，尽管沈听南不爱吃辣，但还是会在一些菜里放些辣椒调味，现在这几盘菜竟然一点辣椒都看不到，还真是印证了他那句“我会盯着你的”。

吃饭的心情瞬间就差了些，但最后还是被沈听南哄着吃到饱。

吃饱后，温絮习惯性地走到冰箱前想拿瓶饮料。冰箱门刚打开，就被沈听南关了回去。

“都说了不许喝冰的。”

温絮这才反应过来，撒娇说：“我就喝一点点，就一点点。”一边说，一边捏起两根手指在两人眼前。

“不行。”

温絮又拉着沈听南的手腕，晃啊晃：“求求你了嘛，就一点点，保证不喝多。”

沈听南握着她两只手：“乖，听话，等生理期过了再喝。”

见撒娇也没用，温絮甩开他的手，装作气鼓鼓的样子回了房间。

沈听南继续收拾碗筷。

半夜，温絮睡得有些不安稳，沈听南一只手抱着她，另一只手给她揉肚子。

温絮睁开眼，扯了扯沈听南的衣服：“我肚子疼。”

沈听南抬手把灯打开，看着她略显苍白的脸，担心地问：“很疼吗？”

温絮点头，眼睛湿漉漉的。

“我去给你买药。”

“嗯。”

沈听南随便套了身衣服，拿上钥匙匆匆出门。

因为是半夜，开门的药店并不多，沈听南找了好多地方才找到开门的药店。

停好车，沈听南跑进去，直接表明自己需要什么：“一盒布洛芬。”

是他疏忽了，他应该早些来买的。店员小姐姐拿了一盒布洛芬放在桌子上，和他说了注意事项。沈听南点头，付了钱拿上药跑出药店，以最快的速度开车回到家。

他接了杯温水，拿着药走进房间：“宝宝，起来吃药。”

温絮坐起身，拈起他手上的小药粒放进嘴里，又喝了口水。

沈听南把水杯放在桌子上，关了灯再次抱住她，放在她背后的手轻轻地拍着。等药效上来，温絮皱着的眉头才舒展开，沈听南这才松了口气，安心地闭上眼。

因为生理期，温絮睡得很不踏实，于是起得有些早，但沈听南起得比她更早。

她走进厨房，从背后抱住沈听南的腰，脸贴在他背后。

“怎么今天起这么早？”

“睡得不踏实。”

沈听南转过身，一脸担心：“肚子还疼？”

“不是。”原因她有些不好意思说。

沈听南追问道：“那是什么？”

见沈听南一副问不出理由就不罢休的样子，温絮只好说：“感觉裤子黏黏的，有点不舒服。”

沈听南笑了下，摸了摸她的头：“不疼就好。”

见粥已经煮好了，沈听南按下保温键：“待会儿我有课，我煮了粥，一会儿记得吃。中午我要是回来得晚，就先吃点粥垫垫肚子。”

“好。”

“那我先走了。”

“你不先吃点吗？”

“来不及了，我等会儿去外面随便买点。”

温絮点点头，踮起脚亲了他一口：“我在家等你。”

“好，在家乖乖的，不许吃辣的和冰的。”

“知道了。”虽然她还是很想吃，但肚子仍有些疼，所以还是不吃了吧。

沈听南满意地亲了她一口，换了身衣服出门。

温絮生理期时莫名地黏人，无时无刻想跟沈听南贴贴。

就连沈听南洗澡的时候，温絮都想跟着他进去。沈听南双手撑在厕所门的两边，一字一字地说：“我要洗澡了。”

温絮眨了眨眼：“我知道。”

最终还是沈听南败下阵来，叹了口气，一把将温絮抱起来放在沙发上，又拿了小毯子盖在她的腿上，叮嘱她：“你乖乖的哈。”

洗完澡，沈听南陪着温絮在客厅看电视。

温絮整个人靠在沈听南身上，吃着他递到嘴边的苹果。

接下来的几天，温絮都老老实实的，没再撩拨沈听南。

这天，温絮照常去学校上课。

下了课，温絮收拾好东西就去了文艺部，因为今天轮到她和江之淮值日。

她来得比较早，江之淮还没来。为了避免两人遇上，温絮拿起扫把争取早点做完卫生早点走。

过了几分钟，江之淮背着包走进屋子里，笑着说："你来这么早？"

温絮只嗯了一声，又继续扫地。

江之淮也不好意思让温絮独自扫地，于是便拿起扫把跟着一块扫。

全程两人没说一句话，江之淮最受不了这种安静的气氛，便主动开口："喂，聊聊天呗，这么安静有点可怕。"

"没什么好说的。"她是真的不想和一个可能喜欢自己的人扯上啥关系，毕竟她已经有男朋友了。

江之淮觉得她应该还在为之前自己追她那件事避嫌，不过也不算追，他都还没开始就被扼杀在摇篮里了。

他解释道："我已经喜欢别人了。"

温絮拿着扫把的手一顿，随后又扫起来，松了口气："那就行。"

不过她本来就是个不太喜欢跟异性聊天的人，所以江之淮问她什么，她就答什么。

最后两人一起做完了全部的卫生。

江之淮问："你怎么回去？"

温絮："男朋友来接。"

江之淮撇撇嘴，有些酸："真幸福。"

温絮淡淡道："你也会的。"

江之淮笑了笑："借你吉言。"

两人一块走出学生会大楼，温絮一眼就看到沈听南的车。出于礼貌，她回头跟江之淮说了声："走了。"

江之淮单手插在口袋里，和她道了别。

温絮往沈听南车的方向走去，沈听南透过窗户看到了江之淮，是之前在 KTV 门口的那个男生。

温絮一上车，沈听南就开口："你怎么和他在一起？"

温絮解释道："我跟他一个部门的，今天和他一块值日。不过你放心，他已经不喜欢我了。"

沈听南瞥了眼温絮，缓缓道："他说的？"

"嗯。"

第四章

永远在一起

乐意上学的时间总是过得很快，转眼间元旦如约而至。

温絮领了自己的工作证后，便按照安排去了现场。

在引导学生们进入操场时，温絮看到个熟悉的身影。仔细分辨了一番后，她喊道："小欢。"

听到熟悉的声音，徐亦欢下意识地转头，原本表情淡漠的脸上瞬间扬起笑容，她朝温絮跑过去。

"你来了怎么也不告诉我？"

徐亦欢拉着她的手："哎呀，你不是说你要工作嘛，想着就不打扰你啦。"

温絮心情这才好了些："哼，你来找谁？"

她就知道徐亦欢是过来找喜欢的人，只是一直都没听说是谁。

"成了再告诉你。"徐亦欢一向不喜欢在成功之前跟别人透露太多，不然最后失败了多打脸。

"好吧好吧，那你先去吧，我还要工作呢。"

"好，那我先走了，你加油。"

待大部分学生都进入操场后，温絮才闲了些。她站在操场草坪的外围，一眼就看见坐在观众席最前排的沈听南，以及旁边的孟玥。

温絮撇撇嘴，心里有种说不出的滋味，越看心越烦，索性移开视线。

晚会进行到一半的时候，温絮跟旁边的人打了声招呼便去了厕所。

只不过她运气不太好，一出门就看见那张不久前在操场看到的脸。

温絮瞥了她一眼，没想跟她说话，只想洗完手就走。

倒是孟玥主动开口说话："真不知道沈学长看上你什么？"

温絮一向是个人不犯我我不犯人的人，听见这话，毫不犹豫地撑她："你算哪根葱？"

之前孟玥当着她的面约沈听南吃饭，她就知道孟玥肯定是喜欢沈听南。本来她也只是心里不舒服一下，没放在心上，现在倒好，人家直接过来挑衅她了，这她能忍？

孟玥瞪着眼睛："你！"

温絮开水洗手："你喜欢沈听南？可惜了，我跟他从小一块长大，感情至深。”接着扭头看着她，一字一字地说，“你没机会。”

不等孟玥说话，她甩了甩手上的水走出厕所，觉得外边的空气新鲜多了。

温絮回到文艺部的人聚集的地方，拿了瓶水，一口气喝下大半瓶心里才舒服了些。她坐在凳子上环视周围，发现江之淮不见了，不过她也没多想。

温絮坐了一会儿，才重新回到草坪外围，下意识地往沈听南的方向看。孟玥扭头不知道在和沈听南说些什么，温絮默默地翻了个白眼，还是第一次见到这么厚颜无耻的人。

徐亦欢和江之淮坐在操场边的树下，两人靠得很近。

江之淮突然说："你渴吗？"

"有点。"

"那我带你去买水？"

徐亦欢点了点头："可以啊。"

江之淮带着她去了奶茶店，点了两杯草莓奶冻，加芋圆、冻冻和脆啵啵。

徐亦欢故作惊讶："你怎么知道我最近喜欢喝这个？"

"前几天看你朋友圈发的。"

徐亦欢不动声色地勾了下嘴角，笑着说："你真贴心。"别怀疑，她的朋友圈是故意发给他看的，目的就是为了看他上不上心。

店员："您的两杯草莓奶冻好了，请拿好。"

江之淮接过："谢谢。"

他插好吸管后递给徐亦欢。

徐亦欢接过奶茶的时候，不经意地碰了下他的手，然后装出若无其事的样子。

江之淮看着她，眼底涌动着复杂的情绪。

两人已经聊了将近一个月，一开始他只是对徐亦欢有种莫名的好感，但这种好感日渐变了味。

确实有不少女生追他，但他是第一次见到这么主动的女生，并且毫不扭捏，大大方方的。

两人重新回到树下，徐亦欢喝了口自己的奶茶，又偏头看向江之淮：“我可以喝一口你的吗？”

江之淮捏着奶茶的手紧了紧：“可以。”

徐亦欢笑了笑，俯身喝了口他的奶茶，半晌才说道：“一样甜，我还以为甜度会不一样呢。”

“是吗？那我喝一口你的。”

徐亦欢把奶茶递到他嘴边，江之淮顺势喝了一口：“确实，一样甜。”

若不是此时树下昏暗，江之淮一定会看到徐亦欢得逞的笑容。

江之淮握住徐亦欢的手，有些紧张：“可能我现在跟你表白很没仪式感，但是我忍不了了，徐亦欢，我喜欢你。”

徐亦欢低头看了眼被握住的手，调整了下位置，与他十指相扣，这便是她的答案。

江之淮握紧她的手，手心有些湿热。

徐亦欢觉得好笑：“你很紧张？”

“有点。”

徐亦欢拍了拍他的手：“放轻松。”

“好。”

江之淮看了眼手机，时间差不多了，说：“我现在得回去打卡，你是先回去，还是跟我一块去？”

“跟你一块去。”

“好。”

晚会已经快结束了，温絮跟着几个一起控场的人回到文艺部。因为部长说晚会结束后每个文艺部的人都要打卡才能走，不然就算没完成工作安排。

温絮签完名走出门的时候，就看见了站在门口徐亦欢，惊讶道：“小欢，你怎么在这儿？”

徐亦欢收起手机，说：“我陪男朋友过来，已经成了。”

温絮有些摸不着头脑：“你男朋友，我们部门的？”

徐亦欢猛地拍了下脑袋："对哦，你是文艺部的，他也是文艺部的，我怎么忘了这茬！哎呀，不管了，等他出来介绍你们认识。"

"行。"温絮给沈听南发了信息，让他待会儿来文艺部这边找她。

沈听南回了个好。

温絮便收起了手机，陪徐亦欢在外面等着。

很快，江之淮从里面走出来，徐亦欢朝他挥了下手，示意他过来。她挽住江之淮的手臂对温絮说："这是我男朋友，江之淮。"

然后又对他说："这是我闺密，温絮。"

温絮和江之淮对视片刻，两人脸上的神情差不多。

温絮想起之前江之淮说自己有喜欢的人了，原来就是徐亦欢，不禁感叹，这世界真小。

见两人都不说话，徐亦欢以为是他俩不对付，便扯了扯江之淮的衣服。

江之淮回过神来："欢欢，我俩认识。"

温絮附和道："对，我俩认识。"

见两人没有不对付，徐亦欢笑着说："我知道，就是介绍一下嘛。"

温絮还未能完全把这个消息消化，只想着如何逃离现场，所以下一秒看到沈听南身影，就像是看到了救星："小欢，沈听南来了，我就先走了，你也早点回去哈。"

"行，拜拜。"

"拜拜。"说完她就冲到沈听南身边，拉着他就走。

看着小姑娘一脸急匆匆的表情，沈听南有些疑惑："怎么了？"

温絮没说话，等走远了些，才缓缓道："你还记得江之淮吗？"

沈听南当然记得，皱起眉，语气不善："他找你了？"

温絮摆摆手："不是，是他和小欢在一起了，他之前说的那个喜欢的人就是小欢！"

沈听南听完，只淡淡地哦了一声，江之淮跟谁在一起都跟他没关系，反正没找上温絮就行。

"你反应怎么这么冷淡？"

“不然呢，难道要我装作很惊讶？”

温絮抿抿唇，也是，沈听南要是反应很大，那才奇怪呢。

回去的路上，温絮花了二十分钟才消化了这件事。

算了算了，既然是姐妹的选择，那她祝福便是，至于之前她和江之淮的事情，就烂在肚子里吧。

震惊过后，她就想到了孟玥的那件事。

她扭头对沈听南说：“喂，那个孟玥今天跟我说了句话。”

“什么话？”

温絮原原本本地将和孟玥的对话复述给了沈听南听，沈听南蹙起眉，抱着温絮亲了下她的嘴角：“下次不用理她。”

他本身也不喜欢孟玥，他已经明确拒绝过她很多次了，但她总是不死心，平常除了学生会的事情，他都不会跟她多说一句话。

温絮听他这么说，心里还是很开心的。她嘟着嘴，撒娇说：“你今天还跟她坐那么近，我吃醋了。”

沈听南伸手刮了下她的鼻子：“没有下次。”

“你说的，拉勾勾。”说着还伸出自己的小手指。

沈听南配合地伸出自己的小手指，钩住她的小手指。

温絮满意地笑了笑，凑上去亲了他一下。

沈听南搂着温絮的腰，眸子漆黑：“絮絮，我很开心。”

不仅是因为温絮坚定了他们的感情，还因为她懂得保护自己，不让自己受一丁点委屈。

他的小姑娘他都不舍得欺负，怎么能让别人欺负？

温絮知道他在说什么，整个头埋在他的颈窝处，有些害羞。

过了零点后，沈听南跟她说了新年快乐。

温絮也跟他说了新年快乐。

接着，温絮手里的手机便弹出一条消息，点开一看，惊得手机差点都掉了。沈听南居然给她转了五万二。

她没敢收，问：“你确定没多打一个零？”

“确定。”

见温絮迟迟不收，沈听南直接夺过她的手机，点了确认收款：“让你收就收着。”

温絮整个人扑到他身上，在他脸上连续吧唧了好几下。

起身的时候，她也给他发了个红包，虽然数目没有他的大，但也是她的一片心意。

谁知沈听南直接点了退还。

温絮问：“你怎么不收啊？”

沈听南摸了摸她的头：“小姑娘的钱留着自己花。”

“可是，你的都给我了。”

“给你花钱，我乐意。”沈听南知道，以小姑娘的性子，一定会继续跟他说下去，磨到他收钱，于是便转移了话题，“元旦想去哪儿玩？”

温絮想了想：“哪儿也不想去。”

她说的是真的，一月份的渝城太冷了，她哪儿也不想去，就想窝在被子里。

沈听南知道她懒，也没强求，毕竟醉翁之意不在酒。见小姑娘没再提起转账一事，他也就放心了。

元旦放的几天假，两人还真的是在家里度过的。

元旦收假后，离放寒假就不远了，这也意味着期末考试临近了。

剩下的这些天，温絮连续泡在图书馆好多天，只为了期末考试。

至于为什么要在图书馆，那是因为在家她老是会分心，而图书馆比较有学习的氛围。她是个容易被环境感染的人，所以只有待在图书馆，她才能专心地好好学习。

同样忙碌的还有沈听南，不仅要完成学业，还要管学生会的事，另外还有家酒吧。

不过酒吧的事他没操太多心，萧彦已经大学毕业了，所以酒吧的事基本是他在管。

考试的前一天，温絮依旧泡在图书馆里，窗外不知何时下起了雨，玻璃窗上爬满了水滴。

温絮本想自己回去，但到了晚上十点，雨依旧没有要停的迹象。她只好给沈听南发了个消息，问他现在能不能过来接她。

沈听南回了她一个“好”字，便点开扫一扫，扫了摆在桌面上的二维码：“多少钱？”

店员把装好的板栗递出去，说：“一共30元。”

“付过去了。”

“好的，欢迎下次光临。”

沈听南提着板栗，快步走上车，往学校的方向驶去。

沈听南一眼看见站在图书馆门口的温絮，他撑伞走过去：“等很久了吗？”

“没有，我也才刚下来。”

沈听南把伞往温絮那边倾斜，避免她被雨水淋湿。走到车那边的时候，他左侧衣服已经湿了一小片。

一上车温絮就闻到一股板栗的味道：“你买炒板栗了？”

“鼻子怎么这么灵？”说着，沈听南长手一伸，把放在后座的板栗捞了过来。

温絮发信息之前，他已经出门了，正好经过一家卖板栗的店铺，想着温絮爱吃，就下去买了。

温絮：“还真是板栗，我爱死你啦！”

“那还不亲亲我？”

温絮立马亲了他好几下，本来她心情一直不太好，因为课排得很满，好不容易下课了还要复习，只感觉整个人身心俱疲。

沈听南也很辛苦，虽然事情很多，但是一点都没忘记她。她很高兴，能被一个人这么放在心上。

回到家，沈听南煮了姜汤，盛了两碗出去。

“宝宝，过来喝姜汤。”不管刚刚有没有淋到雨，都得喝碗姜汤预防感冒。

温絮不太喜欢姜的味道，满脸拒绝：“我不想喝。”

沈听南哄着她：“乖，马上就要考试了，要是感冒了怎么办？”

温絮看了眼那碗姜汤，又想了想考试，最终还是拿起了碗。

算了，为了考试，她忍了。

温絮憋着气喝了一口，然后猛地把碗放下，伸出手给自己的舌头扇风，烫死她了。

沈听南摇摇头，拿起碗，舀了一勺姜汤吹了吹：“是不是傻，这么烫也不懂得吹一下。”

温絮皱着一张小脸：“我哪儿知道嘛。”

沈听南把勺子里的姜汤吹凉后，送到温絮嘴边：“张嘴。”

温絮捏着鼻子喝下。

沈听南觉得有些好笑：“有这么难喝吗？”

“非常难喝！”

沈听南没说话，继续喂她。

喝了半碗后，温絮可怜巴巴地说：“能不能不喝了？半碗也够了吧。”

“不行，必须喝完。”

虽然温絮真的很不想喝，但最终还是被沈听南哄着喝光了一碗。

喂她喝完后，沈听南才把自己那碗喝光了。

“时间不早了，快睡觉吧，明天要考试。”

温絮看了眼手机，已经十一点多了。

沈听南关上灯，把她转过来：“抱着我睡。”

温絮伸手抱住他的脖子，头靠在他的颈窝处。

考试的时间往往过得很快，温絮在交完最后一张卷子后，长长地舒了口气。

放假后，温絮连续补了好几天的觉，每天都睡到将近下午两点。

沈听南不知道她是怎么做到的，难道睡着了就不会饿吗？

起初他也尝试过叫醒她，但是小姑娘哼哼唧唧地吵着要继续睡，他拿她没办法，就只好放任她了。

睡饱后，温絮整个人神清气爽。

眼看春节要到了，温絮便想着装饰一下屋子，这样看起来有年味些。过节嘛，氛围最重要。

说干就干，当天下午温絮就拉着沈听南去了市场。

因为春节临近，原本没什么装饰的市场也挂起了红灯笼，还多了好多卖过年用品的饰品摊。

两人买了春联、中国结和小灯笼，还有一些七七八八的东西，总而言之都是红色的。

买完这些东西后，他们又买了些菜，最后去了超市。

由于两人春节都是要回家过年的，所以就只买了一点东西。结账时，沈听南还在收银台拿了几盒东西。

温絮在旁边脸颊微微发烫，碍于场合，她没好意思说话。

车停在公寓楼下，温絮帮着把东西拎上去。

因为东西很多，两人走了两趟才搬完。

沈听南拿上钥匙，走向玄关处，冲里头喊："我下去把车停好，等我回来再一起弄。"

温絮应下，在沈听南不在的时候，把桌子上的东西简单地分了类。

很快，玄关处再次传来动静。沈听南把车钥匙扔在玄关处的小篮子里，家里这种可爱的小玩意都是温絮买的。

在温絮搬过来和他住的这些日子里，家里多了很多这种可爱的东西，沈听南时常觉得很幸福。

沈听南刚换好拖鞋，温絮就朝他扑过来，整个人蹦到他身上。他下意识地抱住她，温絮捧着他的脸，给了他一个超级响亮的亲亲。

沈听南嘴角勾起，黑曜石一般的眸子闪烁着柔光，就快要溢出来："怎么啦？"

"就是想亲你。"

"好好好。"沈听南抱着她往屋子里走，然后放在餐桌前，"现在布置？"

温絮重重地点了下头："我都迫不及待了。"

"好。"

两人先贴春联。

以前在家的时候，春联都是温絮贴的，她可是贴春联的小能手。沈听南只好在一旁涂胶水，然后递给她，手在旁边虚托着："小心点，别摔了。”

温絮笑了笑，说：“知道了。”

对联贴好后，温絮又贴了个大大的福字。

贴完大门口的，温絮又在每间房子的门口都贴了个较小的福字。

像中国结和灯笼这些都是沈听南挂的，毕竟她身高不够。

布置进行到这儿的时候，屋子里已经有些年味了。

温絮满意地勾了勾唇，又将剩下的七七八八的东西拿出来，该贴的贴，该摆的摆，很快就大功告成了。

两人说好晚上吃火锅，沈听南歇了一会儿便走进厨房，温絮跟在他后面。她不会做饭，但是还能给沈听南打打下手。

沈听南：“你出去坐着等吃饭就行。”

温絮摇头：“不要，我给你打下手。”

沈听南依旧说：“我自己可以。”

“不要嘛，我保证不会帮倒忙的。”

见小姑娘坚持，沈听南只好同意让她留在厨房，不过交给她的都是些简单的任务，就是洗洗菜、洗洗盘子之类的活。

在他切菜的时候，温絮一脸跃跃欲试的表情：“我可以试试吗？”

沈听南想也没想：“不行。”

温絮再次撒娇：“我试试嘛。”

沈听南态度强硬：“说了不行就是不行，伤到自己怎么办？不乖乖听话的话，我就要让你出去了。”

见撒娇不管用，温絮只好作罢：“好吧好吧，我洗菜就是了。”

正所谓男女搭配干活不累，在两人的配合下，火锅食材很快就全准备好了。

温絮先是从冰箱里拿了几瓶果酒，然后又探头看向沈听南：“你要喝什么？”

她比较喜欢喝果酒，味道好且度数不算很高。

“你喝什么我就喝什么。”

“哦。”温絮又折回去拿了几瓶。

沈听南挑了下眉，在温絮喝酒的时候，他没拦她，自己也跟着喝了点。

等吃饱后，温絮的脸颊有些绯红。

沈听南收拾残局的时候，温絮拿上还未喝完的那瓶果酒往客厅走去。

等沈听南出来的时候，就看到温絮躺在沙发上，看上去不算很清醒。

沈听南在她面前蹲下，伸出一根手指在她眼前，问："这是几？"

温絮一把打掉他的手，嘟囔着："我没醉。"

"那你告诉我，这是几？"他依旧伸出一根手指。

温絮仔细分辨了一番，最后眉眼弯弯地笑起来，说："这是一！"

沈听南笑了下："真没醉啊。"

温絮嘟着嘴说："都说了我没醉。"

"没醉就行，该洗澡了。"

眼前的人伸出手："你抱我去洗。"

看上去没醉，但又好像醉了，沈听南直接把温絮抱起来，进房间先拿了睡衣才走进厕所。

沈听南把她放下来，谁知她摇摇晃晃站也站不稳。

他有些无奈："看着我。"

温絮抬眸看着他。

"真没醉？"

"没有。"

沈听南眉心跳了跳，他明白了，醉的人都说自己没醉。

沈听南帮她洗好，就快速地帮她穿上衣服，小姑娘最怕冷了。

沈听南又把她抱回房间，塞进被窝里，接着转身也想去洗个澡。

却被温絮拉住手腕："你去哪儿？"

沈听南回过神，微微弯下腰："去洗澡。"

温絮拉着他的手稍微一使劲，沈听南猝不及防倒在床上。

她抱住他的脖子，嗓音娇软："不让你去。"

沈听南双手撑在她身边，笑着问：“为什么？”

温絮安静了片刻，最后像孩子一样耍赖：“我不管，就是不让你去。”

“乖，让我先去洗澡好不好？”

半晌，温絮才乖乖地松开抱着他的手：“那好吧。”语气有些闷闷的，还翻过身，背对着沈听南。

沈听南揉了揉她的后脑勺，轻声说：“很快就好。”

温絮没应。

沈听南先是调高暖气的温度，然后才起身去了厕所。

如他所说，很快就好，沈听南仅用了五分钟。回到房间时，沈听南试探性地问：“宝宝睡了吗？”

温絮没回，但过了一会儿，她的声音从被子里传出：“宝宝没睡。”

沈听南勾了勾嘴角，掀开被子，温絮感受到旁边的床陷了下去，心跳加快了些。

沈听南伸手搂住温絮的腰，密密麻麻的吻落在她身上。温絮不自觉地缩了下，然后转身吻住了他的唇。

一室旖旎。

温絮又是睡到自然醒的，沈听南依旧不在身旁。别人都是和男朋友一块起床，而她呢，每天都是自己起床。

温絮坐起来揉了揉脖子，又伸了个懒腰，才慢悠悠地下床。

洗漱完，温絮走出厕所，嘴里还哼着小曲。

沈听南把最后一道菜放在桌子上时，看到温絮已经坐在那儿了，心里想着：今天起床还挺准时。

看她心情还不错的样子，他便顺嘴道：“心情不错？”

“嗯，我很高兴。”

沈听南有些惊讶，没想到她会这么说。过了好一会儿，他才开口：“老婆高兴就好。”

温絮差点被嘴里的米饭呛到，把饭咽下去后才说：“你叫我什么？”

沈听南重复了一遍：“老婆。”

温絮嘴角疯狂上扬，她和徐亦欢有的时候也会叫对方老婆，但这两个字从沈听南的嘴里说出来，是不一样的味道。

沈听南又说：“那你该叫我什么？”

温絮很快反应过来，甜甜地喊了声：“老公。”

沈听南的心狠狠地颤动了，此刻他只想把世界上最好的东西都给温絮，让她每天都开开心心的。

见他半天不说话，温絮有些疑惑：“你不喜欢吗？”

“喜欢，非常喜欢，以后都这么叫我好不好？”

“你想得美，我才不要。”得寸进尺的男人！

知道小姑娘脸皮薄，沈听南没再说这个，转移话题说：“想不想去玩？我们都好久没一起去玩了。”

温絮想了想，确实是这样，于是便应下了。

沈听南：“你想去哪儿？”

“电影院？”

他们上一次看电影还是在两人在一起之前，距今都已经好久了。

“好。”沈听南点开手机递给温絮，“选一部想看的。”

温絮手指在屏幕上滑动，选了一部正在热映，评分较高的影片：“你看看这部怎么样？”

沈听南看了一眼：“你喜欢就行。”

“那你喜不喜欢？”

“你喜欢我就喜欢。”

温絮笑了笑：“那就这部吧。”

吃完饭，温絮想帮沈听南收碗。

沈听南拦住她：“昨晚都给我打下手了，今天还要帮我洗碗，这是你该做的事吗？”

温絮眨了眨眼：“怎么就不是我该做的事了？”

沈听南把她推出厨房，指了指客厅：“到那儿待着去，我来洗就行。”

温絮没办法，只好乖乖地坐到沙发上，挑了部综艺看，然后伸手在旁边的小推车上拿了包薯片。

沈听南走过去把她手里的薯片拿走，换了瓶酸奶放在她手里："饭后喝这个，有助于消化。"

他把薯片放在桌子上，找了个小夹子夹住："这个待会儿再吃。"

"那好吧，你过来陪我看电视。"

"好。"

沈听南洗完碗后坐在沙发上，温絮便自然地往他身上靠，像软骨动物一样。

过了一小时，温絮抬起眼皮看着沈听南："我想吃薯片。"

"好，我给你拿。"他拿了刚刚桌子上的那包，拈了一片放进温絮嘴里。

温絮嚼着薯片，含混不清地说："你真好。"

"那肯定。"

又过了一个小时，温絮打了个哈欠，眼眶里蓄着泪花："好困，想睡觉了。"

"回房间睡。"

温絮跨坐在他的腿上，软绵绵地趴在他身上："你抱我去。"

"好。"沈听南单手托起她，微微弯腰将地上的拖鞋拎在手里，一同带进了房间。

他轻轻地把人放在床上，替她盖好被子："快睡吧。"

"要亲亲。"

沈听南低头亲了她一下："乖。"

温絮点头："我睡啦。"然后找了个舒服的姿势入睡。

温絮醒来的时候，天已经黑了。

房间里没开灯，黑黢黢的。她抬手打开台灯，拿起手机看了一眼，六点了。

缓了一会儿，温絮翻身下床走出房间，语气有些焦急地边走边喊："沈听南。"

沈听南的声音从客厅传来："我在这儿。"

温絮走过去："你为什么不叫我起床？我们晚上不是还要去看电影

吗？”

“看你睡得香，没舍得。”沈听南看了眼时钟，“而且现在才六点。”

温絮张了张嘴，最后说：“女孩子出门都是要洗澡洗头化妆的。”言下之意就是她出门很费时间。

沈听南明白她在说什么：“我等你，慢慢来，多晚都行。”

温絮这下没了意见：“你说的，多晚都行。”

“嗯。”

既然沈听南都这么说了，那她就慢慢来了。

洗完澡，温絮坐在化妆台前仔仔细细地化着妆，约会当然要好好打扮一番了。

一个小时过去，温絮在衣柜里翻找衣服，最后决定穿裙子，并在外面套了件粉色棉服。

因为穿的是棉服，披散着头发有些不舒服，于是她扎了个丸子头。

但丸子头这东西吧，就是你越认真就越扎不好，温絮扎了好几遍，扎到手都酸了，还是不满意。

忍着心中的怒火，温絮这次随便扎了一个，结果却出乎意料。

看着她裸露在外的两条腿，沈听南蹙起眉：“你就这样出去？”

“我穿了肤色的打底裤。”怕他不信，温絮还往腿上捏了下，拈起一层布料。

沈听南眉头蹙得更紧：“去换掉。”

“为什么？”

“外面多少度你不知道？要风度不要温度？”

温絮被他一连串的问题问蒙了，但还是倔强地说：“不要，我就要穿这个。”

沈听南拿她没办法，只好说：“确定穿这个不冷吗？”

温絮坚定地点头：“真的不冷！”

“行，那走吧。”

刚走出大楼，一股冷风迎面吹来。

温絮下意识缩了缩脖子，沈听南拉着她的手，放进自己刚焐热的口袋里。

温絮："你口袋里好暖和呀。"

沈听南笑了笑："暖和就行。"

上了车，沈听南先是把暖气打开，然后才发动车子。

街道上很热闹，树上挂满红灯笼。

两人提前到达影院。

取完票，沈听南依旧带着她去买了一桶爆米花和两杯热饮，然后坐在场外等待电影开场。

余光瞥见一个熟悉的身影，温絮扭头看了眼，没看见认识的人，于是就没有放在心上。

过了一会儿，有一对情侣走过来，停在他们面前："絮絮。"

听见熟悉的声音，温絮抬起眼皮："小欢？这么巧。"

今天徐亦欢还跟她说，晚上要跟江之淮去看电影，她说她跟沈听南也要去。

两人就在同一个影院遇见了。

徐亦欢："是挺巧，你们看什么片子？"

温絮说了电影的名字，徐亦欢惊喜道："我们也是这个，快检票了，走吧走吧。"

说完就拉着她走了，留下两个男人在原地面面相觑。

江之淮摸了摸鼻子，率先开口："沈学长，我们也走？"

"嗯。"

温絮和徐亦欢在前头走着，检票的时候才发现自己手里握着两张票，对视了一眼。

"我们好像忘了什么。"两人异口同声，又同时回头，分别拉上自己男朋友。

沈听南轻哼一声："现在才想起我？"

"不好意思嘛，我不是故意的。"

"那就是有意的。"

温絮连忙摇头："真没有。"

沈听南没再说话，任由她牵着自己的手。

四人一路走着，走进同一个影厅。

然而更巧的是，他们的座位还是挨着的。

温絮："这要不是我们约好的都说不过去了。"

徐亦欢被她的话逗笑："那就当是我们约好的。"

两人有一搭没一搭地聊着，直到电影开始才噤了声。

电影十一点才结束，商场已经暂停营业了。

徐亦欢本来还想等看完电影跟他们一块去逛逛街什么的，但现在看来不行了。她想了想，开口问："要不然，我们一起去吃烧烤？"

温絮："好啊好啊。"她都好久没吃烧烤了，甚是想念。

旁边的沈听南蹙起眉，一起看完电影就罢了，现在还要一起去吃烧烤。他偏头看了温絮一眼，就看到她脸上挂着笑。

算了，还是不扫小姑娘的兴比较好。

徐亦欢抬眸看向江之淮："之淮你没意见吧？"

"没有。"他高兴还来不及，又怎么会有意见？徐亦欢肯带着他一起，就说明他在融入她的生活。

因为只有沈听南是开车来的，所以三个人都坐上了他的车。

沈听南自然地凑到温絮旁边，眼前的人缩了一下，眼睛往后座瞟。

后座的两人则环视着车的四周。

徐亦欢干笑两声："这车不错啊。"

江之淮附和道："对啊，不愧是沈学长的车。"

沈听南瞥了两人一眼，然后拉下她的安全带扣上。

温絮呆住了，原来他只是想给自己系安全带，自己脑子里都在想些什么啊。

她很快又调整回来："听说渝大附近那家烧烤店不错，要不要去那儿？"

徐亦欢接话："对，我也听说过那家，就去那儿吧。"

沈听南没说话，启动车子往她们说的地方去。

车子停在烧烤店前，温絮解开安全带率先下车。

温絮点了自己爱吃的，又问沈听南：“你想吃什么？”

“你吃什么我就吃什么。”

温絮都不用想就知道他会这么说，扭头说：“老板，刚刚那些一样的再来一份。”

“好嘞。”

温絮看向徐亦欢：“你们再自己点啊。”

徐亦欢比了个 OK 的手势。

温絮拉着沈听南：“我们先过去坐吧。”

“好。”

两人坐在了店铺的外面。

老板的动作很快，满满的几盘烧烤很快被放在桌子上。

热腾腾的烧烤在寒冷的环境下冒出热气，温絮舔了下唇：“我先开动了。”

在她拿起一串时，其他人也跟着开动。

咬了一口面筋，温絮整个人心花怒放，旁若无人地把手中的面筋递到沈听南嘴边：“你尝尝这个，超好吃。”

沈听南咬了一口：“好吃。”

又拿起一张纸巾给她擦了擦嘴。

坐在他们对面的两个人对视了眼，瞬间觉得手里的烧烤不香了。

吃饱喝足后，温絮拍了拍自己鼓起来的小肚子：“好满足呀。”

沈听南看着她笑了笑。

温絮：“时候不早了，我们回去吧，要送送你们吗？”

徐亦欢：“不麻烦听南哥了，我们自己回去就行。”

温絮点点头：“那行，回到家给我发信息，我们就先走了。”

等车绝尘而去后，江之淮才感叹说：“沈学长对他女朋友也太好了。”

他在学校见到沈听南的时候，他都是淡淡的没什么表情，但今晚他竟然看到他对温絮笑了好几次。

“是啊，他从小到大对温絮都特别好，我都快酸死了。”

江之淮听到了重点："从小到大？"

徐亦欢点头："对啊，他们可是青梅竹马。"

江之淮瞬间明了，他又想起之前他加温絮的时候。他看了眼徐亦欢，纠结要不要告诉她。

最后，他还是没有说。

他不想挑拨她们之间的关系，也不想破坏她们之间的感情，过去的事就让它过去吧，他现在喜欢的是徐亦欢。

他搂住徐亦欢的肩膀："我也会对你很好的，不让你羡慕别人。"

徐亦欢顺势靠在他的肩膀上，笑着说："好。"

刚回到家，温絮的手机就响了，是付女士打来的电话。她心一紧，感觉手机突然变得烫手起来。

沈听南看她半天不接，疑惑地问："怎么不接？"

温絮把手机塞他手里："你接吧。"

"怎么了？"

"就是，我们同居的事忘记跟我妈说了，现在我放假了还没回去，估计是兴师问罪来了。"

沈听南无奈，按下接听键，率先开口："喂，阿姨。"

那边愣了一下："听南？"

"是我。"

"絮絮在你旁边吗？"

"她在我旁边，放假了我带她出去玩了几天，明天我们就回去了。"

听沈听南这样说，付岚也不好说什么，随便跟他说了几句就把电话挂了。

温絮："付女士果然偏爱你。"

她就知道付女士肯定不会说沈听南什么，但如果是她接电话，指定被骂。

沈听南揉了揉她的脑袋："别多想，阿姨是爱你的，明天我们就回去吧，免得你妈妈担心。"

"那我们去收拾行李吧。"

“好。”

温絮在衣柜里翻找着，把想穿的衣服全部扔在床上，又从客卧里拖出两个行李箱。

沈听南把扔在床上的衣服的衣架拆掉，问：“这些都是要带的？”

“嗯。”

“行，我帮你收，你去看看还想带什么。”

“好。”她跨过两个箱子再次走到客卧。

沈听南一件一件地将衣服叠好，放进箱子里。

装好一个箱子时，只见温絮抱着一个收纳盒走出来，里面装了各式各样的瓶瓶罐罐。

她之前买的化妆品和护肤品都还没有用，正好带回去用。

收拾好行李已经是二十分钟后的事了。

温絮看了眼她的行李和沈听南的行李，区别甚大。

“你就带一个箱子？”沈听南的箱子比她最小的箱子还要小一点，这真的装得下吗？

“我又没有什么需要带的，就算缺了什么，我也能回来拿。”

温絮点头：“也是。”

想着明天要早起，沈听南问：“要不要睡觉？”

“好。”她说着还打了个哈欠。

忙活了一晚上，她也困了，但是她还没卸妆。

温絮实在不想动，扯了扯沈听南的衣角：“帮我卸妆好不好？”

“我不会。”

“我教你。”温絮撒娇般地眨了眨眼，刚好培养一下沈听南帮她卸妆的能力。

沈听南一向受不住她撒娇，只好应下。

两人一起去了厕所，温絮指挥他：“你先用卸妆水把卸妆棉彻底打湿，然后用卸妆棉把我脸上的妆擦了。”

沈听南照做，他一边手扶着她的脸，一边手捏着卸妆棉轻轻在她脸上擦拭着。虽然动作很轻，但温絮的脸还是红了些。把彩妆全部擦掉后，温絮用洗面奶洗了把脸，确保脸上没有彩妆残留。

晚上吃了烧烤，嘴里味道有些重，一番纠结下，温絮还是忍着困意刷了牙。

回到房间时，她直接扑倒在床上，不愿再动。

沈听南："起来换了睡衣再睡。"

温絮没动。

沈听南又说了一遍。

温絮闭着眼睛坐起来，朝他张开双手："你帮我换。"

沈听南笑了笑："现在不害羞了？"

温絮没说话，依旧举着双手，她现在才不管什么害不害羞，她只想赶紧换完衣服睡觉。

沈听南从椅子上拿过她今天穿的睡衣："好，我帮你换。"

温絮乖乖地配合着，换好后立马掀开被子钻进去："快过来陪我睡。"

"你先睡。"

"你还要干吗？"

"洗衣服。"两人的衣服上有浓浓的烧烤味，明天就要走了，现在不洗就没时间洗了。

"那你洗好就快来睡觉。"

"好。"

沈听南把两件衣服搭在手臂上，走到床边，弯腰亲了她一下："乖。"

温絮嗯了一声。

沈听南走出房间，轻轻地关上门。

他把衣服扔进洗衣机里，坐在沙发上等着晾衣服。

怕吵到温絮，沈听南连电视机都没开，拿着手机看微博。

过了四十分钟，洗衣机才停止运转。沈听南将衣服晾到阳台上，才重新走进卧室。他将屋子里的灯关了，摸着黑爬上床，伸手抱住温絮，把她往怀里搂了搂。

早上八点，温絮被沈听南叫醒。

温絮抱着被子，根本不想起床，嘴里嘟囔着："困死了，我要睡觉，别吵我！”

沈听南：“你忘了今天要回家了？”

温絮依旧没反应，过了一会儿皱着眉头睁开眼，睡眼蒙眬，为了回家，她忍。

磨磨蹭蹭一番后，温絮才拉着最小的行李箱跟在沈听南身后。

既然是送温絮回家，那就不能两手空空地去，沈听南买了些水果。

沈听南一只手拉着两个行李箱，一只手拎着水果，对温絮说：“去按门铃。”

“好。”温絮把手放在门铃上，要按不按的。

沈听南歪了下头，用开玩笑的语气说：“你再犹豫，我手就要废了。”

温絮没再犹豫，直接按下门铃。

等了一会儿，里面传来付岚的声音：“来啦来啦。”

随着话音落下，门被打开，付岚笑眯眯地说：“来就来还买这么多东西，累坏了吧，快进来快进来。”

沈听南：“不累的阿姨。”

穿过院子的小路，来到别墅门口。

温絮帮忙把行李箱拖进去，然后拿了两双拖鞋，一双放在沈听南面前。

沈听南把水果放在茶几上，抬头一看，温絮已经把两个行李箱拖到了楼梯口。

那两个箱子的重量他是知道的，温絮一个人搬上去可能会有些困难。

他对付岚说：“阿姨，我先帮絮絮把箱子搬上楼。”

“好好好，去吧。”

温絮走在沈听南前面，她打开门，但这次沈听南停在了门口。

这是沈听南第一次以温絮男朋友的身份送她回家，这样进她的房间显然不太好。

他说：“你自己进去吧，我先下去了。”

温絮有些疑惑，但还是点了点头：“好。”

在温絮家待了一会儿，沈听南便和付岚说自己先回去了。

想着沈听南好久没回家了，付岚也没多留他：“行，除夕的时候叫上你爸妈一起来吃饭啊。”

沈听南笑着应下。

他爸妈和温絮爸妈是好朋友，所以在重要的节日时，他们偶尔会在一起吃饭。

回家后，沈听南只看见保姆，便问了句：“我妈不在？”

“太太出去打麻将了。”

“行。”沈听南说，“您怎么还不回去过年？”

“明天就回去了。”

“这样，您先忙着，我回房间了。”

回到房间，沈听南先把行李收拾好，然后才拿出手机看温絮的信息。

温絮：“回到家没有？”

沈听南：“到了。”

那边秒回：“你怎么才回我？”

沈听南如实回答：“刚刚在收拾东西。”

温絮：“好吧，原谅你了。”

两人有一搭没一搭地聊着，沈听南明显感觉到温絮回信息的速度越来越慢，到后面直接不回了。以他对温絮的了解，估计是睡着了。

也是，昨天睡得晚，今天又起得早，她也该困了。

中午十二点，保姆来喊吃饭。与此同时，温絮回复了。

温絮：“我刚刚睡着了，不是故意不回你信息的。”

沈听南：“我知道，快吃饭吧。”

温絮：“你怎么知道我在吃饭？”

沈听南：“不然你会醒？”

他不用想就知道她是被付女士叫醒的，不然以温絮的睡功，能醒就怪了。

果不其然，那边回：“我是被我妈叫醒的，困死我了。”

沈听南：“乖乖吃饭，我也吃饭去了。”

发完这句他便拿着手机下楼了，正好与刚回家的沈母迎面撞上。

许久没见到自己儿子，沈母显得有些激动："儿子，你什么时候回来的，怎么也不提前和我说一声？"

"不久前，忘记说了。"

"你这孩子。"

饭桌上。

沈母主动说："听说你和絮絮在一起了？"

"嗯。"

"可以啊，不愧是我儿子，你可得好好对人家。"

要说儿媳妇，她第一个认定的就是温絮。

毕竟温絮是她从小看到大的，品性什么的，她最清楚了。更何况，她还是自己好朋友的女儿，爱屋及乌，早就把她当作亲生女儿了。

提到温絮，沈听南面上漾出笑意："那是肯定。"

"对了，你是怎么追到人家的？"沈母一脸好奇。

莫名地，沈听南想到两人刚在一起的场景，勾了勾唇说："妈，你怎么那么八卦？"

"好好好，我不问了，还害羞了。"

吃完饭，沈听南坐在沙发上回温絮消息。

温絮："我吃饱啦。"

温絮："才几个小时不见，我又想你了。"

温絮："你怎么还没吃饱呀？"

沈听南嫌打字太麻烦，直接给温絮打了电话。

那边立马就接了。

沈听南："我吃饱了，想见我吗？"

温絮有点委屈地说："想。"

沈听南隔着屏幕都能想象到温絮脸上的表情。

沈听南："想去哪儿？"

"陶艺 DIY？"

"好。"

“那我们待会儿见！”温絮的语气明显愉悦起来。

沈听南不自觉地放低声音，温柔缱绻地说：“待会儿见。”

挂断电话后，温絮立马从床上起来，洗了把脸就开始化妆。

她今天化的妆很简单，不到半个小时就好了，换了身衣服后，兴高采烈地下楼。付女士不在客厅，正好。她猫着腰，直到走出门，她才反应过来。她都上大学了，谈个恋爱偷偷摸摸的干什么？

正想着，一辆熟悉的车停在大门口。温絮没再想，连忙跑过去。坐上车，她立马捧着沈听南的脸亲了好几口：“好想你。”

“我也想你。”

温絮满意地笑了笑，然后把安全带系上：“出发吧。”

“好，出发。”沈听南发动车子，按着导航走。

到达目的地，沈听南找了地方停好车，才牵着温絮走进陶艺店，里面大部分都是情侣。

两人跟着店员走到一张桌子前，店员跟他们说了操作方法，最后说：“我就在旁边，有什么不懂的再叫我。”

温絮懵懵懂懂地点头，一旁的沈听南安抚般地捏了捏她的手。

两人对视一眼，温絮抿了抿唇：“你想做什么？”

沈听南想了想：“一对杯子？”

“这个可以，可是我们没有图片，总不能凭空捏一个出来吧？”

坐在一旁的店员及时开口：“我们这里有样品，可以给你们参考一下。”

温絮用力地点头：“我们很需要！”

店员笑了笑：“那跟我去挑吧，看看喜欢哪个。”

“好。”温絮起身跟上店员去了后边。

架子上面摆放着各种各样的陶艺，温絮挑出两个喜欢的情侣杯，兴冲冲地回到座位上。

“快看，这个好好看。”

沈听南勾起一侧嘴角：“好看，那就捏这个？”

“嗯嗯，希望我们捏的不会太丑。”

因为两人都没有做过陶艺，所以拉坯这一步是在店员的帮助下完成的，他们只需要捏出大概的形状就好了。

温絮按着那个杯子捏出了个一模一样的，她满意地笑笑，感觉她还是挺有天赋的。她扭头看向沈听南，他还没捏完。

男人眼帘微垂，眉眼中透着认真。察觉到她的视线，沈听南偏头看了她一眼："看着我做什么？"

他的声音有些沙哑。

"我看我男朋友怎么了？"

沈听南又看了她一眼，只不过这一眼里多了几分笑意："没怎么，想看多久就看多久。"

温絮轻哼一声："这还差不多。"她又扭头看向坐在一旁的店员："不好意思，这儿有水吗？"

"有的，要两杯吗？"

温絮点头。

"稍等一下。"店员小姐姐起身去了收银台，很快就端了两杯温热的水过来。

温絮看着装水的杯子："这也是自己捏的吗？"

"对，这是我们工作人员自己捏的。"店员解释道。

"真好看。"她把一杯水放在沈听南旁边，"喝水，你嗓子都哑了。"

沈听南刚好捏完，拿起水杯喝了一大口："宝宝真贴心。"他确实口渴了。

"那肯定，我可是你的贴心小宝宝。"

沈听南笑着说："是，我的贴心小宝宝。"

休息了一会儿，两人便着手上色。

这回温絮没再按照样品来上色，而是按着自己的喜好来。

温絮在自己的杯子上写了沈听南名字的缩写，沈听南则在自己的杯子上写了温絮名字的缩写。

做好的陶艺需要在店里放一段时间，等店家烧纸上釉，于是两人洗干净手便出了陶艺店。

外边的天色已经微微暗下来，温絮伸了个懒腰：“我们在里面待了那么久吗？我都没察觉到。”

“认真做一件事的时候，时间当然过得很快。”

温絮认同地点头：“比如考试的时候。”

沈听南没反驳，眼看饭点快到了，他问：“是出去吃还是回家吃？”

温絮轻拧着眉，思考了半分钟：“回去吃吧，不然我妈又该说我了。”

“好，送你回去。”

车子在院子门前停下，温絮解开安全带，刚打开门又关上。

沈听南挑了下眉：“怎么了？舍不得我？”

温絮撇着嘴：“嗯，舍不得你。”

“过来让我抱抱。”

温絮听话地靠到他怀里，抱了一会儿退开：“好了，我回去了。”

沈听南摸了摸她的头：“去吧。”

他看着温絮的背影，直到她走进屋子里才驱车离去。

小姑娘越来越黏他了，想到这儿，沈听南扬起嘴角，眉梢都染着喜悦。

除夕那天，沈听南和他爸妈一块去了温絮家。

付女士一看到他们，便喊：“快洗手吃饭。”

沈听南是最后一个洗手的，出来时长辈们都已经坐下了，而温絮旁边还空着一个位置，似乎是特意留给他的。他也没说什么，顺势坐在温絮旁边。

温絮看着沈听南的爸妈，莫名紧张起来，就好像是见家长一样，不出意料待会儿肯定会问她和沈听南的事。

如温絮所料，长辈们聊完自己的事，话题就立马转到了沈听南和温絮身上。

沈母对温絮说：“本来在你出生的时候，我和你妈妈就想给你和听南定个娃娃亲，但又想了想，要是你们互不喜欢怎么办，所以就没有定。”她顿了顿，接着说，“不过还好，你们现在还是在一起了。要是这小子敢欺负你，你就告诉阿姨，阿姨收拾他。”

听到这儿，一旁的付女士也开口："我看听南对我们家絮絮倒是很好，要说欺负也是絮絮欺负他。"

一直在默默吃饭的温父突然开口："什么叫絮絮欺负听南？我们絮絮这么好怎么会欺负他。"

聊着聊着，这个话题就莫名地跳了过去，然后就聊到了他们什么时候结婚。

温父对此没说什么，毕竟是几十年的好朋友，对对方知根知底也放心，总比别人好。

温絮小声嘟囔："我才十九岁……"

沈母离她很近，自然是听到了，于是说："我们絮絮还小呢，现在说结婚还太早了。"

这话把所有人的想法都拉了回来，纷纷道："对对对，两人还小，先谈着，不着急。"

就这样，话题从他们身上脱离，换到了别的话题。

吃完饭，温絮立马出了屋子。

真要命了，第一次觉得吃年夜饭这么受煎熬。

她深深地吸了口气，然后吐出，走到秋千那儿坐下。

深蓝色的天空上布满了星星，无数的星星闪烁着光芒，照亮了黑暗。

温絮心情愉悦起来，放在地上的脚动了动，秋千往后荡时，被人稳稳接住。她回头看，是沈听南。

"你怎么出来了？"

"出来陪你。"沈听南推着她的背，秋千再次荡起来。

温絮笑了笑，眼睛如同天上的星星一样亮。

两人默契地没再说话，在寂静的夜里，风吹动着树叶，发出沙沙的声音。

沈听南看着她的目光柔情四溢，他拉住秋千两边的绳子，贴在温絮耳边："想看烟花吗？"

温絮不确定地问："烟花？"

"嗯。"

“可是，市区不是不让放烟花吗？”

“市区不让，不代表郊区不行。”

温絮立马从秋千上跳下来，一脸期待：“现在去吗？”

“你现在想看的话，就现在去。”

“那还等什么，快走吧！”温絮拉着他的手就往外跑。

一处郊区。

这里有家茶社，附近很适合放烟花。

沈听南和老板打了招呼，便去杂物间搬烟花，这些烟花是他昨天买好放在这儿的。

温絮安安静静地坐在外边的座位上等。

沈听南把烟花搬出来后，在远处摆放好，然后点燃，再迅速跑开。

温絮喝了口茶，随后听到一声巨响，烟花冲上天，在天空绽开，五颜六色的。

沈听南从前方的黑暗中走出，身影愈来愈清晰。

他轻喘着气坐在温絮身边，抬手搂住她的肩膀，温絮顺势靠在他的肩上。

烟花放到一半时，温絮才意识到自己忘记拍照了。

自从市区禁止燃放烟花爆竹后，她就再也没看过烟花了，好不容易看见一次，不记录下来真是可惜了。

绚烂的烟花下，两人依偎在一起，光看背影都能让人感觉到美好。

烟花结束，温絮看向沈听南，轻唤一声他的名字：“沈听南。”

“嗯？”

“我爱你。”

仔细想想，她好像从来没和沈听南说过“我爱你”。

沈听南脸上闪过一丝错愕，以为自己听错了：“你说什么？”

这话还挺肉麻，温絮摸了摸鼻子：“没什么。”

沈听南笑了下：“嗯，我也爱你。”

温絮垂下眼睫，小声嘟囔：“都听到了还问……”

“这不是不确定嘛。”

温絮这才发现这里的夜色也挺好看。她手托着腮，问：“你的新年愿望是什么呀？”

沈听南想也没想：“娶你。”

闻言，温絮被刚喝进去的茶呛了一下：“真的假的？”

“不相信我？”娶温絮是他很早之前就想做的事情。

温絮没说话，只是看着他。

沈听南拉住她的手，认真地说：“相信我。”

这三个字似乎有一股魔力，温絮不受控制地被它吸引，点了点头：“相信你。”

零点一到，温絮的手机一连响了好几下。她点开一看，是亲戚朋友们的祝福和红包。

沈听南也给她发了红包，这次是十万块。

温絮不可思议地说：“你怎么还给我发红包？”

沈听南到底是多有钱，能受得住他这么挥霍。

沈听南：“没错，这不一样，今天的红包是给你压岁的。”

温絮想了想，也给他发了两个红包，数额是 52000，还有 13140。

不等他说话，她催促：“快点收了，给你压岁。”

沈听南张了张嘴，却又无话反驳。他要是不收，小姑娘肯定不高兴，他点了收款：“行，我收了，你也快点收。”

温絮这才满意地把他的红包收了，退出和他的聊天页面，挨个回复给她发祝福的人。点到沈母的时候，她愣住了，沈母也给她转了十万。

“你是跟阿姨串通好了吧，怎么都给我发十万？”

沈听南挑了下眉：“我可没有，我妈那是太喜欢你，认准你这个儿媳妇了。”

他原本是想发二十万的，但怕小姑娘吓到不肯收，所以只发了十万。不过没关系，日后都会补回来的。

温絮听见那三个字，脸颊浮起两朵红晕：“说什么呢？”

“快收了吧，别辜负我妈对你的爱。”

“哦。”要是平常她肯定不会收，但今天不一样，她点了收款，说了句谢谢阿姨。

见时间不早，沈听南把她送了回去，免得家里人担心。

回到家时，里面已经恢复了安静，不似几个小时前的热闹。

她换上拖鞋，蹑手蹑脚地往楼上走去，轻轻地关上房门。

温絮找了件毛茸茸的睡衣，洗了澡后，她把衣服扔进洗衣机里。刚走出门就看见出来喝水的付女士，付女士看了她一眼：“回来了？”

“嗯。”

“听南带你去哪儿了？”

“他带我去放烟花了。”温絮说话的时候嘴角还不自觉地往上翘。

付女士自然是捕捉到了，笑着说：“好好珍惜人家，这么好的男孩子不多了。”

温絮点点头：“我知道。”

她虽然是第一次谈恋爱，但不代表她不懂。她身边的很多朋友谈恋爱都是玩玩而已，过段时间就又是一张新面孔。

在这个快餐时代，有人愿意和你慢慢来，就已是最大的诚意。

付女士：“知道就行，快回去睡觉吧。”

“好，晚安，妈。”

“晚安。”

温絮回到房间，拿起手机准备和沈听南聊会儿天就睡了。

沈听南直接打了视频电话过来，温絮接起。

看着他湿漉漉的头发，温絮问：“怎么不吹头发？”

“想和你聊天。”

“又不差这一会儿。”

“这几分钟弥足珍贵。”说着，沈听南拿毛巾胡乱擦了一下头发。

温絮笑了笑：“好，那待会儿你得等头发干了才能睡。”

“听你的。”

温絮陪着他聊了很久，头发都已经自然干了。

温絮：“你头发干了，那我们也该睡觉了。”

沈听南看了眼时间，已经快两点了："好，快睡觉吧。"

温絮和他说了晚安，便挂断电话。

一大早温絮就被付女士叫起来吃早饭。

这是新年的第一顿饭，温絮强忍着困意起床。

因为起得早没什么胃口，她草草吃了几口就逃回房间，想再睡个回笼觉。

睡前温絮习惯性地看了眼手机，发现沈听南半小时前给她发了早安。

温絮也回了他早安。

那边秒回："刚吃完早餐？"

温絮："对呀，好困。"

还配了个打哈欠的表情图。

沈听南："要不要来我家？我陪你睡觉。"

温絮："可以吗？"

沈听南原本只是开玩笑，但见温絮还真有过来的想法，便回了句当然可以。

温絮立马从床上跳起来，连衣服都没换就跑下楼。

付岚正收拾着碗筷，见温絮一脸急匆匆地换拖鞋出门，就知道她是要去哪儿。她没管，拿起手中的碗筷目不斜视地走进厨房。

温絮家和沈听南家离得不远，两分钟就到了。

见温絮过来，沈母脸上浮现笑容："絮絮来啦，是来找听南的吗？"

温絮轻轻地点了点头，又不太确定地问："方便吗？"

现在身份转变了，总有些顾虑。

虽然他们的爸妈都不反对他们俩在一起，但她还是莫名有些紧张。

沈母侧过身："快进来吧，他在房间。"

"谢谢阿姨。"

沈母听着小姑娘软软的声音，心里喜欢得不得了。

温絮换上拖鞋，快步走上楼，走到沈听南的房门前敲了敲门。门立马被打开，沈听南拽着她的手腕将她拉进房间，压在门上。

手从她身边绕到门把手上，传来落锁的声音。

“怎么穿着睡衣就过来了？”

温絮撇撇嘴：“不是你说的陪我睡一会儿吗，不穿睡衣穿什么？难道要穿正装？”

沈听南笑了下：“说得有道理。”

温絮哼了一声，伸手推开他，躺上床，盖上被子，找了个舒服的姿势，自然得就像是在自己家一样。

盯着小姑娘的睡颜看了许久，沈听南搂着她也闭上眼。

不知过了多久，温絮被一阵说话声吵醒。她迷迷糊糊睁开眼：“谁在说话啊？”

沈听南同样被吵醒了：“不知道。”

温絮仔细听了一会儿，声音是从楼下传来的，还不止一个人。

“你们家今天来客人了吗？”

“什么你们家，是我们家。”他还加重了“我们”两个字。

“好好好，我们家，那我们家今天来客人了吗？”

沈听南想了想：“应该是来找咱妈打麻将的。”

闻言，温絮猛地坐起身：“那我怎么出去？”

沈听南不明白她的意思，笑着说：“怎么来的就怎么出去啊。”

“不是，那么多人，我从你房间里出去？”温絮直勾勾地看着沈听南的眼睛，试图让他意会。

沈听南一脸云淡风轻：“这有什么，你可是我们家认定的儿媳妇，怕什么？”

温絮抿抿唇：“好吧，虽然话是这么说，但我还是觉得不太好，要不然我还是在你房间里赖到他们走吧。”

“你不饿？”

突然被这么一问，温絮就感觉到饿，她撇着嘴：“饿。”

“那就下去吃饭。”

温絮没动。

沈听南站在床边：“走啊。”

温絮思索了一番，最后还是躺下：“算了，我不吃了。”

虽然她很饿，但是要让她在那么多人面前“惊艳亮相”，还是算了。

沈听南把她从床上捞起来，扛在肩上：“乖宝宝，跟我走。”

温絮在他肩上扑腾：“你放我下来，我自己走！”

她要是这么被扛下去，脸就都丢尽了。

“行，那就乖乖下去吃饭。”沈听南把她放下来。

温絮跟在他身后，拉着他的衣服，探出小脑袋看着楼下的情况。

沈听南拿温絮没办法，只能任由她拉着自己的衣服：“看着点，别摔了。”

“知道了。”

两人一下楼，不出意外地吸引了麻将桌上的人的视线。

看着两人这亲密的动作，懂的都懂。

其中一人问：“这是？”

沈母回头对沈听南说：“听南，你先去把饭菜热一下。”

沈听南应了声，走进厨房。

交代完沈听南，沈母又说：“絮絮，你到阿姨这儿来。”

突然被点到名的温絮立马紧张起来，应了声便走过去。

沈母抽出手把温絮拉到身边，笑意盈盈地说：“介绍一下，这是我儿媳妇，温絮。”

温絮也配合地说：“阿姨们好，我是温絮。”

众人瞬间明了，纷纷夸赞。

“絮絮真漂亮。”

“两人简直就是郎才女貌。”

温絮站在旁边都有些不好意思了。

过了一会儿，沈听南把饭菜都热好了，走到温絮身旁，旁若无人地拉住她的手：“吃饭了。”

温絮点头，跟着他头也不回地逃离了客厅。

走进餐厅后，温絮才松了口气：“我刚刚紧张死了，站着都不敢动，你看我手心都出汗了。”说着还摊开自己的手心。

沈听南摸了摸她的手心，确实出了一层薄汗。

他安抚般地揉揉她的头：“别紧张。”

温絮点头，渐渐地，心里的紧张就被喜悦替代，她很开心能得到沈阿姨的喜欢。

第五章

二十二岁生日

过完春节，意味着离开学不远了。

温絮突然想起她和沈听南同居的事还没告诉付女士，倒不是她不想说，而是忘记了。

现在快开学了，她肯定是要提前回去的，这才想起来这件事。

吃完饭，温絮难得地主动帮付女士收碗。

刚进厨房，付女士就说："有事就说。"

温絮干笑两声，付女士还真是了解她："就是……我跟沈听南同居了。"

付女士听完，没什么反应："说完了？"

温絮嗯了一声，不确定地又说："您不说点什么？"

"有什么好说的，你已经长大了，自然有自己的想法，注意分寸就好了，不要让自己受到伤害。"当初她打电话给温絮的时候，就已经隐隐约约察觉到了，但她相信听南那孩子会照顾好温絮的，所以也就没说什么。

现在温絮主动向她坦白这件事，她还是挺开心的。

温絮已经感动得说不出话来，她眼眶里蓄着泪水，虽然付女士平日里老撵她，但还是很疼她的。

付女士看她这副样子，哭笑不得："哎哟，哭什么？"

温絮摇摇头，把眼泪憋了回去，哽咽着："我没哭。"

"没哭就行。"

"付女士，有你真是我的福气。"

她一直都觉得自己很幸运，能在一个有爱的环境里长大。

付女士瞥她一眼："怎么那么傻？有你当然也是妈妈的福气。"

两人相视一笑。

温絮帮着付女士洗完碗才上楼，她就开始收拾行李，缺了什么还能补上，不至于到时候太匆忙。

在开学的前一天，温絮跟着沈听南回到公寓。

回到熟悉的屋子，温絮把行李箱扔在门口，直接躺到了沙发上。

沈听南每隔一段时间都会请阿姨上门打扫卫生，所以屋子里干干净净的，就跟他们刚走的时候一样。

沈听南把行李箱放到房间里，再走到沙发边上。

温絮自觉地坐起来给他腾位置，然后躺在他的腿上。

两人歇了一会儿，又一起去菜市场。

一路上，温絮都挽着沈听南的手臂，蹦蹦跳跳的。

沈听南偏头："很开心？"

温絮点头："开心啊。"

沈听南笑了笑，牵着她的手紧了些。

沈听南依旧买了些她爱吃的菜和水果，填满冰箱是他养老婆必做的事。

出了菜市场，他又带她去了超市，买了些零食。

买完所有东西，他们又顺道去了那家陶艺店。今早那边发信息来说，杯子已经烧好了。

温絮接过店员小姐姐递过来的杯子，直到上了车，才小心翼翼地打开包装盒。看到成品还不错，她脸上漾出一抹笑意。

回到家，温絮立马把两个杯子拿出来放在桌子上，找了几个角度拍照，拍完立马发了条朋友圈。

她拿着两个杯子举到沈听南面前："快看，我们亲手做的情侣杯。"

"嗯，看到了。"沈听南被她感染了，心情也很不错。

"以后喝水我要用这个杯子。"有了这个杯子，还怕喝水会不积极吗？

沈听南笑着说："行，我也用这个杯子。"

沈听南把东西全部整理好，该放冰箱的放冰箱，该放小推车的放小推车。

沈听南做饭时，温絮就坐在餐厅，边等着吃饭边和徐亦欢聊天。

她把杯子的照片发给徐亦欢，问她好不好看。

徐亦欢："好看。"

温絮："我们自己捏的。"

徐亦欢："去哪家店捏的？我下次也和江之淮去。"

温絮把陶艺店的地址发给她，然后两人又聊了一会儿，徐亦欢就说自己要吃饭了。

温絮回了个“好”，继续看朋友圈，然后就看到徐亦欢几分钟前发的和江之淮的合照。

两人还挺般配，她顺手点了赞。

沈听南：“过来端饭。”

“来了。”温絮放下手机，走进厨房，又从冰箱里拿了两瓶饮料。虽然知道喝饮料不好，但她就是忍不住。

吃饱喝足后，温絮感叹：“终于吃到你做的饭了，可想了。”

春节期间，陈姨不在，一直都是付女士做饭。

倒不是说付女士做饭不好吃，就是有时候咸的话就很咸，有时候淡的话就很淡，像开盲盒一样。

“我做饭好吃？”

“当然好吃了，你给我做一辈子的饭吧。”温絮笑眯眯地看着他。

“好。”他语气里是满满的宠溺。

沈听南洗好碗，简单地收拾了一下厨房，又烧了壶热水，把那两个杯子烫了烫。他从抽屉里拿了两个杯垫放在桌子上，又把杯子放在上面。

温絮见他这么爱惜那两个杯子，心里开心得不得了。

这说明他也很爱惜他们之间的感情。

沈听南去房间拿了件睡衣放在沙发上，说：“休息一会儿就去洗澡。”

温絮：“好。”

沈听南：“我先去把行李收拾一下。”

温絮点头。

沈听南打开她的行李箱，小姑娘叠的衣服说不上整齐，但又说不上乱。

他摇了摇头，把里面的衣服一件一件拿出来挂进衣柜里，又把护肤品和化妆品分开装进收纳盒里。

收拾好她的，他才开始收拾自己的行李箱。

温絮洗好澡，擦着头发走到房门口：“宝宝，可以帮我吹头发吗？”

“好。”沈听南揽着她的肩走进厕所，拿起吹风机，轻轻地拨着她的头发。

温絮从镜子里看到他的模样，一脸认真，她忍不住笑了笑。

吹干后，沈听南放下吹风机：“刚刚笑什么？”

“觉得你可爱。”

“是吗？”温絮还是第一个说他可爱的人。

“嗯。”温絮凑上去亲了他一下，吧唧一声在浴室里尤其响亮。

“你快洗澡吧，我出去了。”

沈听南把她拉回来：“亲完就跑？”

“没有。”

沈听南手扶着她的脸，吻了上去。

他把她抱起来，放在了洗手台上：“再洗一遍澡吧。”

温絮知道他的意图，挣扎着跳下洗手台：“我不要！”

看着小姑娘头也不回地跑了，还顺便把门给带上，沈听南勾起一侧嘴角。

几分钟后，沈听南穿着浴袍走出厕所，见温絮不在客厅，便往房间里走。

他把温絮从被子里捞出来：“跑这么快干吗？”

“我没跑。”

次日，两人被温絮定的闹钟吵醒。

因为放假的时候天天熬夜，生物钟还没有调回来，温絮怕醒不来就定了好几个闹钟。

不过还好，她能在第一个闹钟响的时候起床。

温絮伸手按掉闹钟，摇了摇沈听南：“起床了。”

“嗯。”他的声音是刚起床时的沙哑。

温絮艰难地坐起身，从床尾的沙发上拿了衣服套上。

因为已经没有时间做早餐了，所以沈听南就带着温絮去外面吃早餐，最后把她送到教学楼下。

新学期时间过得很快，温絮渐渐投入学习中。

而沈听南也越发忙碌。这种状态一直持续到六月份，直到忙完学生会主席换届的事，才有所松懈。

新的学生会主席人选已经定下来了，他便把职权都交了出去，提前退位让贤。

这天，他照常来接温絮放学。

沈听南："想吃什么？"

温絮："想吃你做的饭。"

起初沈听南还会天天给她做饭，后来就偶尔做一做，很多时候都是带她去外面吃。

如果两人时间不对的话，她就会跟云暮和周皓两人去吃。

不过她也不觉得有什么，因为沈听南是在为自己的前途努力，温柔又上进的男朋友谁不喜欢呢？

一段好的感情，是两个人在一起各自努力，成为更好的人，而不是互相拖累。

两人一起去了菜市场，买了些煮火锅的材料。

上一次吃火锅还是在新年之前，温絮已经馋得不行了。

万事皆可吃火锅，一顿不行就两顿。

饭桌上，温絮迫不及待地夹起一片牛肉卷放在锅里涮了涮，然后送进自己嘴里。

温絮动作有些急，微微张开嘴，被烫了一下。

沈听南哭笑不得："慢点，没人跟你抢。"

温絮把嘴里的东西咽下去，说："太香了。"她真的永远都爱火锅。

吸取了第一次的教训，温絮之后就吃得很慢了。

沈听南："后天就是周末了，想不想去玩？"

温絮想了想："商场？"他们好像已经很久没有一起去逛商场了。

沈听南点点头。

这几个月忙得都没空陪小姑娘出去玩，现在好不容易闲下来，正好补偿一下。

吃完饭，温絮立马站起来一块收碗。沈听南刚想拦她，就被她先发制人："这次你可不能拦我，我才没有那么娇气呢。"

然后她就端着碗筷从他身旁走过，把碗放进厨房的洗碗池里。

沈听南欲言又止，站在原地怔怔地看着温絮。

温絮回头："别想偷懒，过来一起洗碗。"

沈听南这才回神，轻哂："我没想偷懒。"

温絮哼了一声，继续洗着手里的碗。

一切收拾妥当后，温絮拿了衣服进了浴室。

刚刚吃火锅的时候不小心把油溅到衣服上了，现在抓紧时间洗，估计还能洗得掉。

她随手把衣服扔在盆里，抬手打开花洒。

洗完澡出来，她就看见沈听南坐在茶几前方的地上，茶几上摆着台电脑。

温絮："宝宝，去洗澡吧。"

沈听南："我等会儿洗。"

温絮走过去，弯腰看了眼电脑屏幕。

原来是在写论文。

"那我不打扰你了。"温絮坐在沙发上，拿出手机开了静音看微博，就连媒体声音都没开，生怕一个不小心就打扰到沈听南。

温絮打了个哈欠，今天起得早，中午又没睡午觉，现在就有些困了。

沈听南回头看她，问："困了？"

温絮立马止住还未打完的哈欠，她明明已经放轻声音了啊。

见她不说话，沈听南又问了一遍。

温絮点头："有点困了。"

"要不你先睡？"

"不要，我要等你一起。"

沈听南笑了笑，默默地加快了写论文的速度。他已经快写完了，就收个尾就行了。

把写好的论文发给导师后，他合上电脑，看了眼眼睛都已经闭上的温絮，转身走进浴室。

听见浴室传来水声，温絮迷迷糊糊睁开眼。

想着他应该是写完了，她才踩着拖鞋走进房间。她侧躺在床上，用手肘撑着自己的脑袋，防止睡着。

沈听南一走进房间，就看到她这副姿势，没忍住低笑出声。小姑娘为了不睡着，还挺拼。

温絮抬眸："你笑什么？"

"没什么，就是觉得我们家絮絮也太可爱了。"

"真的吗？"

"我还能骗你不成？"

"好吧，快过来睡觉，我已经顶不住了。"温絮翻过身平躺着，盖上被子，先行闭上眼。

沈听南把灯关了，黑暗中，沈听南的嘴角勾起，轻轻地握住温絮的手，相拥入眠。

上完最后一天课，就迎来了周末。

按照原先的计划，两人是要去商场的。但因为太晒了，温絮就把时间推到了晚上。

就这个气温，她化妆一小时，出门几分钟就脱完了。等到日落，温絮才开始化妆。

沈听南坐在她旁边，目不转睛地盯着她。

温絮被看得有些不好意思："看我干吗？"

"我老婆太好看了，怎么看也看不够。"

温絮脸一热："你别看我了，我都不会化妆了。"

她实在是顶不住沈听南这炽热的视线，觉得如坐针毡。

"那你过来亲我一下。"

温絮凑过去亲了他一下。

沈听南说到做到，果然没再看她。

收拾完后，两人终于出发去了商场。

此时正是商场人流量的高峰期，他们俩的回头率莫名的高。

一开始温絮还不明白，直到两人走进一家服装店，路过一墙镜子时。

她这才明白是因为沈听南今天的穿着显得他年纪特别小，而她穿了件露脐的白色上衣，显得稍微成熟了些。

沈听南通过镜子看见她莫名地笑起来，有些摸不着头脑："你在笑什么？"

温絮实话实说她现在的想法。

沈听南听完，直接弹了一下她的额头："傻。"

温絮吃痛地捂着额头："干吗！说实话也要打我。"话语里尽是委屈。

他搂着温絮："好了，看看有没有喜欢的衣服。"

"你要给我买衣服？"

"嗯。"

温絮突然就不悲伤了，她逃出沈听南的怀抱，扎进衣服堆里。

导购迎上来，带着笑容说："您好，您平时喜欢穿什么样的衣服呢？我可以帮您推荐推荐。"

温絮连忙摆手："不用不用，我自己看就行。"

导购又说了几句，但温絮还是坚决拒绝，她最害怕导购跟着她了。

她选了几件衣服，就去了试衣间，每换好一件她都要出来让沈听南看看。

终于试完最后一件，温絮说："你说我买哪件好？"都挺好看的，好纠结。

沈听南直接接过她手里的衣服，说："小孩子才做选择，成年人全都要。"

"可是一件就挺贵的。"

"你负责挑就行了，我买单。"沈听南说完就拿着衣服去了收银台，温絮只好跟在他身后。

结完账，沈听南又带着她去了下一家服装店。

沈听南："快挑吧。"

温絮："我觉得这些已经够了。"

沈听南怀疑地看向自己手里的袋子，六件，很多吗？女孩子不都是喜欢买好多衣服的吗？而且对方还是温絮，她的衣服多到家里的衣柜都已经塞不下了。

见他不信，温絮又说了一遍："真的够了。"

沈听南："不行，你别想着给我省钱，快去挑。"

最后，温絮还是被沈听南哄着又挑了几件。

在逛了三家后，温絮说自己累了，沈听南才没继续带着她逛。

两人坐在外边的椅子上，突然有个女生喊了沈听南的名字。

温絮起初没看清是谁，等到那个女生走近，才发现是孟玥，旁边还站着个男生。

孟玥："好巧呀，没想到在这儿能碰见沈学长。"

温絮在旁边默默地翻了个白眼。

没等两人说话，孟玥又说："哦，对了，这是我的男朋友。"

听到"男朋友"三个字，温絮抬眸看了眼站在孟玥旁边的男生，她就单纯想知道是哪个眼光好像不太好的。

沈听南对孟玥还有她的男朋友丝毫不感兴趣，就连敷衍的话都懒得说一句。

孟玥见他不说话，有些局促，于是把目光转向了温絮。

"那个……之前对你说的话不好意思啊，你不用放在心上，我现在已经有男朋友了。"

温絮当然听得懂她话里的意思，勾了勾嘴角："你说的话对我造成的伤害不大，还有，你有没有男朋友不关我的事，你也别在这儿跟我打哑谜，我的男人不是谁都能抢的。"

她本来也没想给孟玥什么好脸色，反正早就已经撕破了。

闻言，孟玥脸上的表情不太好看。她咬着唇："就算我们之前有过节，你说话也不用这么难听吧？"

孟玥的眼眶湿润，仿佛下一秒就要哭出来似的。

孟玥旁边的男生也站出来说："对啊，就算玥玥之前和你有过节，她已经向你道歉了，说话就没必要这么难听了吧。"

一直不说话的沈听南瞥了眼那个男生，眼神冰冷："脑子要是不用就捐了吧，你算什么东西！”

他将视线移到孟玥身上：“我不管你心里在打什么算盘，都离我还有我的女朋友远一点，别给脸不要脸。”

说完，沈听南直接带着温絮走了，留下两人站在原地。

孟玥不甘心地盯着两人的背影。

旁边的男生去拉她的手：“玥玥，别跟他们生气。”

孟玥直接甩开他的手，大步往前走。

走了一段距离后，温絮摇了摇沈听南的手：“你怎么还生气了？”该生气的不应该是她吗？

沈听南拉着她的手，放轻声音：“他们欺负你，我能不生气吗？”

温絮笑了笑：“好啦，知道你最疼我啦。”

听着她软软的声音，沈听南铁青的脸色才缓和了些：“你不要不开心。”

“好。”他也没必要跟一个不正常的人生气，“还要继续逛吗？”

温絮重重地点头，眼神坚定：“逛。”

为什么不逛？要是因为孟玥这么一个小小的插曲就不逛了，那多得不偿失啊。

沈听南又拉着她往服装店走。

温絮及时拉住他：“不买衣服了，已经够了。”她瞥了眼他手里的袋子，这回是真的够了。

“确定吗？”

“确定。”

“那你还想去哪里？”

温絮想了想：“吃小吃。”

两人找到电梯，直奔五楼。

这个商场四楼和五楼专门卖吃的，小吃则集中在五楼的南边。

进入五楼，犹如进入天堂，温絮瞬间就把刚才的事忘得一干二净，迫不及待地买了盒章鱼小丸子。

温絮用竹签叉起一个章鱼小丸子吹了吹，递到沈听南嘴边：“快尝尝。”

“你先吃。”

温絮摇头：“不要，快点，这是我对你的爱。”

沈听南无奈地笑笑，张嘴咬了一口。

“好吃吗？”

沈听南不是很爱吃这些东西，但看温絮眼里满含期待，还是说了句好吃。

温絮把剩下的章鱼小丸子送进自己嘴里，含混不清地说：“确实好吃。”

两人又继续往里走，在一家卖花甲粉的摊子前停下。

老板热情地问：“两位想吃点什么？”

温絮目光在菜单上扫着，最后指了指那个配料适中的花甲粉，又偏头看向沈听南：“你要吃吗？”

她知道沈听南不爱吃辣，但还是问问他。如她所料，沈听南说不吃。

“那你想吃什么？”

“没什么想吃的。”

“你去看看，万一就有你想吃的呢，总不能让你看着我吃吧。”

沈听南沉默片刻，说：“那你在这儿等我。”

“好。”

沈听南刚走没多久，老板就把一份花甲粉递给她：“你好，这是你的。”

温絮接过，说了声谢谢。

等了几分钟，沈听南拎了两杯奶茶回来。

“你就是去买奶茶了？”

“嗯。”沈听南把一杯奶茶插好吸管送到温絮面前。

温絮没再说什么，算了，至少买了吃的。

她把手里还没吃完的章鱼小丸子推到他面前，笑着说：“你帮我解决了吧，肚子装不下了。”

沈听南看着她，表情有几分不愿。

温絮双手合十，眨了眨眼：“拜托拜托，咱不能浪费粮食。”

沈听南拿她没办法，只能接过那盒东西。

吃完花甲粉，温絮没再吃其他东西。前段时间称体重，她发现自己竟然胖了，这还得了。

思来想去，应该是自己吃太多零食了。她当即就把零食全收了起来，还做了好几天的帕梅拉。

功夫不负有心人，她的体重回到了最初。眼下自然要克制些，不然体重又涨了怎么办？

路过几排娃娃机，温絮停下来：“我想玩这个。”

“好。”沈听南走到购币处买了些游戏币。

温絮看着放到自己手里的那半盒游戏币，惊讶道：“你怎么买了这么多？”她就想随便玩玩而已。

“怕你夹不到。”

温絮瞟了他一眼：“瞧不起我？”

沈听南笑了笑：“我可没有。”

“哼，让你见识见识本小姐的厉害。”说着就气冲冲地走到那台娃娃机前，只用几个币就夹到了一个娃娃。

她微微抬起下巴，有些傲娇：“怎么样？”

沈听南接过她手里的娃娃，夸赞道：“宝宝真棒。”

“必须的。”她夹娃娃可是有一手的。

最后，温絮夹到了好几个娃娃，然后就心满意足地回家了。

她把今天买的衣服都拿出来，边欣赏边剪吊牌。剪完吊牌后，她就把衣服扔进洗衣机里。

沈听南见小姑娘忙上忙下的，就是不过来，对她喊道：“宝宝。”

“怎么了？”

“过来。”

温絮走过去：“怎么了？”

沈听南直接搂着她的腰，把人圈在怀里：“想抱你。”

温絮笑了笑，顺势把头靠在他的肩膀上。

“下个星期我们拍毕业照，你要不要过来？”

“我去干吗？”

“难道你不想看我穿学士服的样子？不想跟我合影？”

温絮自动脑补了一下沈听南穿学士服的样子，嘴角逐渐扬起。

她细微的表情变化都被沈听南捕捉到了：“在想什么？”

“没想什么？”

沈听南靠近她，压低声音：“是吗？还以为絮絮在想些坏事情。”

“我可没有，我就是脑补了一下你穿学士服的样子，你可别造谣我。”

“亲眼所见不如脑补好吗？”

温絮想了想：“好吧，我答应你了，不过到时候你得提醒我。”

“行。”

温絮看着近在咫尺的俊脸，没忍住亲了一下他软乎乎的嘴唇。

“干吗？”

“我亲我男朋友怎么了？”

“没怎么，想亲就亲。”沈听南垂下眼眸，直勾勾地盯着她的唇。

温絮的神色有些不自然：“看我干吗？”

沈听南没说话，依旧盯着她，放在她腰间的手摩挲着。

到了要上课的那天，温絮不知道暗暗地在心里骂了多少遍沈听南，认命地拿起遮瑕膏往脖子上涂涂抹抹。

正在给她煮早餐的沈听南猝不及防连打了两个喷嚏。

吃完早餐，两人一块去了学校。

温絮走进教室，选修课来的人不多，她顺利地坐在了后排。

还有几分钟才上课，温絮的眼睛发酸，为了避免睡着，她拿出手机，心里想着看会儿手机估计就精神了。

然后她就看到了一个标题为“男朋友生日该送什么”的帖子，想着沈听南的生日快到了，于是便点进去看了一眼。但推荐的东西她好像都送过了。

温絮这下犯了难，于是自己也发了个“男朋友过生日该送什么”的帖子，想征集一下广大网友的意见。

发完她就收起了手机，开始听课。

等下课后，温絮再次拿出手机，点开刚刚发的那个帖子，底下已经有了评论。

手指在屏幕上滑着，有个叫鹿草草的人的评论点赞量很多——

鹿草草：买一条漂亮性感的小裙子，把时间空出来，和男朋友约会一整天！他一定会喜欢的。

温絮往下看，除了有几条不一样，剩下的全跟鹿草草这条一样。

她不禁疑惑，沈听南会喜欢吗？

不过好像也没有更好的选择了，那就暂时采纳这个意见吧。

她点开购物软件，看了一圈，选了条她觉得不算过分的裙子。

搞定后，温絮深深地吸了口气，然后吐出来。

拍毕业照的前一天晚上，沈听南特意提醒了温絮。

温絮连夜在网上学了个上镜的妆容，既然是要跟沈听南合照，那就要打扮得漂亮一些，不然看照片的时候后悔没化妆怎么办。

隔天，温絮化了从网上学的妆，又换上一条稍微正式些的裙子，就跟着沈听南去了拍摄的地方。

温絮站在旁边，点开手机的照相机，在人群中找到沈听南，偷拍了几张。沈听南穿学士服的样子就跟她想象中的一样，超级超级帅！

她欣赏着自己拍的照片，就连沈听南走过来都没发现。

沈听南靠在她旁边："这么喜欢我啊？"

温絮被吓得连忙关了手机："你怎么走路没声啊！"

"是你太入迷了。"

"我才没有。"

"给我看看你拍了什么。"

温絮收起手机："才不要。"

沈听南正想说话，就有两个女生走过来，问："听南，可以一起拍张照吗？"

怕温絮介意，其中一个女生补充道：“女朋友也可以一起，我们就是想留个纪念而已。”

温絮连忙摆手：“不用不用，你们去拍吧。”

沈听南直接拉着她的胳膊：“人家都邀请你了，还不快点。”

然后温絮就被动地站在了沈听南旁边。

“看镜头。”

闻言，温絮立马看向镜头，露出一个笑容。

两个女生拍完后，又去找别人拍照。

温絮瞪了沈听南一眼：“人家跟你拍照，你非要拉上我，这样显得我很小心眼。”

“都说了是我非要拉上你，又怎么会是你小心眼呢？”

话语间，又有人走过来找沈听南合影，温絮依旧被动地站在他旁边。

重复几次后，温絮也就习惯了。

于是，温絮成功地出现在众多不认识的人的手机中。

“怎么那么多人找你拍照啊？”她脸都要笑僵了。

“我也不知道。”

两人等了几分钟，没有人再过来要拍合照。

“终于没人了，现在到我们俩拍了。”

沈听南点点头：“好。”

温絮随便拦了个女生，脸上带着笑容：“同学你好，可以帮我们拍几张照片吗？”

“可以呀。”

温絮把自己的手机放在她手里：“谢谢你。”

拍完后，那个女生又说：“我可以和你们拍张合照吗？”她最喜欢双方都长得好看的情侣了。

温絮虽有些不明所以，但还是同意了。

三人拍了张合照，那个女生说了声谢谢就走了。

温絮累得直接坐在树下的椅子上，明明拍毕业照的不是她，但她又好像拍了一下午的毕业照。

沈听南坐在她旁边：“很累？”

温絮整个人靠在他身上：“累。”

沈听南摸了摸她的头，以示安抚。

温絮没说话，静静地看着天空。过了一会儿，云的颜色逐渐变了。她指了指天：“你看，天空好美。”

沈听南按她说的抬头看，确实很美。

两人坐在椅子上安安静静地看着云的变化，直到天色暗下来。

沈听南：“要回家吗？”

温絮站起来：“走吧。”

经过奶茶店时，沈听南带着她进去买了两杯杨枝甘露。

拿到杨枝甘露的那一刻，温絮猛吸了一大口。一下午没喝水，简直要渴死了。

“慢点，别呛着了。”

然后温絮就被呛了一下，咳了好一会儿。

沈听南一边拍她的背一边说：“都叫你慢点了。”

温絮咳得脸红起来，忍着喉间的不适，说：“还不是你乌鸦嘴。”

沈听南一脸无辜：“我可没有。”

温絮没再说话，只是变成小口小口地吸奶茶。

回到家，沈听南把身上的学士服换下来。

温絮阻止了他脱衣服的手，笑着说：“别脱别脱，我还没看够呢。”

沈听南挑了下眉：“喜欢我这样穿？”

温絮诚实地点头，她确实喜欢。

“可是我要做饭，总不能一直穿着这个吧？”

温絮皱起眉头，思索了一番，最后带着惋惜说：“那好吧。”

“想看，晚上再穿给你看。”他的语气要多不正经就有多不正经。

温絮知道他在说什么，笑骂了一声。

沈听南把身上的学士服换下，走进厨房。

温絮瞥了眼沈听南的背影，拿出手机开始修图。

修完后，她把照片发给沈听南，然后自己发了朋友圈。万事都得记录一下，不然以后老了，连个回忆都没有。

退出微信后，想着快递也该到了，温絮又点开淘宝，找到那条购买记录，上面显示已被驿站签收。

温絮看了眼沈听南，好像还没有做好饭的迹象，于是起身走到玄关处，拿上钥匙，轻轻地关上门，以最快的速度去了驿站。

她拿到那个扁平的袋子时仔细看了一眼，上边没有写物件是什么，果然是私密发货啊。

对驿站小哥轻声说了句谢谢后，她又跑回楼上。

打开门，沈听南还在厨房里，温絮悄悄地窝在沙发上把手中的快递给拆了。

看到那件衣服，温絮的脸一热，眼疾手快地塞进自己的衣服里。趁着沈听南还没出来，她跑进房间，把那件衣服放在了衣柜的最底下，用其他衣服遮盖住。关上衣柜门，她才稍微放心了些。

六月底。

沈听南顺利毕业，同时也迎来了二十二岁生日。

温絮把蛋糕放进冰箱里，就坐在沙发上等着沈听南回来。

等了许久都没等到沈听南，倒是收到了他的信息，说是带她出去吃饭。

温絮眉毛一挑，正合她意，于是立即回了他一个“好”字。

温絮简单收拾了一番，就下了楼。

他们去的是一家餐厅。

温絮接过服务员的菜单，粗略扫了眼，发现这家餐厅的食物价格偏贵，倒是有点让沈听南破费了。

像是知道她心里所想一般，沈听南悠悠道：“今天想吃什么、吃多少都可以，你男朋友有的是钱。”

温絮被他的话逗笑：“放心吧，不会和你客气的。”

点完餐，温絮又问：“你今天看上去心情很好？”

“带你来吃饭跟心情有什么关系？”

温絮若有所思："好像也是。"

沈听南弯了弯唇："不过，我今天心情确实很好。"

"嗯？为什么？"

"你猜猜。"

温絮想了想："因为毕业了？"

沈听南摇头："再猜。"

温絮又想了想："因为今天是你生日？"

"真聪明。"其实高兴的不是生日，而是他二十二岁了，已经到了可以领结婚证的年龄。

他争取多赚点钱，早日把温絮娶回家。

温絮不知道他心里在想什么，只是点头："生日确实要开心。"

话语间，菜品陆陆续续上了桌。

秉承着"食不言寝不语"，两人都没说话。

出了餐厅，温絮就吵着要回家。沈听南拗不过，只能带着她回去。

温絮拉着他坐在椅子上，神神秘秘地说："你等一下。"

沈听南心里有了猜想，小姑娘大概是给他准备了惊喜，眼神逐渐变得温柔。

温絮把蜡烛点上，边唱着生日歌边端着蛋糕走到餐桌边。

"祝沈听南二十二岁生日快乐！"温絮双手放在桌子上，托着腮，"快许愿吧。"

"好。"沈听南闭上眼，双手合十，手指弯曲许愿，"希望温絮嫁给沈听南。"

然后他就吹灭了蜡烛。

温絮心一动，有些不好意思："你说出来就不灵了。"

"你舍得让它不灵吗？"

温絮没说话，她当然舍不得。

沈听南拉着她的手，神色十分认真："等我娶你好不好？"

温絮看着他的眼睛，鬼使神差般地点了头："好。"

"对了，我去给你拿礼物。"说着她就跑进房间，拿了个礼盒出来，放在沈听南的手里。

温絮想来想去，还是觉得要再送件实质性的礼物，才能体现她的心意，于是就有了这块表。

这块表被她藏了好久，生怕被沈听南看到。

“我很喜欢。”沈听南当即就把表戴在了手上。

“喜欢就好。”温絮悬着的一颗心放了下来，她还怕沈听南会不喜欢。

“我等会儿还有一个礼物要给你。”

“是什么？”

“待会儿你就知道了，先吃蛋糕吧。”

“好。”沈听南心里隐隐有些期待，不知道小姑娘还会给他什么惊喜。

吃完蛋糕，温絮非说沈听南身上臭，催着他去洗澡。

沈听南没办法，只好乖乖地走进浴室。他抬手闻了闻自己的衣服，也不臭啊。

浴室的水声戛然而止，温絮从衣柜的最底下拿出之前买的那件衣服，裹在浴袍里。

沈听南边擦头发边说：“快去洗澡吧。”

“好。”温絮钻进浴室，还落了锁。

洗完澡擦干身子后，温絮看着手里那条小裙子，心里打起了退堂鼓。

可最后她还是穿上了小裙子，然后套上浴袍，忍着心里的紧张和羞涩走进房间。

沈听南抬眸：“今天怎么穿浴袍了？”

温絮没回答，而是坐在他身上，然后直接吻了上去。

腰间的浴袍带子散开，春光一览无余。

沈听南炽热的目光从上至下扫过：“絮絮真漂亮。”

第六章
兑现诺言

暑假期间，沈听南陪了温絮两个月。

开学那天，他先把温絮送去学校，随后才去公司。

前台见是沈听南，立马站起来，脸上带着笑容："沈公子来了。"

众所周知，沈听南是他们老板的独生子，是公司的唯一继承人，关键是还长得帅。先不说他年龄多大，光是这张脸就什么问题都没有。

沈听南对她点了点头，直接坐了私人电梯到达顶楼，走到办公室门口，敲了下门。

"进。"声音从里面传来。

沈听南推门而入，拉开办公桌前的椅子坐下来。

沈亦华抬起眼皮："来了。"

"嗯。"

"做好接管公司的准备了？"沈亦华试探性地问。

他早有让沈听南接管公司的想法，毕竟他年纪大了，也是时候休息了。只是沈听南一拖再拖，直到今天才主动过来。

沈听南点头："准备好了。"他也是时候肩负起自己的责任了。

沈亦华笑了笑："行，不愧是我儿子。"

沈听南正式接手公司后，才把这件事告诉了温絮。

当天放学，温絮就去了他的公司。

前台拦住她，面带微笑："小姐您好，请问您找谁？"

"沈听南。"

"请问您有预约吗？"

"没有。"

前台依旧笑着："不好意思小姐，没有预约见不了沈总。"

温絮蹙了蹙眉，几秒后问："是他女朋友也不行吗？"

沈听南今天确实交代过他女朋友要过来，直接放行即可，前台又问："小姐叫什么名字呢？"

温絮说了自己的名字。

前台小姐脸上的笑容更灿烂，立马说了沈听南所处的楼层，还很贴心地问："需不需要我带您上去？"

温絮摆摆手：“不用了，我自己上去就好了。”

“好的。”

等温絮走后，前台小姐才缓缓收回视线。没想到小沈总的女朋友这么漂亮，两人倒是十分般配呢。

温絮坐的公共电梯上楼，途中碰见不少人，一开始还没什么人在意，但到了最高楼层后，看她的人变多了。

每个人脸上的表情出奇一致，都是好奇。

等温絮进了沈听南的办公室，员工们纷纷窃窃私语——

“那个女生是谁呀？怎么从来都没见过。”

“不知道，这么年轻，应该不是来谈合作的，你们说……会不会是沈总女朋友呀！”

“也不是没有可能！”

温絮轻轻地关上门，抬头看，沈听南穿着西装坐在办公桌前。

果然，人靠衣装马靠鞍，这衣服穿上还真有点总裁的味道了。

她笑着说：“我跟你都有些格格不入了。”

沈听南拉住她的手：“怎么说？”

温絮指着他的衣服：“你现在是大老板。”然后又指了指自己的衣服，“而我就是一个学生样，哪儿哪儿都不像一对。”

沈听南哭笑不得：“笨蛋，这是工作需求。”转头又问，“想喝什么吗？”

温絮摇头，把头窝在沈听南颈窝处，手环住他的腰。

“怎么了？”

“想抱你。”

沈听南揉了揉她的脑袋。

“沈总，有份文件……”

叶助理刚推门就看见两人抱在一起的画面，反应飞快地关上门，嘴里还念着：“对不起，沈总，我什么都没看见。”

关上门，叶助理赶紧拍了拍自己的胸口，早知道就应该先敲门的。余光瞥见有人走来，他赶紧把人拦下：“沈总不在里面。”

那人半信半疑：“真的假的？刚刚还看到一个女生走进去了。”

“反正你待会儿再来吧。”

“叶助理，你悄悄告诉我，里面那个是不是沈总女朋友呀？”

叶助理“啧”了一声：“你怎么这么八卦，快回去工作。”

“哼，小气鬼。”那人转头走了。

温絮退出沈听南的怀抱，脸颊有点红：“好尴尬。”

“有什么好尴尬的，你现在可是他们老板娘。”

听见“老板娘”三个字，温絮还是觉得有些不真实，沈听南都当上公司老板了，而她还是个大学生。

见她不说话，沈听南问：“在想什么？”

温絮把心里的想法说了出来。

沈听南伸出手指在她额头中间点了一下，语气宠溺：“怎么那么傻？我比你大，比你早上班不是很正常吗？”

温絮揉了揉自己的额头，噘着嘴：“好像也是。”

“对了，我想跟你说件事。”

“你说。”

“我想学画画。”

其实她高二的时候就想学画画了，但是又怕跟不上艺术生的进度，于是就放弃了这个想法。

直到前两天，她跟徐亦欢去看了画展，这才发现自己还是喜欢画画的，所以想学习一下。技多不压身嘛。

“想学的话，我给你找老师。”

沈听南不知道她为什么突然想学画画，但不管她想做什么，他都会无条件地支持她。

“真的吗？”温絮有些受宠若惊。

“真的。”

温絮直接凑上去亲了他好几下。

“你真好。”

沈听南勾起嘴角，反问：“我什么时候不好了？”

温絮眼珠子转了转，然后笑着说：“一直都好。”

沈听南轻轻捏了下她的脸：“好了，我要工作了，你先回去还是等我？”

温絮想也没想：“等你。”

“行，那你在这儿等我。”

过了一会儿，办公室的门被敲响，叶助理走进来，手里拎着个篮子，还端着一杯茶。

原本窝在沙发上玩手机的温絮立马坐起来，她看了眼那个篮子，里面好像是零食。

叶助理把篮子和茶放在茶几上，冲温絮笑了下，便出去了。

温絮：“这是？”

沈听南：“你不是喜欢吃零食吗？就提前准备好了。”

温絮：“这么细心呀。”

她盘腿坐在沙发上，迫不及待开了一包薯片。

温絮时不时往沈听南的方向瞟。该说不说，沈听南穿西装的样子还挺帅的。

沈听南：“你吃饭没有？”

温絮：“没有。”

沈听南：“想点外卖还是我让叶助理去买？”

温絮想了想：“点外卖吧。”

还是不要麻烦叶助理比较好。

手中的手机响了下，是沈听南的转账。

沈听南：“想吃什么就点，到了我再让叶助理下去拿。”

合着还是得麻烦叶助理，温絮收了钱，打开外卖软件点了两份饭。

过了四十分钟，办公室的门被敲响。

沈听南：“进。”

得到允许，叶助理推开门，把手中的饭和奶茶放在桌子上。

“沈总，您的外卖。”

“谢谢。”

任务完成，叶助理麻溜地走出办公室。

温絮边打开包装盒边说："过来吃饭吧。"

"好。"沈听南脱掉西装外套，修长的手指落在领带上，拉拽了几下，最后解开胸前的一颗扣子。

他把衣服随手扔在沙发上，靠着温絮坐下来。

温絮把一碗米饭推到他面前："快吃吧。"

沈听南用鼻音"嗯"了声。

吃饱后，温絮喝了口奶茶，冰冰凉凉的，太爽了。

沈听南偏头看了她一眼，宠溺地摇摇头，收拾着桌上的垃圾。

温絮把奶茶递到他嘴边，笑盈盈地说："快喝。"

沈听南看着那杯黑乎乎的东西，疑惑道："这是什么？"

温絮："乌漆麻黑。"

沈听南又看了一眼奶茶，是挺乌漆麻黑的。

温絮看他一脸不解，耐心地解释："这是名字啦，它就叫乌漆麻黑，很好喝的。"

沈听南拧着眉毛，咬住吸管吸了一口。

"好喝吧？里面还有桑葚，可以补肾。"温絮依旧笑嘻嘻的，丝毫没察觉自己说了什么。

听见那两个字，沈听南挑了下眉，咬着字说："补肾？"

沈听南把她手里的奶茶放在桌子上："我应该不需要补吧？"

"不需要不需要，谁补你都不用补。"温絮推了推他的胸膛，"那个，你快起来，在办公室影响不好。"

"没人看到。"

"那也不行，你快点起来。"

"那亲亲我。"

温絮立马凑上去，蜻蜓点水般地亲了亲。

沈听南勾起一侧嘴角，从她身上起来，揉了揉她的脑袋："我去工作了。"

温絮小鸡啄米般地点了点头。

沈听南一走，温絮立马喝了几口水压压惊，目光定在另一杯乌漆麻黑上。

她不敢叫沈听南喝，但不喝又有点浪费。最后她还是扭头看向沈听南，小心翼翼地开口："那杯你还要喝吗？"

沈听南盯了她几秒，薄唇轻启，吐出一个字："喝。"

温絮当即就屁颠屁颠地端着那杯乌漆麻黑放在他的桌子上，干笑两声："我没别的意思，就是觉得不喝浪费了。"

"嗯。"

晚上十点。

沈听南关上电脑，抬手捏了捏眉心，起身走到温絮身边："回家了。"

"好。"温絮收起手机，弯腰准备穿鞋。

沈听南比她先蹲下，手握着她的脚，给她穿上袜子，再套进鞋里，系上鞋带，动作十分熟练。

温絮俯身在他脸上亲了一口："谢谢宝宝。"

沈听南偏过另一边脸："要均衡。"

温絮又凑上去亲了一口："可以了吧？"

沈听南笑了笑："可以。"

他一只手牵住温絮，另一只手把她的包拎起来，随意挎在肩上。

走出办公室，外边安安静静的，灯被关得只剩下几盏，只有零星的几个人。

"不回去？"沈听南的声音在寂静的办公区显得格外响亮。

几个人纷纷抬头，见是沈听南，立马站起身："我们等会儿就回去了。"

几个人是新来的，见老板没走他们也不敢走，于是就熬到了现在。

"下班时间已经过了，以后到点就下班。"

几个人连连应下，等到两人离开，才开始收拾东西。

温絮跟着沈听南走到地下车库。

上了车，温絮笑着说："你对你的员工这么好，我都想来你这儿上班了。”

“我这儿刚好有个职位适合你。”

“是什么？”她还挺好奇的。

沈听南贴近她耳边，放低声音：“老板娘。”

他的声音带着一丝蛊惑，撩人得很，温絮感觉耳尖痒痒的。但她很快又撇撇嘴：“你不久前才说我是老板娘，现在又不是了？”

沈听南挑眉：“我的意思是，赶紧和我结婚，然后你就是名正言顺的老板娘了。”

温絮的心微颤，有些不好意思：“还早呢。”

“那絮絮想什么时候和我领证？”

“不知道。”

沈听南沉默片刻：“那我替你做决定，今年生日一到就和我领证。”

“你这是赶鸭子上架。”再过一个月就是她的生日了，这不是赶鸭子上架是什么？

“那你说想什么时候？”

温絮想了想：“毕业后？”

“行，就这么决定了。”

沈听南答应得爽快，丝毫没有给她反悔的机会。

温絮不可思议地瞪大眼睛，支支吾吾半天说不出话来。

怕她反悔，沈听南又说：“你别想反悔，我已经记住了。”又补充道，“反悔也没用。”

她似乎答应了什么不得了的大事情。

“想吃夜宵吗？”

温絮摇头：“不想吃。”

“为什么？”

“现在都十点多了，再吃就胖了。”

沈听南安静了几秒：“所以你在减肥？”

温絮点头又摇头：“也不是，就是控制体重而已。”

沈听南握着方向盘的手紧了紧，他还觉得奇怪，明明有好生养着小姑娘，但就是不见她胖一点点。现在才知道，是小姑娘自己在控制体重。

他立马将车子掉头，换了个方向。

温絮见不是回家的路，疑惑道："去哪儿？"

"到了你就知道了。"

"哦。"

过了十几分钟，车子在夜市外停下。

沈听南解开安全带："走吧。"

温絮看着外边，噘着嘴回头："你是不是故意的？"

沈听南哂笑："什么？"

"你是不是就想让我变胖，然后好去找别的女人？"

沈听南弹了下她的额头："想哪儿去了，你要是变胖了，就是可爱加倍懂不懂？"

温絮哼了声："男人的嘴，骗人的鬼。"

"我什么时候骗过你？"

温絮依旧噘着嘴。

沈听南打开车门下了车，绕到副驾驶室这边，解开温絮的安全带，把她抱了出来。

温絮心一惊："你放我下来！"

沈听南关上车门，抱着她往前走："你不肯下车，我只好亲自抱你下来了。"

"我自己走！"温絮还是妥协了，毕竟这样太丢人了。

"行。"沈听南把温絮放下来，牵住她的手。

看着夜市里琳琅满目的小吃，以及萦绕在鼻尖的香味，温絮咽了下口水。这还不吃的话，多少有点对不起这些美食了。

沈听南扬起嘴角，他就不信温絮进了这里还能忍得住。

如他所料，温絮往旁边的小摊走去。

"老板，要一份豆腐。"

"好嘞。"

沈听南跟在旁边付了钱。

很快，小摊老板就递了一碗满是辣椒油的豆腐给温絮："小姐拿好。"

温絮说了声谢谢，迫不及待地拿着竹签扎起一块豆腐送进嘴里。

两人继续往前走，温絮又买了好几份小吃，然后找了个位置坐下。

"太好吃了。"说话的时候她还鼓着腮帮子。

沈听南伸手捏了捏她另一边脸："真可爱。"

温絮扎起一颗章鱼小丸子，吹了吹，送到他嘴边："快吃。"

沈听南张开嘴，把一整颗小丸子都吃进嘴里。

温絮瞥见旁边的摊子是卖烤冷面的，又起身买了份烤冷面。

吃饱喝足后，温絮舔了舔唇。

沈听南抽出一张纸给她擦了擦："不吃了吗？"

温絮摇了摇头："不吃了，太撑了。"

"那行，回家吧。"

"好。"

车子行驶在路上。

温絮突然说："又被你坑了。"

沈听南一脸无辜："怎么能叫被我坑了呢，难道不是我们絮絮自己想吃吗？"

"你要是不带我来，我怎么会想吃？"温絮说着，还愤愤地瞪了他一眼。

"这可不关我的事。"

温絮皱着一张小脸，叹了口气："又要减肥了。"

闻言，沈听南"啧"了声，说："不许减。"

"为什么？"

"能吃是福，减什么减，这可都是我养出来的，你减了是对我的不尊重。"

温絮愣住了，几秒后才开口："什么嘛。"

"反正不许减，听到没？"

温絮从中听出一丝危险的语气，只好乖乖点头："听到了。"不能明着减，那她就偷偷减。

谁知下一秒，沈听南就跟她肚子里的蛔虫般，说："你要是敢偷偷减，我就收拾你。"

温絮"哦"了一声，眼帘微垂，看来她的减肥之路漫漫啊。

车子停在地下停车场，沈听南牵着温絮往楼上走，进电梯前脸上的神色还淡淡的。

电梯门合上的一瞬间，沈听南就把温絮压在了墙上，一只手按楼层键，一只手搂着她的腰，准确无误地找到她的唇。

温絮推了推沈听南，艰难地发出声音："这……这是在电梯里……"

"我知道。"沈听南扣着她腰的手收紧，吞下了全部的话。

电梯门再打开时，沈听南松开了她，除了衬衫上被揉出的褶皱，一切正常。

而温絮脸颊绯红，眸子湿漉漉的，微微张着嘴，显然还没回过神来。

沈听南见她不动，搂着她纤细的腰身，将人带出了电梯。

沈听南走到自家门口，输入密码，门刚关上，温絮身体骤然腾空，整个人被放在了鞋柜上。沈听南双手撑在她身子两侧，声音低沉沙哑地问："吃饱了吗？"

屋子里没开灯，他的声音在黑暗中有着无法忽视的存在，压迫感十足。

温絮的睫毛微颤，心莫名紧张起来。

见她不说话，沈听南捏起她的下巴："回答我。"

"吃……吃饱了。"她说话有些磕磕巴巴的。

"那……乖一点。"

温絮耳畔落下一句话。

温絮醒来的时候，身旁已经没人了。她起身看了眼手机，是沈听南发的信息。

沈听南："中午我不回去，自己乖乖点外卖吃。"

他还发了个红包，最后配了个抱抱的表情图。

温絮回了他一个"好"字，并把红包收下了。

她知道他刚接手公司肯定会很忙，所以她会好好照顾好自己，不会给他添乱的。

温絮从床尾沙发上捞起衣服套在身上，踩着拖鞋走进厕所。

刚洗漱完，门铃就连续响了好几下，仿佛按门铃的人带了股怨气。

“来了来了。”

刚打开门，那人就直接往温絮怀里钻，带着哭腔：“絮絮……”

温絮心里有些慌，抽出手关上门，轻轻地拍了拍徐亦欢的脑袋：“怎么了？”

徐亦欢从她怀里抬起头，皱着一张小脸：“我分手了。”

闻言，温絮松了口气：“多大点事。”

徐亦欢立马站直身子：“什么叫多大点事！”

“你都分多少次手了，我都习惯了。”温絮边说边往沙发边上走，“不过，你这个还算久的。”

毕竟她之前谈得最长的也才半年，现在总算是破了半年的大关。

徐亦欢坐在她旁边，正色道：“这不一样，我这次是很认真谈的。”

温絮点头，没反驳。

见她不信，徐亦欢再次认真地说：“我说的是真的！”

“我知道我知道，想喝什么吗？”

“你就没信。”徐亦欢撇撇嘴，“有橙汁吗？”

“有，我去给你拿。”

温絮走到厨房，从冰箱里找到橙汁，拿了两瓶，又切了点水果。

不过她刀工不咋地，切的水果只能说一言难尽。

温絮微微弯腰把东西放在茶几上，徐亦欢深深叹了口气，拿起面前的橙汁猛吸了一口。

眼看午饭时间快到了，温絮拿出手机打开美团扔给徐亦欢：“看看想吃什么。”

她们两个都不会做饭，徐亦欢很默契地拿起手机，点了自己爱吃的螺蛳粉。

温絮看到购物车里的螺蛳粉，微微蹙眉，这玩意儿的味道应该会持续到沈听南回来吧？

她点了份饭，一顿不吃饿得慌。

点好饭她又找到奶茶店，点了杯元气桃桃奶茶。

她头也没抬："奶茶，想喝什么？"

徐亦欢眼珠子转了转，笑说："乌漆麻黑。"

温絮的手指一顿，带着几分羞怒："没有！"

徐亦欢夺过她手里的手机，在屏幕上翻找着，然后点了添加："这不就有了吗？"

温絮忍着想打人的冲动，点了付款。

算了算了，她不跟一个失恋的人计较。

"中午沈听南不回来？"

"嗯，他最近工作忙。"

"他应该回家继承家产了吧。"她随口道。

温絮被她的话逗笑，嗯了一声。

徐亦欢眼睛亮了，坐起身，语气有些激动："那你岂不是老板娘了？"

温絮抿抿唇，她最近是和老板娘这三个字过不去了吗？

见她不说话，徐亦欢用手肘顶了她一下："乐傻了？"

"我才没有。"

徐亦欢啧啧两声："真幸福，不像我。"说着又叹了口气。

温絮连忙伸出一根手指抵在她唇上："打住，咱不整伤感那套。"

徐亦欢笑了笑："行，不就一个男人嘛，我徐亦欢长这么漂亮，想要什么男人没有。"

"就是。"温絮附和着。

吃饱喝足后，徐亦欢赖在温絮家，直到下午五点。

温絮放下手机，偏头看她："我要去给沈听南送温暖了，你要在这儿待着还是回去？"

徐亦欢眼睛紧盯着手机屏幕，打完游戏才说："你都不在，那我肯定回去啊。"

"你又不会做饭，送什么温暖？"她又道。

温絮眨了眨眼："我不会做饭，但是我会买饭啊。"

“不愧是你。”徐亦欢对她竖起大拇指，眼睛始终盯着手机屏幕。

温絮轻哼一声：“你先玩，我去化个妆。”

“送温暖还要化妆？”

“当然啦，这也是对别人的一种尊重嘛。”

温絮走进房间，视线在一排衣服上来回扫着，最后定在一条吊带短裙上，上面印着黑色玫瑰的花纹。

她把衣服拿出来扔在床上，然后坐在化妆台前，准备整个和裙子气质相匹配的妆容。

温絮只用半小时就化好了妆，她满意地欣赏了一番自己的杰作。

上挑的眼线以及水润的红唇，这不妥妥的成熟女人嘛。

温絮从首饰盒里选了条玫瑰颈链戴上，又翻出前几天刚买的高跟鞋，正好派上用场。

听见动静，徐亦欢回头看了她一眼：“你这是想美死谁？”

温絮抬手甩了甩刚卷的头发，带着些许傲娇：“走吧。”

因为赶时间，温絮提前定了一家餐厅的菜品。这家餐厅没有外送服务，所以只能她自己跑一趟。

从餐厅出来，温絮随手拦了一辆出租车去沈听南的公司。

这次，温絮非常顺利地进入公司，她坐电梯上楼，然后就往总裁办公室走。

她礼貌性地敲了下门，随即推门而入。

沈听南抬起眼皮，见是温絮，忙起身走过去：“你怎么过来了？”

温絮给他看手中的袋子：“当然是来给你送饭的啦。”

“这么贴心？”

“那当然。”

“正好我饿了，一起吃。”

“好呀好呀。”

温絮把脚上的高跟鞋脱下，扔到一边，盘着腿坐在地上。

沙发太高了，坐着吃饭不舒服，还是坐地上比较合适。

她拿出筷子，放在嘴边不自觉地咬了几下，眼神不断跟随着沈听南的手。直到最后一个包装盒被打开，她立马上手夹了一块肉送进嘴里。

沈听南笑了笑，也拿出筷子开始吃饭。

吃饱后，沈听南收拾了桌子上的垃圾，又回到了办公桌前。

温絮窝在沙发上玩手机，姿势逐渐从坐着变为躺着。

沈听南随便一瞥，心里生出一股躁意。只要温絮在这儿，他就没办法不注意她。

沈听南抬手解开衬衫的第一颗扣子，尽量不去看温絮。

他的视线再次落在文件上，但什么也没看进去，索性把未看完的文件合上，准备明天再处理。

办事效率不高，那还不如不办。

沈听南站起身，捞过放在椅背上的西装外套，走到温絮身边，把她的裙子拉下来。

感受到他的动作，温絮下意识地捂住自己裙子，像只受惊的兔子："你干吗？"

沈听南抬起眼皮睨了她一眼："裙子都快掀到腰上了。"

温絮不好意思地挠挠头，干笑了两声。她刚刚看手机太入迷了，完全没注意。

"回家了。"

温絮看了眼时间，不禁疑惑："现在才七点，这么早回去吗？"

沈听南挑眉："你在这儿，我根本没有心思工作。"

沈听南单膝跪在地上，捡过她随手扔在旁边的高跟鞋，握着她的脚放在自己腿上，给她穿上鞋，再捏着高跟鞋上的细带扣上。

温絮勾了勾嘴角，双手放在后面，借力撑住自己的身子。

扣上最后一颗扣子后，沈听南将西装外套披在了温絮身上："走吧。"

"好。"温絮拢了拢外套。

两人走进地下停车场，找到沈听南的车，温絮拉开副驾驶座的车门坐了进去。

沈听南侧过身子朝温絮倾去，视线相撞，温絮咽了咽口水，眸子里隐隐有几分期待。

就在温絮以为他想亲自己的时候，沈听南笑着移开视线，拉着她的安全带系上。

温絮莫名有种被耍的感觉，她气恼地瞪着沈听南。

沈听南眉眼含笑：“想亲我？”

“不想！”温絮语气坚定。

“真的吗？”

温絮瞬间又有点不坚定了，声音含糊：“嗯。”

沈听南伸出两根手指，抬起她的下巴，大拇指轻轻地在红唇上摩挲着：“口红颜色很好看。”

温絮脑子都要炸开了，这男人也太会了，她真的顶不住啊！

“我想亲你，可以吗？”男人的尾音很轻。

温絮嗯了一声，然后就被铺天盖地的气息包围。

身前的人及时停下，哑着声音：“回去再收拾你。”

温絮平复呼吸后，整理了一下身上微微凌乱的衣服。

沈听南启动车子，行驶在路上时，他默默地把车速提了提，比平常早几分钟到达公寓楼下。

温絮第二天醒来的时候，沈听南依旧不在身边，她习惯性地拿过手机点开置顶的消息。

沈听南：“我已经给你找好画画老师了，今天随时都可以过去。”

然后他把画室的地址也发了过来。

温絮回了他一个“好”字，并配上一个亲亲的表情图。

沈听南的办事效率也太高了，前天才说，今天就给她找好了老师。

点好外卖，温絮起身收拾了一番，然后就开始化妆。

等时间差不多了，门铃响了，温絮就放下手中的腮红，跑到门口拿外卖。

吃完饭，温絮把桌子收拾干净后，重新走回房间，把未完成的妆容完成。

因为是去学画画，所以温絮穿了身休闲装，扎了个高马尾，背了个印满 HelloKitty 的小书包，整个人看上去元气满满。

出门前她给沈听南发了条信息，然后就按着他给的地址打车过去。

画室是位于巷子里的小独栋。

温絮小心翼翼地推开门，目光里带有几分探究。墙上挂满了画，艺术气息十足。

此时，一个年轻女人正坐在窗边，面前立着画板，光洒落在她身上。

温絮的脑子里闪过一个词——岁月静好。

怕打扰到里边的人，温絮轻手轻脚地走进去，又轻轻地关上门。

一回头，原本正在认真作画的人已经抬起头，正在盯着她看。温絮没由来地紧张，僵硬地抬起手挥了挥："您好。"

梁娴放下手中的画笔，柔声说道："你是温絮？"

"我是。"

"随便坐。"

"好的。"温絮坐在沙发上，把书包放在一旁。

梁娴把两杯菊花茶放在桌子上，在温絮对面坐下："自我介绍一下，我是梁娴。"

梁娴。

这个名字格外耳熟。

温絮仔细回想了一番，眸子缓缓睁大，情绪有些激动："您就是渝大美术系，传说中，画画最好的梁娴？"

无论哪个专业，总会有一个过分优秀，无法超越的人，这个人会被众多学子所仰望。

而梁娴就是那个人。

温絮不是美术系的，但听人提起过好几次。

梁娴温和地笑着："你认识我？"

温絮连连点头："您和沈听南认识吗？"

没想到沈听南竟然会给她找来这种级别的老师！

"算是认识，我和他的导师是好朋友，经常听他提起沈听南。"

梁娴端起桌上的菊花茶喝了一口，继续道："昨天他突然来找我，说他女朋友想学画画。我想着他都这么优秀了，女朋友应该也不会很差，所以我就答应了。”

这下压力给到了温絮，她干笑两声：“可我没怎么学过画画，怕是会辜负梁老师的期待。”

梁娴依旧笑着：“没关系，慢慢来，我相信你。”

温絮抿了抿唇，一副视死如归的样子：“放心吧梁老师，我会努力的！”

梁娴越看她越喜欢，好看又有实力的女生有很多，但像温絮这种两个条件都具备但又很谦逊的女生少有。

其实在答应沈听南之后，她有去了解过温絮。温絮专业成绩总排在前三，在学院里也算是小有名气。

这样的人，只要肯努力，就一定能把事情做好。

两人是第一次见面，还不太熟，梁娴就让温絮坐在旁边看自己画画。

温絮安安静静地坐在旁边，不敢出声打扰她。

梁娴：“别太拘谨，朋友之间怎么相处，我们就怎么相处。”

温絮应下，但还不是那么放得开，聊了一会儿才渐渐熟络。

扔在沙发上的手机响起来，温絮说：“我去接个电话。”

“去吧。”

温絮拿着手机去了门口接起：“喂？”

沈听南：“怎么样，还习惯吗？”

“嗯嗯，梁老师人很随和。”

“那就好，什么时候结束，我过去接你。”

“还不知道，要结束的时候我再给你发信息！”

“好。”

两人聊了几句便挂断电话。

温絮坐回小板凳上。

梁娴偏头看了温絮一眼，漫不经心地问：“男朋友？”

“嗯。”

沉默几秒，梁娴又问：“你和他是怎么认识的？”

“我和他从小一块长大的。”提到沈听南，温絮嘴角不自觉地扬起一个浅浅的弧度。

“青梅竹马呀。”

温絮羞涩地点头。

“真令人羡慕。”梁娴回想起一个人，“我以前也有一个竹马，只是后来他出国了，我们偶尔会联系，但已经很久没见过了。”

温絮从她的语气中听出了一丝忧伤，情绪被感染：“那你在等他吗？”

“我也不知道。”

温絮没再问，但她能感觉到，那个人对于梁娴来说，一定很重要。

时间过得很快，外边天色渐渐暗了下去，梁娴的画也完成得差不多了。她把画笔扔进水桶里，对温絮说：“时间不早了，你快回去吧。”

“好。”给沈听南发完信息，温絮背上书包出去。

梁娴跟在后面出来，边给门上锁边说：“等沈听南来接？”

“是的。”

“那我陪你一会儿吧，小姑娘一个人不安全。”

温絮心里一暖：“要不待会儿顺便送你回去？太晚了，独自一人不安全。”

梁娴也不好拒绝她的好意，便应了下来。

五分钟后，沈听南的车稳稳停在路边

温絮下意识拉住梁娴的手腕：“我们快走吧。”

梁娴坐进后座，见温絮也要跟着坐进来，赶忙拦住她：“你去坐副驾驶座吧，我……比较喜欢一个人坐后面。”

温絮也没多想：“好。”

她关上后座的车门，坐在了副驾驶座：“我们先送梁老师回去吧。”

沈听南：“好。”

梁娴适时地说了地址。

待梁娴下车，温絮朝她挥手：“梁老师明天见。”

梁娴也朝她挥了挥手：“明天见。”

等梁娴走进小区，温絮才把车窗升上去："我们走吧。"

她语气里是遮掩不住的喜悦。

沈听南微微偏头："今天很开心？"

"是呀，梁老师可好相处了，温温柔柔的。"

"开心就好。"沈听南顿了顿，又问，"吃饭了吗？"

温絮摸了摸肚子，诚实地说："没有。"

"出去吃，还是我做给你吃？"

"你做给我吃。"温絮想也没想就说，好几天没吃沈听南做的饭了，甚是想念。

沈听南笑了笑："行。"

因为时间不早了，菜市场估计已经关了门，所以沈听南带着温絮去了超市，买了些她爱吃的菜。

路过零食区时，沈听南停下来："家里的零食还够吃吗？"

"够！"

自从她上次说要减肥，沈听南就给她买了一大堆零食，不过大部分是比较健康的。

"真的？"

"真的。"温絮推着沈听南往前走，"快去结账吧。"

沈听南推着小推车往收银区走，顺手在旁边拿了几盒东西。

把东西放进购物袋里时，沈听南还偏头看了眼温絮。

小姑娘东张西望的，不知道在看什么，只是脸上些许的不自然出卖了她。

沈听南出声提醒她："走了。"

"哦。"温絮小声地应道。

回到家，温絮踩着拖鞋就往里走，没管地上那两只歪七扭八的鞋。

沈听南摇摇头，放下手中的购物袋，拈起那两只鞋，放进鞋柜里。

他走进卧室，打开床头柜，把那几盒东西放进去，然后拎着购物袋去了厨房。

温絮坐在沙发上，拆了高马尾，整个头皮瞬间放松不少。

她点开微信，从消息列表里找到云暮，两人的聊天记录还停留在几天前。

两人虽然不住一个宿舍了，但偶尔还是会聊聊天，分享一些新鲜事。

她直接给云暮打了电话。

过了几秒，电话接通了。

温絮率先开口：“我今天去学画画了，老师是梁娴哦！”

云暮怕自己听错了，问：“谁？”

温絮重复了一遍名字。

云暮睁大双眼，整个人从椅子上跳起来：“是我想的那个梁娴吗？”

温絮听见椅子倒在地上的声音，掩嘴笑了笑：“是你想的那个梁娴。”反应跟她预想的一样。

云暮是美术系的，之前她就说过很喜欢梁娴。所以今天在见到梁娴的时候，温絮脑子里第一个想法就是，一定要告诉云暮。

“哇，可以带我去见见吗？”

温絮想了想，觉得梁娴应该不会介意，便说：“那明天你和我一起过去吧。”

“我爱你絮絮！”云暮语气更激动了。

两人又聊了一会儿，就挂断电话。

温絮起身走到厨房，趴在门框边上：“你可以把梁老师的微信推给我吗？”

“手机在桌子上。”

言下之意就是让她自己动手。

“好嘞。”

温絮拿起放在餐桌上的手机，一打开就是一张亮眼的壁纸。

“你竟然偷拍我！”温絮的声音大了许多。

沈听南自然是听到了，他偏头看了眼温絮，笑说：“不是很可爱吗？”

温絮微微蹙眉，拿着手机气呼呼地举到他面前：“你管这叫可爱？”

沈听南看了那张壁纸几秒，然后点头。

那张照片是他前几天拍的，那天温絮还在睡觉，他蹲在旁边看了许久，觉得实在是太可爱了，最后没忍住拍了张照片。

温絮不可置信地又看了一眼那张壁纸，还是觉得丑，说：“换一张。”

“不换。”

“为什么？”

“因为我喜欢。”

温絮抿了抿唇，还是作罢。

别人男朋友都是放女朋友美美的照片当壁纸，怎么到了她这儿就是丑照了。算了，等他看腻了，自己就会换了。

温絮解锁手机，找到梁娴的微信，推给了自己。

她立马就添加，怕梁娴不通过，还特意备注了：我是温絮。

等了一会儿，好友申请就通过了。

她发了条信息：“梁老师，我有个朋友也是渝大美术系的，她很喜欢你，我明天可以带她一起过去吗？”

虽然她觉得梁娴不会介意，但还是要先问一问。

梁娴：“当然可以了。”

毕竟她开画室也是用来卖画的，没有什么能不能进的规矩。

“过来端菜。”沈听南的声音落入耳里。

“来了。”温絮放下手机，走进厨房。

沈听南洗了碗筷，盛了两碗饭，一碗放在温絮面前：“快吃饭吧。”

“好。”

吃到熟悉的饭菜，温絮心情都好了起来。

看着小姑娘往上翘的嘴角，沈听南的心情也好了起来。

第二天下课，温絮站在教学楼下等云暮。

“絮絮。”

听见有人叫自己，温絮下意识抬头，就看见正朝自己跑过来的云暮。

温絮脸上漾出笑容：“来这么快，我还以为要等你好久。”

“我可是一下课就跑过来了。”

听着她的喘气声，温絮信了。

两人是打车过去的。

云暮在车上时还不紧张，可到了画室门口，她抓住温絮的手：“我好紧张……”

温絮拍了拍她的手背：“别紧张，梁老师很好相处的。”

云暮点头：“那我们赶紧进去吧。”紧张是真的，想赶紧见到梁娴也是真的。

云暮跟在温絮的后面，完全没有打量画室的心情，目光在寻找着梁娴。

梁娴出现在楼梯上，主动跟两人打招呼。

“梁老师好。”

“梁老师好。”

两人异口同声。

梁娴被逗笑：“快上来吧。”

两人连忙走了过去，跟着梁娴上了二楼。

温絮这才发现这是栋复式楼，与一楼不同的是，二楼摆满了鲜花，就像是进入了童话世界。

“梁老师，我是云暮，我超级喜欢您。”云暮刚坐下，就迫不及待地和梁娴说话。

“谢谢你的喜欢。”

“梁老师，您好漂亮啊，比照片上漂亮多了。”

美术系有处名人榜，上面挂着往届优秀学生的照片，梁娴的照片也被挂在了上面。

听着小女生向自己表达爱慕之意，梁娴还有种不真实感。她已经毕业这么久了吗？她笑了笑，说：“你也很漂亮。”

“真的吗？”

“真的。”

云暮激动得想站起来跳支舞，但她还是忍住了。

三人聊了一会儿，梁娴就开始教温絮画画。

云暮则坐在沙发上痴痴地盯着梁娴看，不愧是她喜欢的人，长得好看，手好看，画也好看。

她打开手机照相机，给两人拍了张照，两个大美人在一起，怎么能不拍张照纪念一下呢。

一小时后。

楼梯上传来一阵脚步声，云暮扭头看去，瞬间露出惊喜的笑容，是沈听南和周皓。

沈听南把手指抵在嘴唇中间，做了个噤声的手势。

云暮抿了抿唇，在嘴边做了个拉拉链的动作。

等周皓坐下来，她才小声地问："你怎么来了？"

"我今天去南哥公司谈合作，谈完后，他说他要过来接老婆，我想着你也在，就跟着一起过来了。"

周皓修完学分后，也提前毕了业。他和沈听南一样，回家接手了公司。

"所以是想我了？"

周皓挠挠头："我什么时候不想你？"

云暮笑了笑："也是。"

云暮靠在周皓身上，两人有一搭没一搭地聊着，声音始终很小。

一旁的沈听南完全没受他们的影响，眼睛从头到尾一直盯着温絮看，时不时还拿出手机偷拍几张照片。

结束后已经是九点了。

梁娴："你还是很有画画天赋的，平日里多加练习，肯定可以画得很棒的。"

温絮："我会多加练习的。"

梁娴："那今天就到这儿吧。"

"好。"温絮左右扭了下脖子，瞬间就舒服多了。

她从小板凳上起来，打算去洗个手，一转身就看见沙发上多了两个人，其中一个还是沈听南。

温絮眼睛亮了，走到他身边坐下："你什么时候过来的？"

"几个小时前。"

"这么早？"温絮惊讶道。她竟然连两个大男人走进来都没察觉到。

"嗯，今天下班早，过来等你回家。"说着，他还抬手轻刮了下温絮的鼻尖。

温絮勾了勾嘴角，碍于场合，她忍住了亲沈听南的欲望。

看着沙发上动作亲密的两对情侣，梁娴轻咳了一声，能不能给她这个单身的人一点面子？

众人看向她，动作也收敛了些。

因为时间不早了，所以四个人和梁娴打了招呼就离开了。

温絮和云暮站在两辆车中间聊了好一会儿。

沈听南倚靠着车身，眉眼间有些烦躁，抬眼看向周皓，眸子里写着几个字——管管你家的。

周皓耸了耸肩。

沈听南收回视线，走过去搂住温絮的腰，柔声道："老婆，我们该走了。"

听到这话，温絮的脸一热："暮暮，那我们就先走了。"

"好。"

两人终于舍得撒手了。

沈听南往她的方向倾，替她扣上安全带，还趁机在唇上亲了一下。

温絮娇嗔地看了他一眼，没说什么。

她拿出手机，开始看朋友圈，然后就看到了徐亦欢几分钟前发的朋友圈。

是她和江之淮的合照，配文是：一直陪在我身边吧。

温絮头顶飘过一串问号，这两人咋复合了？这貌似还是徐亦欢第一次吃回头草，那天她说的话不会是真的吧？

她立马给徐亦欢发了信息："复合了？"

徐亦欢："嗯嗯。"

温絮："不会吧不会吧，你真的认真了？"

徐亦欢谈过好几个男朋友，不过每一任的时间都不长，且从来没复合过，这还是头一回，真是稀奇。难道这就是传说中的浪子回头？

徐亦欢给她回了个翻白眼的表情图。

徐亦欢："我都说了我认真了，是你不相信。"

温絮："我这回信了。"

徐亦欢："我下次再也不随随便便提分手了，见不到他的日子太难熬了。"

温絮："不会是你找他复合的吧？"那她可要大跌眼镜了。

徐亦欢："那肯定不是我，是他主动找的我，然后我就顺着台阶下好了。"

温絮勾了勾嘴角，最后说了句"祝你幸福"，就结束了聊天。

没想到竟然有人能治住徐亦欢，真是可喜可贺，这样她就不能再去祸害别人了。

余光瞥见温絮放下了手机，沈听南随口道："和谁聊天呢？"

"小欢。"

沈听南点了点头。

"你说，我们会不会分手啊？"温絮突然问道。

他们都已经在一起这么久了，如果有一天分手了，她肯定会很难过。

"我们不会分手，把你的话收回去。"沈听南十分笃定，他不会和温絮分手，他也不会允许温絮和他分手。

"我是说万……"

"没有万一。"温絮话还没说完，就被沈听南打断。

温絮愣了一下，而后扬起嘴角。

到家后，沈听南打开灯，蹲在温絮面前，替她把鞋脱了。

温絮穿上拖鞋就往屋里走，直接回了房间。

洗漱完后，两人躺在床上，沈听南搂着温絮的腰，精准地吻住了那张唇。

过了好一会儿，两人才分开。沈听南刚想继续，温絮立马伸手捂住他的嘴："我明天早上有课。"

沈听南被捂住了嘴，没办法开口，只好亲了一下温絮的手心。

温絮不可思议地睁大眼睛，松开手，在沈听南的衣服上擦了擦。

沈听南握住她的手腕，"嫌弃我？"

"没有。"

"那你在干吗？"

"没……没干吗。"温絮抽回自己的手，再次翻过身，"我要睡觉了。"

沈听南盯着温絮的后脑勺看了好一会儿，起身把灯关了。

见沈听南半天没过来抱自己，温絮疑惑地问："你怎么还不抱我？"

话音刚落，就听到他一声叹息："絮絮嫌弃我了。"语气还有些委屈。

温絮心里有些慌张，立马转身抱住他："我没有嫌弃你，我就是开个玩笑。"

"那还不快点亲亲我。"

温絮立马在他唇上啄了好几下："可以了吧？"

"嗯。"

黑夜中，沈听南勾起嘴角，伸手抱住了温絮。

"宝贝晚安。"

"晚安。"

沈听南啧了一声："我说宝贝晚安。"

温絮这下反应过来："宝贝晚安。"

沈听南这才满意地揉了揉她的后脑勺，在她的额头上落下一个吻："快睡吧。"

一阵闹铃声从房间里传来，响了一遍又一遍。

沈听南把冲好的牛奶和咖啡放在餐桌上，径直走进房间，看到的就是这样一个画面——

床上的人已经滚到床的另一边，正用被子捂着自己的脑袋。

沈听南将响个不停的闹钟关掉，然后绕到床的另一边，微微俯身："宝宝起床了。"

温絮没动。

沈听南又喊了一遍，还用手拨开遮掩住温絮脸的被子。

温絮微微蹙眉，含糊不清地说："你干吗？"

沈听南不自觉地放轻了声音："再不起床就要迟到了哦。"

温絮深深地吸了口气："抱我起来。"

沈听南抓住她伸过来的手，使了点劲。

借着他的力，温絮成功起身，然后用力伸了个懒腰，整个人舒服了许多。

沈听南揉了揉她的脑袋："去洗漱吧。"

温絮点头，人移到床边，一脚踩在了沈听南的脚上："我要穿你的拖鞋。"

沈听南笑了笑，把脚上的拖鞋脱下来，赤脚踩在地板上。

温絮穿上他像船一样的拖鞋，边挠头边往外走。

沈听南又绕回床的另一边，穿上温絮的拖鞋。不过她的拖鞋有些小，硬生生地露出一截脚丫子在鞋外面。

他拿上温絮的手机，放在餐桌上。

"啊！"尖叫声从厕所里传出来。

沈听南跑了过去，脸上的担忧显而易见："怎么了？"

温絮噘着嘴，捏着一团头发，委屈巴巴地说："我掉头发了，掉了好多。"

沈听南松了口气，安抚道："没事，别太担心，晚上我再给你买点维生素吃，好不好？"

"好。"温絮把那团头发放到沈听南手里，"那你记得给我买。"

"好，快去吃早餐吧。"

温絮点了点头。

沈听南跟在她后面，路过垃圾桶时，把手中的头发扔了进去。

温絮倒了杯温水，慢慢地喝完，早上起床喝杯温水对身体好。

她放下杯子又站起来，沈听南拉住她的手腕："手机在桌子上。"

温絮扫视了一圈，目光停在自己的手机上，随即笑着拿起："宝宝真贴心。"

"知道就好。"

"那我肯定知道。"

温絮咬了一口三明治，眼睛盯着手机屏幕，嘴里不知道咀嚼了多少下。

每吃完一口，她就得喝一口牛奶。

听见沈听南放下杯子的声音，温絮抬了抬眼："我也想喝一口。"

"没放糖。"

"我就尝一口。"

"喝吧。"

温絮舔了舔唇，喝了一小口，整张小脸皱了起来，艰难地将嘴里的咖啡咽下去，果然还是一如既往的苦。

沈听南挑了下眉，嘴角若有若无地勾起。

她又怕苦又想喝，有点可爱。

温絮把剩下的半块三明治扔回盘子里，把杯子里的牛奶喝完："我去换衣服了。"

"好。"

两人收拾好后，沈听南开车把温絮送到了教学楼下。

温絮解开安全带："我走了。"

沈听南扣住她的手腕，往自己的方向带了带，蜻蜓点水般在她唇上落下一吻："去吧。"

温絮娇嗔地看了他一眼："拜拜。"

"拜拜。"

温絮下车后，沈听南没动，直到那抹身影消失在视线里，他才发动了车子。

下午。

温絮没有去画室，而是直接回家。毕竟学习才是她现阶段的头等大事，画画只是爱好。

回到家，刚好外卖也到了，温絮从门把手上取下外卖，输入密码进了屋子。

她盘腿坐在沙发边上，还是先打开了《甄嬛传》，然后才打开包装盒。

吃饱后，温絮坐着没动，手肘撑在茶几上，眼睛一眨不眨地盯着电视屏幕，就连玄关处传来动静都不知道。

直到沈听南走到面前，温絮才发现他回来了。

沈听南把手中的小袋子放在桌子上："给你买了维生素，每天吃两粒，可以缓解掉发的问题。"

温絮打开袋子，里面有好几盒维生素B。

“爱你，宝宝。”她抱住沈听南的脖子亲了好几下。

沈听南手扶着她的腰，眉眼含笑：“絮絮这么主动啊。”

温絮莫名觉得他说这话的时候很不正经，羞得推开他：“我去洗澡了。”

“去吧。”

洗完澡，温絮从卧室里拿了电脑，准备写作业。她打开电脑，选了份适合写作业时听的歌单。

“我要写作业了。”提醒完沈听南，温絮就戴上了耳机。

接下来沈听南的动作都很轻，就连厕所门都是小心翼翼地开关。

从浴室出来，沈听南回了房间，他还有些工作没做完。

屋子里安安静静的，两人谁都没打扰到谁。

温絮完成作业后，捏了捏发酸的脖子，随后把耳机摘掉，放回耳机盒里。她扭头环视周围，没发现沈听南的影子，便起身往房间走去。

“宝……”见沈听南在忙，温絮把还未说出口的话收回，又原路返回到沙发上，拿着手机看微博。

两个小时过去了，沈听南还是没有从房间里出来，温絮摸了摸自己的肚子。刚刚写作业废的脑细胞太多，导致她现在有些饿了。她又走到房间门口，贴在门框上，试探地问：“你还没有忙完吗？”

沈听南回头看她：“怎么了吗？”

“我饿了……”

沈听南把电脑关了，起身把她搂在怀里：“饿了不早说，我给你煮面好不好？”

“好。”

温絮跟着沈听南一起进了厨房。

“怎么进来了？在外面等等，很快就好了。”

温絮摇了摇头：“不要，我就要黏着你。”

沈听南笑了笑，轻轻地刮她的鼻尖：“行，那你站在旁边看。”

“嗯。”

沈听南从冰箱里拿了两个番茄，去皮切成小块后，起锅热油，放葱和蒜末爆香，然后再放入番茄翻炒出汁。

他又往锅里倒了两碗水和两勺生抽和陈醋，最后下入面条煮熟。

温絮在旁边看着，不禁佩服，沈听南会做的东西也太多了。

“我觉得你可以去开个餐馆了，就凭你这个手艺，肯定会有很多人光临的。”

沈听南嗤笑了一声：“我只会给你做饭，别人我可做不来。”他这一手厨艺可是特地为了温絮学的，怎么可能做给别人吃。

温絮笑了笑，对沈听南的回答十分满意。

沈听南把面条端出去，又洗了两个碗。

见温絮手里拿了瓶还冒着冷气的饮料，他一把夺过，放回了冰箱里。

“你干吗？！”温絮微微蹙眉。

“晚上不能喝这么冰的，不然明天该肚子痛了。”

“可是我想喝……”

沈听南直接揽着她的肩膀，远离冰箱：“冰的不行，你可以喝不冰的。”

“那还是算了。”喝不冰的饮料还不如不喝。

“这才乖，快吃面吧。”

温絮哦了一声，低头沉浸式嗦面。

“还要吗？”沈听南问。

“不要了，我已经饱了。”温絮说着还打了个嗝。

温絮连忙捂住嘴：“你什么都没听到。”

沈听南挑了下眉：“行，我什么都没听到。”

沈听南解决完剩下的面，又把碗给洗了。

温絮坐在椅子上等他。

沈听南收拾好后，摸了摸她的头：“该去洗漱了。”

“你抱我去。”温絮朝他张开双手。

沈听南顺势把她抱起来，她抱住他的脖子，自觉把腿盘在他腰上，防止自己掉下去。

走到厕所，沈听南把温絮放在地上站稳，然后又把挤好牙膏的牙刷递给她。

等温絮最后用洗面奶洗完脸后，沈听南又把她抱回了房间。

温絮钻进被窝里，拿出手机看视频。

沈听南啧了一声："时间不早了。"言下之意就是该睡觉了。

"我明天早上没课，不想早睡。"

沈听南看了她几秒，把手机从她手里抽出来，扔在了一边，然后欺身压上。

温絮按住他的手："我睡我睡。"

"这才乖，快睡吧。"沈听南随之起身，捏了捏她的脸，然后把灯关掉，掀开被子躺下，温絮整个人缠到他身上。

周末。

温絮收拾了一番，准备去梁娴的画室。

沈听南见状，问："去哪儿？"

"学画画呀。"

沈听南微微蹙眉，从后面抱住她的腰，头搁在她的颈窝处："不想你去怎么办？"

"要不然你和我一起去？"

沈听南好说歹说，温絮就是要去画室，没办法，他只好跟着去。

店里新来的员工只见过温絮，没见过沈听南，当下就看直了眼。

在看到两人紧握在一起的手时，他们就更激动了。原来两个人是情侣，简直就是天造地设的一对。

温絮轻车熟路地上了二楼，热情地和梁娴打招呼。

梁娴打完招呼后把目光移向她身后的沈听南："还带男朋友了。"

温絮有些不好意思："他舍不得我过来，我只好把他也带过来了。"

梁娴猝不及防吃了一把狗粮，起了一身鸡皮疙瘩："那听南想喝什么就自己下去点吧，我就没空招待了。"

沈听南应了声，就在沙发上坐下了。

坐上小板凳后，温絮没再管沈听南，而是全身心地投入画画中。

沈听南的心情逐渐变得郁闷，死死地盯着温絮的后脑勺，仿佛她不转过来看一眼，他就要一直盯到她转过来。

梁娴空闲之余偏头看了眼沈听南，差点没笑出声。她顶了顶温絮的手肘："你快回头看看他吧。"

温絮疑惑地回头看了眼沈听南，然后笑出声："你干吗？"

沈听南冷哼一声，便收回了视线。

温絮勾了勾嘴角，也收回了视线，等结束后再慢慢哄吧。

放下笔后，温絮从小板凳上起身，去洗了个手，然后走到沈听南身边，朝他伸出手："走吧。"

沈听南抬了抬眼，也伸出自己的手，和她十指相扣。

温絮回头看向梁娴："梁老师我们走了。"

"好。"梁娴看着他们离去的背影，脑海里又浮现那张脸。

回去的路上，沈听南脸上没什么表情，给人一种很高冷的感觉。但一回到家，他整个人直接贴在温絮身上："你眼里都没有我了。"

好可爱！温絮抬手揉了揉他的脑袋，轻声哄着："没有啦，我眼里只有你。"

"你都不理我。"

温絮哎呀一声，说："那不是在画画嘛，没有不理你啦，乖。"

沈听南的头发顺滑又柔软，放在他脑袋上的手没忍住又揉了几下。原本整齐利落的头发被这么一揉，变得有些杂乱，还竖起一小撮。

温絮把那一小撮按下去，替他把头发整理好，轻轻拍了下他的脑袋："快起来啦。"

沈听南把头从她颈窝处抬起，轻哼一声："老婆亲亲。"

温絮抿了抿唇，心跳快了几分。

见温絮盯着自己发呆，沈听南嘴角噙起一抹笑意："老婆是被我迷住了吗？"

温絮忽地回神，在他脸上捏了下："你竟然用美色诱惑我。"

"那诱惑到了吗？"他反问道。

"诱惑到了。"

沈听南原本就好看的眸子顷刻间染上笑意，变得更好看了。

温絮再次看呆了，这张脸明明已经看了这么久，但就是看不腻，还是会为之心动。

沈听南先拉下她的手，再把手抚上她的脸，把唇印了上去，辗转厮磨着。

温絮抱住他的脖子，闭上眼。

良久，沈听南松开她，手指在她微微红肿的唇上摩挲，缓缓道："真甜。"

温絮骤然一笑，顺势靠在他胸膛上："我有个想法。"

"什么？"

"我们染个情侣发色吧。"

她刚刚摸沈听南头发的时候就有这个想法了，她头发也褪色了，正好再染个别的颜色。

沈听南想了想，便答应了，只要小姑娘开心就好。

温絮从他怀里退出："那我去看看染什么颜色好，我们待会儿就去吧！"

说话的时候，她的眼睛亮亮的，沈听南不由得被吸引："好。"

温絮的嘴角都快咧到耳朵了，她兴冲冲地坐到沙发上，点开红色软件。

沈听南贴着她坐下，手臂圈着她的肩膀，眼睛盯着她的手机屏幕。

看来看去，温絮选了个粉棕色，这个颜色又温柔又不会太张扬。

她偏头问道："这个可以吗？"

沈听南翻看着那几张照片："可以。"

选定颜色后，两人立马就去了理发店。

两人刚进去，就有店员迎上来，温絮说了造型师的名字，就在休息室坐下。

很快，一个造型师走出来，看清脸后，他笑道："是絮絮。"然后目光落在沈听南身上，"这位是？"

"这是我男朋友。"

造型师哦了一声，一脸了然："今天想做什么发型？"

温絮把保存的照片拿给他看。

“行，我知道了。你们俩一起？”

“嗯。”

“你们先坐会儿，我去调颜色。”

造型师一离开，沈听南就问：“经常来？”

“我的头发都是在这儿弄的，造型师技术都挺不错的。”温絮解释道。

“哦。”

听他语气有点不对劲，温絮转头看向沈听南。果然，他脸色也有点不对劲。

“怎么了？”

“我吃醋了。”

温絮无奈地笑了笑，指尖在他脸上戳了戳：“造型师的醋你也吃。”

沈听南闷闷地“嗯”了一声。

“小醋包。”温絮严重怀疑他是喝醋长大的。

“那还不快哄我。”

温絮凑过去在他脸上吧唧了几口，最后一口落在唇上。

沈听南这才弯了弯嘴角，他本来也只是有点吃醋而已，这下心情好多了。

两人等了一会儿，造型师才推着辆小推车出来，后面还跟着一个女造型师。

沈听南先行抬脚，坐在了那个男造型师前面，温絮憋着笑，坐到了女造型师的前面。

因为温絮的头发比较多，所以费的时间也比较长。

沈听南弄完后就坐在一旁等她，将近一小时后，温絮才弄完。

温絮在镜子面前拨弄着自己的头发，扭头朝沈听南勾了勾手指，示意他过来。

沈听南起身朝她走去，手臂自然地搂住她。

“我们拍张照吧。”说着就打开照相机。

“好。”

拍完照后，沈听南去前台结了账，然后搂着温絮走出理发店。

温絮瞥了眼沈听南，故作生气地说："你看你招蜂引蝶的。"

沈听南一脸无辜："我怎么就招蜂引蝶了？"

"你没看到店里有几个女生看你的眼神，就差把你吃了。"

"是吗？"沈听南还真不知道，他全程就盯着温絮，丝毫没注意到其他人。

"是啊。"

"别生气，我没看她们。"

温絮瞬间绷不住了，笑说："我知道，我就逗逗你。"

"逗我？"

"嗯。"

"小坏蛋。"沈听南捏了捏她的鼻子，又说，"没有不开心就行。"

染了情侣发色，温絮特别开心，把照片发给沈听南后，就将刚才拍的照片发到了朋友圈。

沈听南自觉地把照片存了下来，也发了条朋友圈。

回去的路上，温絮嘴里哼着小曲，看上去心情极佳。

沈听南瞥了她一眼，问："很开心？"

"当然开心了，难道你不开心吗？"

"开心。"

温絮从包里掏出随身携带的小镜子，照了好一会儿，越看越满意。

上班那天，沈听南顶着那一头粉棕色的头发来到公司时，吸引了众多的目光。

大家脸上无一例外都是惊讶，他们老板竟然会喜欢这种颜色的头发，果真是人不可貌相啊，突然就觉得老板好像也不是很高冷的样子了。

"沈总，您的茶……"叶助理嘴巴微微张大，眼里满是惊讶。

沈听南见他一直端着茶不放，疑惑地抬起眼皮："怎么了？"

叶助理回过神，把茶放在了桌子上，勾了勾嘴角："老板……你这头发还挺别致。"

说到这儿，只见刚才脸上情绪淡漠的男人，瞬间眼眸变得温和起来。

“老婆喜欢。”他言简意赅。

叶助理突然被炫耀，心情不太美妙，但老板的马屁还是得拍：“太太眼光真好！”

沈听南轻哼一声，表示赞同。

“你这个月涨工资。”

叶助理心下一惊，原来涨工资的秘诀就是多拍老板娘的马屁。

怕他反悔，叶助理连连应下，然后转身就想逃离沈听南的视线。可他脚还没踏出去，就被叫住。

“等一下。”

老板这后悔的速度也太快了。

叶助理提着一口气，僵硬地转过身，脸上依旧挂着笑容：“老板还有事吗？”

“上次交代你的事办得怎么样了？”

叶助理松了口气，正色道：“按照您的要求找到了，联系方式和地址我待会儿发您微信上。”

前两天自家老板突然甩了一大堆要求过来，让他去找各方面都符合的别墅楼盘，功夫不负有心人，他翻了好久，终于让他找到了。

沈听南微微颔首：“行，你出去吧。”

叶助理轻轻地关上门，然后拿出手机把房地产经纪人的联系方式和楼盘地址发给了沈听南。

沈听南按着那个电话号码拨了过去，随后拿起车钥匙出了办公室。

晚上，沈听南照常去接温絮回家。

“宝宝，你过来。”沈听南道。

温絮听话地凑过去：“怎么了？”

“有个客户问我觉得哪样的装修比较好，我有点拿不定主意，你来帮我看看。”他把手机放在温絮面前。

温絮认真地翻看着，在手机屏幕上选了一种装修风格：“我觉得这个不错。”

“我也觉得这个不错。”沈听南顿了顿，又说，“那絮絮喜欢什么样子的装修？”

温絮没多想，又在手机屏幕上选了一种：“我喜欢这个。”

沈听南点了点头，压抑着上扬的嘴角。

小姑娘怎么有点好套话呢。

到了大四，温絮依旧很忙，去画室的频率少了些。

尽管如此，温絮画画的进步速度依旧飞快，就连梁娴都有些震惊，还说她当初不学画画真是可惜了。

这天，温絮坐在电脑前，为了毕业论文而发愁。

两年前的这个时候，坐在这儿写论文的是沈听南，如今就换成她了，还真是风水轮流转。

见小姑娘把自己头发抓得乱七八糟，像个鸡窝，沈听南揉了揉她的脑袋：“静下心好好写。”

温絮沉默了几秒，突然想起她好像和沈听南是一个专业的。她转头看向沈听南：“宝宝，我可以跟你商量个事吗？”

看她一脸不怀好意的样子，沈听南直截了当地说：“不可以。”

“我还没说是什么呢！”温絮噘着嘴，不满地抗议。

沈听南挑眉：“行，那你说说看。”反正也不会是什么好事。

“就是……你的毕业论文能不能借我看看？”她伸出手放在他的裤子上钩了钩。

“不能，自己写。”沈听南握住她的手，放回键盘上：“乖。”说完就走出了房间。

他在任何事情上都可以纵容温絮，但在学习上不行，那只会害了她。

温絮气呼呼地盯着被关上的房门，自己写就自己写。

在十二点前，温絮把写好的论文发给了导师。

她摘下耳机，深深地吸了口气，然后吐出，她再也不想写论文了。

温絮把电脑关上，踩上拖鞋去了厕所。

刚刚她就有尿意，但为了灵感不被打断，她就一直憋着，现在实在憋不住了。

上完厕所，她感觉舒服多了。

“写完了？”沈听南的声音从客厅传来。

“嗯。”温絮边揉肚子边往沙发上走，直接躺在了沈听南腿上，“好累。”

话音刚落，她脑袋上就覆上了一双手，太阳穴被大拇指轻轻地揉着。

温絮舒服地闭上眼睛。

过了一会儿，沈听南又说：“坐起来。”

“哦。”

沈听南的手又覆上她的肩膀：“有没有好一点？”

温絮点了点头：“你现在的按摩技术是越来越好了。”力道简直拿捏得刚刚好。

“那是，为了照顾你这个小姑娘，我可是煞费苦心。”

温絮撇撇嘴：“夸你胖还喘上了。”

沈听南手上的力道重了几分，恶狠狠地说：“难道不是吗？”

温絮吃痛地瑟缩了下肩膀，皱着小脸：“是是是。”

得到满意的回答，沈听南手上的力道才恢复正常。

“你说我的毕业论文会过吧？”温絮问道。

“我们絮絮这么聪明，肯定会过的。”

“也是。”

沈听南给她按了一会儿，就起身去了厨房。再出来时，他手里端了杯牛奶：“喝点牛奶，待会儿好睡觉。”

“好。”

温絮最近睡眠质量不高，每天晚上都得喝杯牛奶，不然都睡不着。喝完牛奶后，温絮去刷了个牙，就钻进了被窝里。

沈听南跟在后边把灯关了，随后把她捞到怀里，亲了下她的额头：“宝贝晚安。”

“宝贝晚安。”

毕业论文交上去后，温絮连着好几天都泡在画室里。

这天，温絮脚刚踏进画室，手机就响了，是云暮的消息。

云暮：“晚上要不要一起吃饭，我发现了一家超级好吃的餐厅。”

温絮想着晚上也没什么事，便应下了。

接着她又给沈听南发了条信息："晚上我和暮暮去吃饭，结束后你再过来接我吧。"

她把云暮发的地址转发给了沈听南。

那边没回。

温絮没多想，把手机扔在了沙发上，就起身把工具都拿了出来，找了个光线不错的地方坐下，准备开始画画。

过了一会儿，梁娴拿了杯冰菊花茶上来，还贴心地插了根吸管。

看温絮这么认真，梁娴没舍得打扰她，把水放在了桌子上就走了。

温絮今天画的是油画人像，画着画着，脑海中就浮现出沈听南的模样，以及他极好的身材。

她舔了舔干涩的唇，嘴角噙着一抹意味深长的笑容。

看时间差不多了，温絮把工具收了收，就去洗沾在手上的颜料。但颜料很难洗掉，她用肥皂和海绵搓了好多遍，才把手洗干净。

她拿上小书包，和梁娴打了个招呼便打车去了餐厅。

温絮看着亮堂堂的餐厅里竟然一个人都没有，心下有些疑惑，她拍了张照片发给云暮，并说："你确定是这儿吗？"

云暮回得迅速："是这儿，你到了吗？"

温絮："我在门口。"

云暮："下去接你。"

温絮回了个"好"字，就收起手机，手臂环在胸前，上下打量了一番餐厅，怎么看怎么古怪。

云暮很快就出现在门口，她挽住温絮的手臂，一脸兴奋地说："快走吧。"

温絮把她拉了回来："你确定这是个餐厅？"

云暮点了点头："是啊，放心吧，跟我走就对了。"

没办法，温絮只好跟着她走了进去。

云暮："你坐这儿，我先去上个厕所。"

温絮："好。"

云暮走后，温絮抬了抬眼，环视四周。环境挺不错的，但竟然没人，这没道理啊。

等了好一会儿，云暮还没回来，温絮顿时有些不安，起身准备去找找云暮。

刚刚云暮好像是上了楼，这么想着，温絮也上了楼。但上面似乎是楼顶，心中的不安愈来愈强，她小心翼翼地推开通往露台的玻璃门，音乐声随着门被推开而响起。

温絮睁大了双眼，不可置信地看着眼前的场景。

地上铺满了花瓣，周围摆满了各式各样的粉色玫瑰，还有粉色的气球。沈听南手捧着一束粉色玫瑰花站在前方，如同梦境一般。

温絮瞬间就明白了，哪有什么好吃的餐厅，只不过是骗她过来的幌子罢了。

心中的不安烟消云散，被期待与感动所替代。

温絮忍着眼眶的涩意，抬脚一步一步走向沈听南，接过他递过来的花，站在了他的身边。

沈听南嘴角勾着笑，眼里的柔情深不见底："在很早很早以前，我就已经说过我想娶你了，现在是我兑现诺言的时候了。"

他拿出准备好的戒指，单膝跪在地上："絮絮，你愿意嫁给我吗？"

温絮垂着眼眸，眼泪再也控制不住地夺眶而出，哽咽道："我……我愿意。"

沈听南把戒指从盒子里拿出来，握着她的手，戴在了中指上。

周围传来一阵欢呼声，原本只有他们俩的露台不知道从哪儿多出了几个人。

温絮哭得上气不接下气，哪儿还管旁边有没有人。

沈听南站起身，搂住她的腰，替她把眼泪擦掉，哭笑不得地说："怎么哭成这样？好了好了，不哭了。"

温絮趴在沈听南的身上，把头转过去，把眼泪擦干后才从他身上起来，控诉道："你怎么也不提前通知我一声。"害得她一点心理准备都没有。

沈听南笑了笑："告诉你就没有惊喜了。"

温絮没反驳，这惊喜确实挺大。

"亲一个亲一个……"众人在一旁喊着。

温絮脸一热，咬了咬唇，又害羞又期待。

沈听南搂着她腰的手紧了紧，另一只手抚上她的脸庞，吻住了她的唇。

众人的欢呼声更大了。

一吻毕，温絮立马偏过头。

"都老夫老妻了，还这么害羞。"徐亦欢打趣道。

"就是。"云暮在旁边附和。

回到家，温絮看着手中的戒指发呆。

"在想什么？"沈听南问。

"我竟然答应了你的求婚。"

沈听南啧了一声："不然你还想答应谁的求婚？"

"没有，就是觉得有点不太真实。"

两人在一起那么久，她虽然一直都很期待沈听南向她求婚的那天，但当那天真的到来时，还是觉得很不真实。

沈听南捏了捏她的脸："傻子。"

温絮轻哼了一声，又问："你什么时候准备的？"

"一星期前。"

"我竟然没发现！"真是失策了。

沈听南挑了挑眉，没说话。

温絮的手机连续响了好几下，拿起一看，是徐亦欢拉她进了个群，里边的人都在发今晚的照片。

温絮翻看了几张，撇撇嘴："都怪你。"

沈听南一脸无辜："怪我什么？"

"怪你不提前告诉我，害我穿得这么随便！"温絮越说越心塞。

"怎么会，我们絮絮天生丽质，美着呢。"沈听南安慰道。

"油嘴滑舌。"温絮没再理他，默默把照片存下来。

第七章

不止现在

沈听南拉住温絮的手："跟我来。"

温絮不明所以："怎么了？"

"跟我来就对了。"

温絮一脸疑惑地跟着沈听南走进卧室。只见他在一排书架前停住，伸手从最顶上拿下一本红色的小本本。

温絮眯了眯眼睛，这好像是房产证？沈听南什么时候偷偷背着她买房了？正想着，那本房产证就被沈听南放在了自己的手里。

他说："打开看看。"

温絮听话地打开，看清房产证上写的是自己的名字，眸子瞬间睁大，连忙把房产证塞回沈听南手里："不行不行，这我不能收。"

这东西实在太贵重了，小心脏一时承受不住。

沈听南笑了笑，把房产证重新塞回她手里："这是我们的婚房。"意思就是写谁的名字都一样。

温絮看着那本房产证眨了眨眼，安静了好久，今天晚上受的冲击太大了，她完全消化不了。

见她一脸为难，沈听南又说："怕什么，反正我们都是要结婚的，我的就是你的。"

"可……"温絮欲言又止，最后还是勉强接受了这个说辞。

"这才是乖宝宝，给你你就拿着。"

温絮用鼻音"嗯"了一声，又问："你什么时候买的？"

"一年前。"

"一年前？！"温絮的音量突然拔高。

沈听南点头："怎么了？"

"你竟然一年前就在打这个算盘了？"

沈听南搂住她的腰，把她压在了桌子边上："我说的想娶你不是随便说说。"

他一直都放在心上，一直都在等。

温絮看着他的眼睛，没出息地又哭了。

"怎么又哭了？"沈听南心下有些慌张，从旁边抽了张纸，仔细给她擦拭着。

温絮的眼泪犹如断了线的珠子，怎么擦也擦不完。

沈听南没办法，只好吻住了她的眼睛。

直到温絮不再哭，沈听南才退开些，他擦掉还挂在小姑娘眼睫毛上的泪珠。

“乖，不哭了。”

“嗯。”

温絮抱住他的脖子，头埋在他的脖颈间：“你怎么这么好？我觉得我好幸运，第一次谈恋爱就能遇到你这么好的男人。”

沈听南揉了揉她的脑袋：“我也很幸运，能遇到你这么可爱的小姑娘。”

温絮从他怀里起来，双手捧着他的脸，把自己的唇压了上去。

次日，温絮依旧睡到中午才醒，走出房间，就闻到一阵饭香味从厨房传来。

她走过去，从后面抱住了沈听南的腰，还蹭了蹭他的后背。

沈听南放下勺子，转身用干净的那只手捏了捏温絮的脸蛋：“醒了？”

温絮点了点头，往他怀里钻。

沈听南让她抱了一会儿，便说：“去洗漱吧。”

温絮抬头，噘着小嘴：“老公亲亲。”

沈听南低头亲了她一下：“快去吧。”

“好。”温絮松开抱着他的手，抬脚往厕所走去。

沈听南把做好的菜端出去，盛了两碗米饭，顺便拿了两瓶饮料。

饭桌上。

“想不想去看看我们的婚房？”沈听南问。

听到这儿，温絮眼睛亮了：“好啊好啊。”她有点好奇沈听南会把房子装修成什么样。

吃完饭后，沈听南就带着她过去了。

房子离市区不算远，很快就到了，车子在一栋小别墅前停下。

温絮突然就喜欢上了这个房子，她喜欢小别墅，因为看上去就很温馨。更重要的是，这是沈听南给的惊喜。

沈听南打开门，牵着温絮走进去。

温絮不由得看呆了，这装修完全符合她的喜好，只不过看着有些眼熟，总感觉在哪儿见过。

沈听南弹了下她的额头："在想什么？"

温絮微微蹙眉，揉了揉自己的额头，一脸幽怨地看着沈听南。

"疼？"他好像也没使劲啊。

"不……"温絮眼珠子转了转，又改口，"疼，疼死了。"

明知道她是装的，沈听南还是把自己的手覆了上去，给她揉了揉："好点没？"

温絮得逞地笑了笑："不疼了。"

沈听南收回自己的手，又问："刚刚在想什么？"

温絮想了想："我总觉得我好像在哪儿见过这种装修风格。"

"这是你自己选的。"

温絮指了指自己："我选的？你确定？"她这个当事人怎么一点印象都没有？

沈听南提醒了她一下，她立马就想起来了，轻轻地拍了沈听南的胸膛："你竟然套我话！"

"不套话，怎么给你惊喜？"

温絮轻哼一声，往屋子里走，参观完一楼，又上了二楼。

沈听南跟在她旁边给她介绍，他推开主卧的门："这是我们的房间。"

他走进房间，指了指旁边："这是你的衣帽间。"

"我还有衣帽间？"

"当然。"

"这么大！"温絮惊得合不拢嘴，这可以放多少衣服啊，想想就开心得不得了。

沈听南又带她去了别的地方参观。

参观完后，温絮一脸期待地问："我们什么时候可以搬过来啊？"她都有些迫不及待了！

"你想的话，马上就可以般。"

这个房子早已经散完甲醛了，随时可以搬进来住。

"那我们明天就搬吧。"

"好。"

说搬就搬，温絮回到家立马开始收拾行李。

沈听南站在旁边："很喜欢新房子？"

温絮一点没犹豫，脱口而出："超级无敌喜欢。"根本就没有可挑剔的地方。

"你也快点收拾东西呀。"她催促着。

"行。"

为了明天能够顺利地住进新房子里，温絮忙活了一晚上才把东西全部收拾好。

因为两人的行李很多，所以沈听南干脆叫了搬家公司，两人就先行过去了。

温絮站在阳台上左等右等，终于看见了搬家公司的车。她立即跑进屋子里，喊着："宝宝，我们的行李到了。"

她突然脚下一滑，拖鞋掉了一只。

沈听南无奈地笑了笑，捡起她的拖鞋放在她面前："慢点跑，拖鞋都掉了。"

温絮挠挠头："我太激动了嘛。"

等她穿好鞋，沈听南才站起来："傻子，他们会搬进来的，你坐着等就行了。"

"好。"

于是温絮站在门口，看着搬家公司的人进进出出。

行李全部搬完后，温絮就开始收拾东西。她把衣服全部拿出来用衣架挂好，再分门别类地放进衣帽间里。

她本来觉得自己的衣服已经够多了，但现在竟然才放了衣帽间的五分之一，看来她又可以买新衣服了。

温絮走出衣帽间，看着另一个行李箱里杂七杂八的化妆品还有护肤品，头瞬间痛了起来。

她把那些瓶瓶罐罐全部放进了收纳盒，搁置在化妆间里。

沈听南见状，问："这些不收？"

"等我有空了再收吧，东西太乱太杂了，看得我头都痛。"

沈听南点点头："行，慢慢收拾，不着急。"

然后温絮就罢工了，在床上一躺就是一小时。

搬新家最麻烦的还不是收拾东西，而是买东西。

沈听南把东西收拾得差不多后，就把温絮从床上拉了起来。

温絮不情不愿地坐起身："你干吗……"

"带你去买东西。"

"不要，我不想动。"

"乖啦。"

最后，温絮被沈听南连哄带骗地拐上了车。

"好烦你。"温絮边系安全带边说。

沈听南身子朝她倾去，手捏着她的下巴："再说一遍。"

温絮噘了噘嘴："我不说。"

沈听南冷哼一声，重重地在她嘴唇上吧唧了一下，然后才坐直身子，启动了车子，车子朝附近的菜市场驶去。

温絮："我们明天弄烧烤吧，然后叫上朋友们，怎么样？"

他们家楼顶上有个小露台，用来弄烧烤肯定很棒。

沈听南："好。"

两人买了菜，还有一些烧烤用的食材以及调料，然后去了超市。

温絮直奔酒水区，拿了各种各样的酒水，吃烧烤怎么能少得了酒呢。

走出超市时，沈听南手里拎了满满两大袋东西，温絮手里还抱着一箱酒。

因为她买的酒太多了，所以收银员就用箱子给她装了起来，以免玻璃酒瓶损坏。

回到家，温絮帮着沈听南把东西收拾好，就瘫在了沙发上。

大概过了一小时，沈听南端着热乎乎的饭菜出来，温絮循着味就过去了。

沈听南挑了下眉："鼻子倒是挺灵。"

"那是。"温絮洗干净手就坐在了椅子上，等着沈听南给她盛饭。

沈听南盛了碗饭放在她面前，又将筷子递给她："快吃吧。"

"嗯嗯。"

吃饱喝足后，温絮休息了一会儿就去洗了个澡，今天出了一身汗，臭烘烘的。

温絮从浴室出来后，沈听南也进了浴室。

听着浴室传来的流水声，温絮莫名地想到了沈听南不穿衣服的样子，她起身去画室拿了画画工具。

温絮在浴室门口晃悠，时不时还趴在门上，企图偷看些什么。

门忽地被打开，沈听南没穿上衣："你在偷看什么？"

他在里边可以清清楚楚看见温絮趴在门上的影子。

温絮干笑了两声："没看什么。"

沈听南微微弯腰，直视她的眼睛："是吗？"

"是啊。"

"小骗子，我都看见了。"

既然都被看见了，温絮索性就摊牌了："那你帮我个忙。"

"嗯？"

"我想……"温絮顿了顿，又说，"让你做我的模特。"她一脸期待地看着沈听南。

沈听南想了想，勾了勾嘴角："是全都不穿吗？"

温絮脸一热，说："不……不穿上衣而已。"

沈听南长长地哦了一声："还以为絮絮希望我为艺术献身呢。"

"说什么呢，我才没有。"温絮说完就飞快地逃离了现场。

沈听南走过去贴着她坐在沙发上，视线瞥到了摆在前面的画板，笑说："工具都准备好了？"

温絮硬着头皮说："嗯。"她本来都不害羞的，但被沈听南这么一逗，就羞得不行。

"那来吧。"

"等等，我去拿个东西。"

很快，温絮就拿着一个猫耳朵发箍回来。

温絮把猫耳朵发箍戴在沈听南头上，又调整了下位置："真好看。"

这是沈听南之前在夜市给她买的，昨天收拾东西的时候翻出来了。

沈听南按照她的要求在沙发上摆好姿势，炽热的眼神直勾勾地盯着温絮："原来絮絮喜欢这样的啊。"

温絮没说话，避开他带着蛊惑的视线，坐在小板凳上，咽了咽口水："我开始了。"

沈听南嗯了一声。

不知道过了多久，沈听南出声问道："还没好？"

"快了。"

沈听南闭了闭眼，认命地继续摆着动作。

温絮已经画到下半身了，自然没注意到他微微发红的眼尾。

落下最后一笔，温絮深深地吸了口气，然后缓缓吐出。她把画笔扔在洗笔桶里，满意地看着自己的杰作。

"你过来看看。"

沈听南坐起身，活动了一下自己发酸的手臂，抬脚往温絮的方向走。

"怎么样，我画得不错吧？"温絮问。

"不错。"沈听南看都没看，直接就把温絮从小板凳上抱了起来。

"你干吗！"

"你说呢？"

温絮这才注意到他猩红的眼尾，她把沾染了颜料的手举到他眼前："我还没洗手。"

沈听南转身走进浴室，把她放在地上："快点洗。"

温絮笑了笑，慢悠悠地拿肥皂搓着自己的手。

似乎是嫌她动作慢，沈听南直接拿了肥皂帮她洗。

揉搓了几遍，沈听南打开水龙头将泡沫冲洗干净，又抽了几张纸把她的手擦干。

“这回没什么事了吧？”他问。

温絮转了转眼珠子，狡黠地说：“应该……”

她话还没说完，整个人就被沈听南抱起往床边走。

温絮眉眼含笑，像朵娇艳的玫瑰。

温絮醒来的时候，下意识地伸手摸了摸旁边，是凉的。

她坐起身，挠了挠头，脑子清醒过后，才踩着拖鞋走到阳台边上，拉开窗帘。

温絮打开玻璃门，站在阳台上呼吸了一会儿新鲜的空气，然后才转身下楼。

刚走下楼梯，她就看见一个忙碌的身影。定睛一看，是一张陌生的脸庞。

那人也看见了她：“太太醒啦。”

温絮有些疑惑：“你是？”

“我是新来的保姆。”

“那我该怎么称呼您？”

“我姓宋，太太可以叫我宋姨。”

温絮点点头：“我叫温絮，您叫我絮絮就可以了，叫太太怪怪的。”

宋姨笑了笑：“行，那我做饭去了。”

“好。”

宋姨走后，温絮就给沈听南发信息：“你请保姆了？”

等了一会儿那边才回：“嗯，我工作忙，请个保姆好照顾你。”

温絮心里一暖，请个保姆确实好些，她也不想沈听南总是两头跑。

她跟沈听南聊了一会儿，又给徐亦欢和云暮发了信息，让她们晚上过来吃烧烤。

徐亦欢：“可以带家属吗？”

温絮扶额：“我说不可以你就不带了吗？”

徐亦欢现在和江之淮可以说是形影不离，去哪儿都黏在一块。

徐亦欢："嘿嘿，也是。"

退出和徐亦欢的聊天页面后，她就看见云暮也回了她，回的话和徐亦欢的一模一样。

温絮翻了个白眼，回了她两个字："可以。"

晚上，沈听南回来得挺早。

温絮正坐在沙发上看电视，听见门口传来动静，探头看去，就看见沈听南站在门口。她连鞋都没穿就往门口跑去，整个人往沈听南身上跳。

沈听南稳稳地接住她，任由她亲自己的脸。

温絮："回来这么早？"

沈听南："不是说弄烧烤嘛，不得回来早点？"

温絮笑了笑，又在他脸上亲了好几下，他总会把自己说的话放在心上。

沈听南也亲了她几下，然后拍了拍她的屁股："先让我换鞋好不好？"

"好。"温絮从他身上下来，等他换好鞋，又再次跳上去。

沈听南拿她没办法，只好抱着她走进去。

"吃饭了吗？"他边走边问。

"没有，等你回来一起吃。"

沈听南捏了捏她小巧的鼻头："那我们去吃饭吧。"

"好。"

见家里没有宋姨的身影，沈听南又问："宋姨回去了？"

"宋姨做好饭我就让她回去了。"

"嗯。"

沈听南腾出一只手，拉开椅子，把温絮放了上去。

吃完饭，沈听南把碗收了，便上了顶楼，开始弄烧烤架子。

温絮跟在他身后："需不需要我帮忙？"

"不用，你在旁边看着就行了。"

"好吧。"温絮坐在了一旁的秋千上。

这是沈听南特意给她弄的，秋千绳上还缠绕着粉色的花朵。

她拿出手机，给自己拍了张自拍照，后边还有沈听南的背影。

沈听南把烧烤架弄好，又下楼准备食材，还切了些水果。

温絮把昨天买的酒搬上了顶楼，待一切准备就绪后，两人就去大门口等人。

车子陆陆续续地开进来，众人互相打了招呼。

萧彦见大家都是成双成对的，就他一个人单身，原本上扬的嘴角立马弯了下来，他走过去揽住沈听南的肩膀："南哥，我现在走还来得及吗？"

沈听南斜睨了他一眼，淡淡道："来不及了。"

说完，就把他的手臂扯开，转身牵住了温絮的手。

萧彦感觉自己幼小的心灵受到了伤害。

众人跟着两人上了顶楼。

沈听南轻车熟路地拿了温絮爱吃的食材，放在烧烤架上，一边翻面一边撒调料。

因为几个女生都不会做饭，所以站在烧烤架前的都是男生。

徐亦欢小声地说："你们说，他们谁烤的会比较好吃呢？"

云暮摇摇头："看不出来，不过周皓烤的应该不咋地。"她都没见过周皓弄烧烤，估计不会好吃到哪里去。

见温絮不说话，徐亦欢用手肘顶了顶她："快发言。"

温絮抿了抿唇："我哪看得出来。"

几个男生烤得有模有样的，她实在是看不出来。不过沈听南烤的应该不错，毕竟他做饭很好吃。

于是三个人就坐在椅子上，目光盯着烧烤架那边。

沈听南烤好后，装在盘子里，放在温絮面前："烫，慢点吃。"

然后他就走回烧烤架那边，又拿了些食材开始烤。

周皓和江之淮烤好后，也分别把盘子放在了云暮和徐亦欢面前。

萧彦烤好后，一脸兴奋地转身，结果发现好像只有他单身，幼小的心灵再次受到暴击。

他默默地端着盘子，坐在了旁边的椅子上，低头吃着自己弄的烧烤。

三个女生交换着盘子里的烧烤，发现三个人烤得竟然都挺不错，一时间分不出胜负。

温絮从箱子里拿出酒放在桌子上，说："喝点小酒，怡情。"

这个晚上，大家玩得都很开心。

在夏天吹着晚风，和最好的朋友在露台上吃烧烤，再喝点小酒，何尝不是一种幸福呢。

原本是说喝点小酒，但一不小心就喝多了。

看着桌子上三个已经喝趴下的人，沈听南眉心狠狠地跳了几下。

沈听南走过去把温絮抱了起来："今晚就到这儿吧。"

"好。"周皓和江之淮异口同声道。

看着三个人分别抱着自己的老婆，萧彦深深地叹了口气，他什么时候才能有女朋友？

送走了众人，沈听南抱着温絮回了房间。

温絮一沾到床就缓缓睁开了眼睛。

"醒了？"沈听南问。

温絮没说话，愣愣地看着他。

沈听南揉了揉她的脑袋："快睡觉吧。"

温絮伸手搂住他的脖子，把人拉了下来："陪我睡。"喝醉酒的温絮，声音总是软软的。

"哥哥先去把东西收拾好，再陪你睡好不好？"

温絮摇了摇头："不要，不让你走。"

沈听南拿她没办法："好好好，陪你睡。"

楼顶上的东西等明天再收也不迟。

这么想着，他就掀开被子，把温絮搂在了怀里："快睡吧。"

"嗯。"温絮往他怀里拱了拱，找了个舒服的姿势就不动了。

沈听南垂眸看着怀里的人，眼里满满的宠溺，没忍住用手戳了戳她绯红的脸颊。

喝醉了的温絮倒是不闹腾，就是黏人得很，还更可爱了。

沈听南拿过放在床头柜上的手机给两人拍了张自拍，然后就将原来的壁纸换成了这张照片。

又过了几天，沈听南跟着温絮去了学校一趟。

温絮换好学士服，在沈听南的面前转了几圈，一脸期待地问："怎么样，还不错吧。"

"很好看。"沈听南目不转睛地盯着温絮。

温絮笑了笑，牵住他的手："我们快过去吧。"

"好。"

沈听南站在旁边，打开手机的照相机，在人群中找到温絮，连拍了好几张照片，随后收藏在了相册里。

拍完集体照后，就到了同学们各自拍照的时间。

有好多人过来找温絮和沈听南拍了照，于是沈听南也成功地出现在了众多不认识的人的手机里。

沈听南全程没有一点不耐烦，甚至乐在其中。他的毕业照里有她，她的毕业照里也有他。真好。

结束后，沈听南看了眼手机："还有一个小时。"

温絮有些疑惑："什么一个小时？"

沈听南没回答她，而是说："快去换衣服。"

温絮就这样稀里糊涂地被沈听南推进了厕所去换衣服。

等她出来后，沈听南直接拉着她离开学校，车子停在了民政局门口。

温絮一眼就看到了那几个大字，微微偏头："你不会是想带我去领证吧？"

"猜对了。"

这好像也不用猜。

"不行，我还没准备好，这太突然了。"

沈听南俯身，轻轻地扒拉着温絮的手指，但小姑娘就是死死地拽着安全带不肯松手。

"我不是早就说过，你一毕业我们就结婚嘛。"他说。

“但是你不能老这么吓我啊，上次求婚就把我吓得够呛。”

“没有下次了，好不好？”

“好。”温絮刚松开拽着安全带的手，就立马反应过来，再次拽紧安全带，“哪里还有下次啊。”

沈听南失笑，看来小姑娘不好骗了。

他刚要说话，就被温絮打断：“你先别说话，让我缓缓。”

结婚是大事，知道小姑娘需要时间好好想想，所以沈听南安静地坐在旁边没说话。

过了几分钟，温絮问：“结婚不是要户口本吗？我没带。”

沈听南从副驾驶位前面的储物盒拿出两本红棕色的东西，还有两张身份证。

温絮睁大了双眼：“你……你什么时候拿的？”

她的户口本不是放在家归付女士管吗？怎么就到了沈听南的手里。

沈听南嘴角噙着笑：“前两天去找咱妈拿的。”

温絮沉默片刻，说：“那我是不是非得嫁给你了？”

沈听南用手指摩挲着下巴，思忖了几秒：“按道理来说是这样的。”

“絮絮，我会对你好的，相信我。”说这句话时，沈听南脸上的神情很认真。

“我相信你。”一直都相信，温絮又做了一番心理建设，最后自己解开安全带，“走吧。”

闻言，沈听南笑得就像一个偷吃到糖的小孩。他连忙下了车，紧紧牵住温絮的手。

温絮感受到他的手心是湿热的，转头看向他：“你很紧张？”

“我当然紧张。”沈听南诚实道。

温絮扬了扬嘴角，握紧了他的手，原来不止她一个人紧张啊。

两人一块进了民政局。

因为两人没有照片，所以就先跟着工作人员去拍了照。两人都很紧张，表情不自觉紧绷着，拍照的工作人员笑着提醒他们：“别紧张，放松点，笑一笑会更好看。”

她还是第一次见到双方都这么好看的情侣，当然要将他们的结婚照拍得漂漂亮亮的。

温絮拍了拍沈听南的手："放松点。"

"嗯，你也是。"

温絮瞪了他一眼，没说话。

这么一互撑，两人紧张的情绪倒是缓和了不少。

拍完照后，两人又跟着工作人员完成了后边的程序。很快，两本红彤彤的小本子就放在了他们手里。

温絮走出民政局时，感觉整个人都是飘的。她真的和沈听南结婚了，在她二十二岁这年。

缓过来后，她翻开两本红彤彤的小本子拍了张照，然后发了朋友圈。

配文：和喜欢的人结了个婚。

沈听南也发了个朋友圈，配文：把喜欢的小姑娘拐回家了。

两人朋友圈一发，亲戚朋友立马就来问候。

温絮心情极佳，她耐心地回复着大家的信息，再往下滑就是沈阿姨的信息。

沈阿姨："絮絮宝贝，有空就和听南回来吃饭呀。"

温絮乖乖地回复了个"好"字，然后就把沈阿姨说的话转达给了沈听南。

"是不是该改口了？"沈听南说。

温絮一开始不知道他在说什么，反应过来后，又把刚刚说的话重复了一遍，不同的是把沈阿姨改成了咱妈。

沈听南这才满意地亲了亲她："这才对嘛。"

择日不如撞日，当晚两人就回了家，和双方父母讨论了婚礼的日期。

定下婚期后，沈听南立马就联系人开始操办婚礼。

整个婚礼操办过程，温絮可能就参与了一个环节，那就是沈听南问她想要什么样的婚礼。

婚期将近，为了婚礼能顺利进行，沈听南整个人都泡在了婚礼场地，作为沈听南左膀右臂的叶助理自然也泡在了婚礼场地。

因为有沈听南操办，温絮闲得很，每天就只需要躺在家里睡大觉。

这天，温絮难得出了趟门。她来到婚纱店，跟店员说了预订信息后，就被带到了休息区。

店员拿了些甜点还有茶放在桌子上，微微欠身："小姐请慢用，有什么需要再叫我。"

"好。"温絮吃了口蛋糕，味道还不错，她立马给沈听南发信息，"我想吃蛋糕。"

那边没回，温絮也不急，她知道沈听南现在忙得很。

又等了一会儿，徐亦欢和云暮才姗姗来迟，两人是一块进来的。

温絮挑了下眉："你们是串通好的吧，让我等了这么久，两个人还一块进来。"

徐亦欢笑说："没有，我们就是在门口遇到的。"

"是啊是啊。"云暮在旁边疯狂点头，毕竟现在要结婚的人最大。

温絮轻哼了一声，从沙发上站起来："走吧，去看看你们想要什么样的伴娘服。"

她只叫了徐亦欢和云暮过来当伴娘，既然是结婚，当然是要叫好朋友过来当伴娘，不熟的人还是算了。

挑伴娘服的时候，徐亦欢随口问："对了，你的婚纱选好了吗？"

温絮想了想，斟酌了一下措辞："我的婚纱是沈听南找知名设计师定制的，还没有弄好。"

徐亦欢"哇"了一声，又连连摇头："絮絮，你真的太幸福了，都不知道江之淮什么时候才会向我求婚呢。"

"他应该是还没准备好，你们都在一起这么久了，他肯定会向你求婚的，放心吧。"温絮安慰道。

自从和江之淮在一起后，徐亦欢就跟变了个人似的，从一个叱咤情场的浪子变成了一个大情种。

两人这么多年分分合合，她想徐亦欢这辈子大概是栽在了江之淮手里。

"对呀，别担心，江之淮肯定会跟你求婚的。"云暮也跟着安慰道。

徐亦欢叹了口气：“絮絮结婚了，周皓跟暮暮求婚了，估计也快结婚了，就我……”

温絮连忙打断她：“别多想，咱看伴娘服，看伴娘服。”

陪两人看完伴娘服后，温絮又去了一趟梁娴的画室。

刚上楼，就瞧见梁娴正在和一个男人讲话。温絮站在楼梯口，进也不是，退也不是。

犹豫之际，梁娴看到了她：“絮絮你来啦，快过来。”

温絮走过去，坐在了梁娴的旁边。

梁娴：“给你介绍一下，这就是我之前说的那个竹马，裴翊。”

“这是我的学生温絮。”梁娴跟裴翊介绍。

温絮朝他点了点头，算是打招呼。

裴翊也朝她点了点头，以示回应。

因为两人不熟，所以全程基本都是梁娴在说话。

温絮注意到她说话的时候眼里有光一闪一闪的，比以往任何时候还要亮，看来她是真的很开心。

替梁娴开心的同时，她还偷偷看了裴翊几眼，长得还蛮帅，和梁娴般配得很。

三人聊了许久，温絮突然想起她是过来送请柬的。

她从包里拿出一张请柬，放在梁娴手里：“梁老师，婚礼的日期定了，那天你一定来哦。”

“这么快就定日子了？”梁娴有些惊讶。

两年前见到温絮的时候，她单身。

两年后温絮结婚了，她还是单身。

坐在一旁的裴翊也有些惊讶，他看温絮的年龄应该不大，没想到竟然要结婚了。

温絮注意到正盯着她看的裴翊，试探地问道：“能有幸邀请裴先生也过来参加我的婚礼吗？”

她都这么问了，裴翊一时也不知道该怎么说，于是就点了点头。

温絮又从包里拿出一张请柬，递给了裴翊。

裴翊接过："我会去的。"

"那就先谢谢裴先生赏脸啦。"

温絮的手机响了下，拿起一看，是沈听南的消息。

沈听南："我到了。"

温絮回了他一个"好"字。

温絮拿包起身，笑着说："我先生来接我了，我就先走了。梁老师再见，裴先生再见。"

"再见。"梁娴和裴翊异口同声道。

温絮走出画室，直奔沈听南的车，一打开就闻到车里有股香味。

"你买什么了？这么香。"

"鼻子怎么这么灵，今天不是说想吃蛋糕吗，刚刚路过蛋糕店买的。"说着还朝后座的蛋糕扬了扬下巴。

温絮看了眼蛋糕，随后凑到沈听南的脸上亲了好几下："你真好。"

"那当然。"

沈听南虽然眉眼含笑，但温絮还是看出了他眼底的倦色，开口问："今天很累吗？"

"还好，看到你就不累了。"沈听南依旧笑着，温柔缱绻。

温絮揉了揉他的脑袋："那就好，回家吧。"

"好。"

回到家，温絮迫不及待地拆开蛋糕，再不吃就不好吃了。

"你快过来吃蛋糕。"温絮喊着。

"来了。"沈听南解开领带，随意地扔在沙发上，抬脚往餐厅走去。

温絮舀了一大勺送进嘴里，一脸满足。真香，还是巧克力味的，果然还是沈听南了解她的喜好。

"明天我接你去看婚纱。"沈听南突然说道。

温絮微微睁大了眼眸："已经弄好了吗？"

"嗯。"他可是每天都在催，再弄不好他都想亲自动手了。

这天晚上，温絮翻来覆去，好久都没睡着，满脑子都在想着婚纱什么样。

沈听南抬手覆上她的双眼，哑着声音："还不睡觉？"

温絮侧过身，和沈听南面对面，问："你告诉我婚纱什么样嘛，不然我睡不着。"

"不行，告诉你就没神秘感了。"

温絮听他说话的语气就知道他意识不太清醒，不清醒嘴巴都这么严，估计也问不出什么了，她还是好好睡觉吧。

隔天晚上，沈听南忙完婚礼现场的事，就带着温絮去了设计师的工作室。

沈听南背靠沙发，双腿交叠，看上去漫不经心，但眼睛很诚实，目不转睛地盯着那片帘子。

设计师坐在旁边，抿了口咖啡，同样期待地盯着那片帘子。

温絮在工作人员的帮助下换上了婚纱。

帘子缓缓被拉开，沈听南眸子一怔，愣愣地看着温絮朝自己走来。

温絮在他面前站定，嘴角挂着笑，调侃道："看呆了？"

沈听南这才回过神，视线在她身上扫着。温絮配合地转了一圈，让他能更好地欣赏。

沈听南的眼睫颤了颤，喉咙里滚出两个字："好看。"

设计师站在一旁，用手摩挲着下巴，缓缓道："温小姐穿这身婚纱简直太合适了，太完美了。"

他一边夸赞温絮的美貌，一边想着自己设计的婚纱真好看。

温絮笑了笑："我也觉得好看。"

初看到这件婚纱的时候，她就觉得很好看，本来还怕驾驭不了，但照镜子的那一刻，她就被自己惊艳到了，看来她还是有点美貌在身上的。

"喜欢吗？"沈听南问。

温絮点了点头："喜欢，我都迫不及待想快点嫁给你了。"

后面那句话是贴在沈听南耳边说的。

婚礼如期而至。

温絮早早就起床，开始敷面膜吃早餐。刚坐在餐厅的椅子上，就听见徐亦欢和云暮下楼的动静。

出嫁的地点定在温家，于是温絮就让她们俩在这边住着，方便化妆和做造型。

温絮抬了抬眼："厨房里还有面包，你们去烤来吃吧。"

她没想到两人会起得这么早，所以只弄了自己的早餐。

徐亦欢和云暮也没介意，直接就进了厨房，准确地从橱柜里拿出那袋面包。

徐亦欢烤面包，云暮就去冲了两杯牛奶。

温絮把面膜撕下后，又进了厨房。她探头出去，问："你们要不要喝冰美式，消肿。"她昨晚水喝多了，导致脸有些肿。

"要。"徐亦欢和云暮异口同声道。

其实她们完全没听清温絮说了什么，就听见了后面两个字。

造型团队准时到达，三人跟着造型师去化妆。

妆化好后，温絮换上了婚纱，云暮和徐亦欢则换上了伴娘服，然后又开始做发型。

一切准备就绪，温絮悄悄地给沈听南发了信息，她都两天没见着他了，想念的心呼之欲出。

两人家离得近，沈听南的婚礼车队没几分钟就到了温家的门口。

接下来的半小时，进行了堵门游戏和塞红包环节。不过云暮和徐亦欢也没怎么为难沈听南，于是他很轻松就把温絮抱出了门。

他把温絮放进车里，又小心地将她的裙摆放进去，然后绕到车的另一边，打开门坐了进去。

车子在礼堂门口停下。

整个婚礼现场低调奢华，以粉色为主色调，是莫兰迪粉，降低明度的粉色，让现场更加梦幻。

宴会厅顶部是粉色布幔和粉色花枝，水晶流苏自然垂落下来。台子两侧是粉色的花海，无数的铃兰花灯散落在花海里。

云暮和徐亦欢把温絮五米长的婚纱大拖尾摆好，然后退到两边。

温絮一只手捧着花束，一只手挽着温父的手臂，缓缓踏上被花朵拥簇的台子。

当她快走近时，沈听南迫不及待地上前几步，从温父手里接过温絮。

主持人站在中间，说了一大段话。到两人交换戒指时，主持人看着沈听南说："新郎，你是否愿意娶你面前的这位女子为妻，无论顺境或是逆境，无论富贵还是贫穷，健康或是疾病，你都愿意陪着她，直至生命的尽头。"

沈听南坚定地看着温絮："我愿意。"

主持人又看向温絮："新娘，你是否愿意嫁给你面前的这位男士，无论顺境或是逆境，无论富贵还是贫穷，健康或是疾病，你都愿意陪着他，直至生命的尽头。"

温絮握着捧花的手紧了些，同样坚定地看着沈听南："我愿意。"

"好的，现在双方可以交换戒指了。"

徐亦欢为两人把戒指拿上来，沈听南从盒子里取出戒指，将戒指戴到温絮的无名指上，钻戒在灯光的照耀下闪着璀璨的光芒。

温絮从盒子里取出戒指，将戒指戴到沈听南的无名指上。

主持人适时开口："新郎现在可以亲吻你的新娘了。"

沈听南伸手搂住温絮的腰，微微俯身，吻住了温絮的唇，台下立即响起如雷贯耳的掌声。

走完全部流程后，沈听南带着温絮回到家。

温絮一进门就把高跟鞋脱了，穿了一天，她脚痛死了。

她刚要往里走，只觉双脚离地，整个人被沈听南抱起来，洁白的婚纱在地上拖着。

来到房间门口，沈听南说："开门。"

温絮抽出抱着他脖子的一只手，握住门把手拧了下，门开了条小缝。

沈听南踹开门，将温絮放在铺满玫瑰花瓣的床上，问："去洗澡？"

"我自己洗……"她可不想又在浴室里发生什么事情。

"乖，一起洗省水。"说着，沈听南的手就落在了她背后的拉链上。

温絮自知挣扎无用，干脆就不挣扎了。

在浴室里待了一会儿，沈听南就抱着脸颊绯红的温絮回到了床上。

不知道过了多久，沈听南又抱着昏昏欲睡的温絮进了浴室。

替她清洗完后，他暂时把她放在了沙发上，自己去收拾床上被碾压得不成样子的玫瑰花瓣。

因为收拾不干净，他索性换了张床单，随后抱着温絮回到床上。

翌日。

睡梦中，温絮感觉身上沉得很。她下意识地抬手打了一下，但那种感觉依旧存在。她又打了一下，然后手就被握住，按在了一旁。

触感过于真实，温絮觉得这好像不是梦。她猛地睁开眼，发现沈听南正压在她的身上，唇瓣在她身上游离着。

事后，沈听南抱着她去吃了点东西，才把她放回床上。

等温絮再醒来时，已经是下午两点了。

沈听南把饭菜热了热，坐在她旁边吃饭。

“想去哪儿度蜜月？”他突然问。

温絮想了想：“海边？”她都好久没去过海边了。

“好。”

见沈听南同意，温絮立马兴奋起来：“那我们什么时候去？”

“明天。”

“那我要去收拾行李了。”说着，她放下筷子就跑。

沈听南揪着她的衣领把人拉了回来：“急什么，先吃饭。”

“那好吧。”温絮快速吃完饭，然后就跑上楼，拿了行李箱开始收拾东西。

她从衣柜里把好看的裙子全都翻出来，挑了几条适合去海边穿的衣服。看着略显空荡的行李箱，温絮微微皱眉，决定去一趟商场。

温絮拿了几条稍微有些小性感的裙子，转身放在沈听南手里，又继续往里走，手指落在一件比基尼上。

她看了看，随后把那件比基尼拿了下来。

沈听南把那件比基尼挂回去：“这件不行。”前面那些他都能接受，但这件不行，他老婆只能他一个人看，别人想都别想。

温絮撒娇：“人家去海边都是穿比基尼的，我也想穿嘛。”

“我允许你在我面前穿，穿去海边不行。”

温絮噘了噘嘴：“你想都别想。”

听到这话，沈听南突然就更想看她穿了，从衣架上拿下那件比基尼。

温絮有些疑惑：“不是不让穿吗？”

沈听南微微俯身，贴在她耳边：“穿给我一个人看。”

温絮瞬间羞红了脸，咬了咬唇，转身就走，她就知道这人没安什么好心。

买好裙子，温絮正想离开，就被沈听南拉进了一家店。

看到里边的衣服，温絮瞪了眼沈听南：“你带我来这儿干吗？”

沈听南挑了下眉：“还能干吗呢？”

“你别想，我是不会穿的！”之前就一件衣服，她都能被沈听南哄着穿了好几遍，要是再来几件，她的腰估计都要离家出走了。

沈听南没说话，自顾自地挑起来。

温絮在旁边尴尬得很，她都看到那些店员强压着的嘴角了，催促道：“你快点买。”

“想穿了？”

温絮羞得又瞪了他一眼：“再不买我就走了。”

沈听南搂着她的肩膀，快速地挑了几件，就去收银台付了款。

沈听南一脸坦然，而温絮一脸羞愤，要是有个口罩，她会立马戴上。

回到家，温絮把新衣服都洗了，然后烘干，就将它们放进了行李箱。

看着那几件衣服，温絮犹豫半天，把衣服扔进了衣柜，然后关上行李箱。

从出门开始，温絮就非常兴奋。

两人被叶助理送到机场，因为还没到时间，所以就坐在候机厅里。

温絮头靠在沈听南的肩膀上，不知道讲了什么，她突然笑了。沈听南也跟着笑了，看着她的目光温柔缱绻。

沈听南：“渴不渴？”

温絮：“有点。”

沈听南："我去给你买瓶水。"

温絮点了点头："好。"

温絮盯着他的背影，拿出手机悄悄拍了张照片，她男人真是怎么拍都帅。

没过多久，沈听南就拿着两瓶水回来，拧开瓶盖，将水瓶放在温絮手里。

"谢谢老公。"

沈听南被这个称呼取悦了，凑到她脸旁亲了一下。

"你干吗？这么多人呢。"温絮娇嗔道。

沈听南不以为然："我亲我老婆怎么了？而且我亲的是脸，又不是嘴。"

温絮无从反驳，仰头喝了口水，喉间的干涩瞬间得到缓解。

两人又等了一会儿，顺利地上了飞机。

飞机起飞后，温絮拍了张照片，就从包里拿出眼罩，靠在椅背上开始睡觉。

怕她睡得不舒服，沈听南扶着她的脑袋靠在了自己的肩膀上。

飞机落地。

两人打车去了预定的酒店，放好行李就出去吃了顿饭，随后再次回到酒店。温絮打开行李箱，拿了条裙子换上。看了眼外面的大太阳，她又翻出防晒霜，坐在落地镜前擦着。

这条裙子露出了一整个背，温絮擦不到，只好把沈听南叫过来。

沈听南接过她递来的防晒霜，把她背后的头发拨开，低头在她的肩膀上留下一个红痕。

他的动作温絮在镜子里看得清清楚楚，沈听南的占有欲真强。

给她涂好防晒霜，沈听南闭了闭眼，替她把衣服整理好："走吧。"

"嗯。"

来到海边，温絮拉着沈听南拍了好多张照片，然后才放下手机去海边捡贝壳。

她赤脚踩在细软的沙滩上，每走一步，沙滩就会凹陷下去，印出一个脚印。

沈听南踩在凹陷处，跟在她身后，拎着个小桶给她装贝壳。

突然，温絮捡到一个漂亮的贝壳，兴奋地转过身，把那枚贝壳举到沈听南面前，眉眼含笑："好好看！"

沈听南看了眼那枚贝壳："好看。"

温絮把那枚贝壳握在手里，继续捡贝壳。

夕阳西下，天空被染上一大片橘红色，海面也变得金黄，波光粼粼。

温絮把那枚贝壳放在沈听南手里，头靠在他的肩膀上，欣赏着眼前的风景。沈听南微微偏头，目光落在温絮的脸上。

等天色完全暗下来，温絮和沈听南才收拾东西回酒店。

脚有些脏，温絮索性没穿鞋，沈听南提着拖鞋跟在旁边。

一进门，温絮直接坐在沙发上，脸上的神色有些倦怠。在海边走了一下午，她太累了。累是累，但很开心。

沈听南拎着那桶贝壳走进浴室，放在洗手台上，握在手里的贝壳被单独放在一旁。

沈听南从浴室里探出头："老婆，过来洗脚。"

"哦。"温絮起身走到浴室。

沈听南单膝蹲在地上，搂着温絮的腰，让她坐在了自己的大腿上。

他手拿着花洒把她脚上的沙子冲掉，清洗干净后，又在她脸上亲了一口："出去吧。"

"谢谢宝宝。"温絮也在他脸上亲了一口，再次坐回沙发上。

沈听南出来坐在沙发旁边的椅子上，问："想吃什么？"

"都行。"

"真的不挑？"

温絮犹豫了下，还是朝他伸出手，沈听南把手机放在她手里。

由于不知道吃什么，于是温絮随便点了些吃的，就把手机还给了他。

沈听南把她点的东西又加了一份，然后提交订单。

温絮歇了一会儿，就拿上睡衣进了浴室，身上黏黏的，不舒服。出来时，外卖刚好到了。

听到动静，沈听南边打开包装盒边说：“快过来吃饭。”

“好。”温絮贴着沈听南坐下，打开电视，选了部动画片。她最近突然发现动画片挺好看。

沈听南瞥了眼电视，低笑出声：“我们絮絮还是个小朋友呢。”

温絮梗着脖子说：“我本来就是小朋友。”

“对，二十二岁的小朋友。”他语气里是满满的宠溺。

温絮哼了一声，低头吃饭。

温絮一吃饱就想躺下，沈听南拉住她的手臂：“坐一会儿再躺。”

“我不要。”

“乖，不然该消化不良了。”

温絮愤愤地看了沈听南一眼，整个人靠在他身上，像只无骨动物。

“小懒虫。”

温絮朝他吐了吐舌头，沈听南笑了笑，没忍住捏了捏她的脸蛋。

收拾完桌子上的垃圾，沈听南陪她看了一会儿电视，就进了浴室。

他一走，温絮就立马侧着身子躺下来，手里抱着沙发抱枕。

她拿起手机，点开相册，把拍得不错的照片留下，其他的删掉，接着就开始修图。

全部修完后，她先是发给沈听南，然后发了朋友圈。

沈听南洗澡很快，出来就看到温絮已经躺下了，无奈地摇摇头，随后视线落在她微微掀起的裙摆上。

沈听南抬脚朝沙发走去，然后把温絮抱了起来。

“你干吗？”温絮有些蒙。

沈听南没回答，抱着她往卧室走去。

温絮躺在床上，整个人缠在沈听南身上，沉沉睡去。

过了几个小时，温絮醒来，她扭头看了眼睡得正香的沈听南，掀开被子，轻手轻脚地下床。

她看了眼时间，五点，应该快出太阳了。

温絮坐在沙发上玩手机，等着看日出。

沈听南见温絮许久还没回来，不放心地坐起身，踩着拖鞋往厕所那边走。

然后就看到了坐在沙发上的温絮，他走过去揉了揉她的脑袋：“怎么不回来睡觉？”

“我在等日出。”她顿了顿，又说，“我吵到你了吗？”

“你一下床我就感觉到了。”

温絮挠了挠头：“不好意思啊。”

沈听南坐在她旁边，把她圈在怀里：“想看日出？”

“嗯。”

“那我陪你。”

听他声音还有些沙哑，应该是没睡醒，温絮说：“你要是困的话，就别陪我了。”

沈听南打了个哈欠：“我不困。”

真的不困吗？算了，他想陪就陪吧。

为了能看到日出的全过程，两人坐在了阳台外的小沙发上。为了避免睡着，于是两人就有一搭没一搭地聊着。

温絮靠在沈听南身上，嘴里嘟囔着：“太阳怎么还不出来……”

“快了。”

渐渐地，天空中呈现一丝淡红色，随后愈来愈红，白云也被染上颜色，天空犹如一幅油画。

温絮扭头看向沈听南，发现他正看着她，两人的视线猝不及防地撞在一起，谁都没有移开目光。

温絮搂住他的脖子，吻上他微凉的唇瓣。

在清晨，在她的二十二岁，和最爱的人一起看日出。

不止现在，还有未来无数个日日夜夜。

番外

凌晨，温絮躺在床上看吃播视频，肚子直打鼓。她晚饭没吃多少，现在饿得不行，本想望梅止渴，没想到一点用都没有，反而越看越饿。没办法，她只好放下手机，看向身侧的男人。

沈听南高挺的鼻梁上架着一副半黑边框防辐射眼镜，神色专注，线条笔直，骨节分明的手指在键盘上敲打。

好帅！这张脸她都看了这么多年了，一点没腻，还越看越喜欢。

这好皮囊的主人开口了："擦擦口水。"

温絮扯了扯他的衣角，嗲声嗲气地开口："老公……"

键盘声戛然而止，沈听南双手环抱在胸前，斜眼睨她："说吧，怎么了？"

往往她用这种声音叫他，那必定是有什么事需要他了。

温絮嘻嘻一笑："没事，就是想着都这么晚了，你一定饿了吧。要不然，我们出去吃点东西？"她圆溜溜的水眸很亮，还透着几分期待。

沈听南了然，原来是饿了，想吃东西了，但他想逗逗她："嗯……我还不是很饿呢。"

温絮对这个答案不满意："不对，你要说你饿了！"

话落，一声轻笑钻入耳里："你饿了。"

明明是疑问句，硬是被他说成了陈述句。温絮往他身上蹭了蹭，索性也不装了："饿了。"

沈听南合上电脑，放置在一旁："去换衣服。"

"好嘞。"温絮喜笑颜开，麻溜地下床，随手从塞得满满当当的玻璃衣橱里拿了一条裙子换上。

夜深人静，乌漆嘛黑，没有人会注意到她。

等了好一会儿都不见人出来，沈听南起身往衣帽间走。

镜子里。

五官精致美艳的女人正在努力地够着拉链，两条手臂在微弱灯光的照耀下更显白皙。

沈听南眸中划过一抹暗光："我帮你。"

温絮正想喊他，见他自己过来了，顿时松了一口气：“好。”

粗粝的指腹覆在拉链处，不经意蹭过肌肤，激起一阵酥痒，温絮不自觉地缩了一下。

“动什么？”

“痒……”

身后的人没了动静，温絮疑惑，正想说话，沈听南便压了上来，能感觉到腹肌好像更结实了。

温絮小心脏轻轻颤了下，纤长的睫毛垂了下来，好想摸一下。没等她付诸行动，沈听南就俯下身，呼吸倾洒在耳畔：“要不要亲一下再出去？”

是亲一下？还是亲许多下？她回头，恰好对上男人漆黑深邃的瞳孔，这种眼神她再熟悉不过了。

温絮还是屈从于饿了的感觉，开口道：“我比较想吃东西。”肚子还非常合时宜地叫了一下。

衣帽间十分静谧，加上两人离得很近，沈听南自然是听到了，顾及她的肚子，从善如流地收回自己的手。

“那走吧。”他牵上温絮的手，不紧不慢地补上一句话，“回来再亲。”

“哦。”温絮小声应着。

好的，待会儿注定又是一个不眠之夜。

车子在拉面馆停下，拉面馆还是没变，牌匾也没变，依旧铮亮，在灯光的照耀下，还隐隐反光。

大概是时间太晚，店里一片空荡荡，老板坐在门口的木椅上乘凉，手里拿着蒲扇扇风。

时过境迁，老板也免不了岁月的蹉跎，黑发中掺着几根白丝，但精气神依旧挺好，嘴里还哼着小曲，十分惬意。

两人站在原地，面面相觑几秒，不知道该不该出声打扰他。最后还是老板先发现两人，扇扇子的手停了下来。

看清人后，老板脸上闪过一丝诧异：“听南？你可是好久没过来了。”

他从椅子上站起来，视线从沈听南身上移到温絮身上，仍是那张熟悉的面孔。瞧见两人十指相扣的手，他目光顿了下，用手挡在嘴边，靠近沈听南："这是在一起了？"

沈听南点头："我们已经结婚了。"说这话的时候，他还不自觉攥紧了温絮的手。

这个信息可比两人在一起劲爆多了，老板瞬间瞪圆眼睛，朝他竖起大拇指："不错啊小伙子。"

从小到大身边都是一个人，实属难得。

"那祝你们俩幸福美满，生的娃娃白白胖胖。"老板咯咯地笑。

站在一旁的温絮脸颊微微发烫，渐渐浮上一层淡粉色。

两人结婚已经一年有余，但从未提过要孩子的事情。家里人都觉得她年纪太小，要孩子的事情不用太着急，沈听南则是完全尊重她的想法。

"对了，你们有没有……娃娃啊？"老板又忍不住问。

"还没有。"

"这样啊……"老板说，"你们颜值都这么高，生出来的娃娃一定漂亮得不行！"

沈听南笑笑，说："借您吉言，不过我们暂时还没有要孩子的想法。"

"好好好。"说了半天，老板才恍然回神，拍了拍自己的脑袋，"瞧我这脑子，光让你们站在这儿了。快进去坐，进去坐。"

他把菜单放在桌子上："看看想吃什么。"

沈听南看也没看："两份招牌，一份不要香菜不要葱。"

"好嘞。"

听着这和当年如出一辙的话语，温絮没忍住笑出声。

沈听南问："笑什么？"

温絮手肘支在桌子上，捧着脸蛋："没什么，就是觉得这画面眼熟得很。"

沈听南往后靠："是啊，以前来的时候我们还没有在一起，现在……我们不仅在一起了，还结婚了。"

他心中不免感慨万千，把喜欢的小姑娘娶回家了，没有什么比这个更幸福。

拉面上得很快，老板还拿了两杯冰饮料："这个请你们喝的。"

"谢谢老板。"两人异口同声。

"不客气不客气。"老板重新在门口的椅子上坐下。

"老板人还怪好的。"温絮说。

这一点沈听南认同。

"你喜欢小孩吗？"

她话题跳得太快，沈听南蒙了几秒："怎么突然这么问？"

"没什么，就是刚刚老板问了，我就想问问。"

沈听南点了点头。

"所以呢？你喜不喜欢？"

"喜欢。"

"那你喜欢男孩还是女孩？"

沈听南没有犹豫："如果是我们絮絮生的，无论男女我都喜欢。"

这个答案，温絮是满意的。但莫名的，她就是更想知道他喜欢男孩还是女孩。

于是她继续追问："更喜欢哪一个？"

沈听南想了想："女孩吧。"女孩子可可爱爱的，要是能像温絮一样可爱就更好了。

"怎么，老婆是想给我生个小宝宝了吗？"沈听南问。

听他这么直白地说出来，温絮一恼："谁要给你生小宝宝啦？！"

沈听南依旧笑着："也是，我们絮絮自己都还是小宝宝，怎么能生小宝宝呢。"

小姑娘还在事业上升期，要孩子不是个明智的选择。

温絮不知道他心里在想什么，只觉得他在调侃自己。

填饱肚子后，温絮便没了睡意，回到家便窝在阳台上的摇篮椅上看星星。

玻璃门被拉开，沈听南走进来，把手里的牛奶递过去："喝点，待会儿好睡觉。”

牛奶是温的，温絮的心也暖暖的。她捧着杯子，小口小口地喝。

沈听南坐在一旁的椅子上，温絮侧眸看了他一眼：“你要是困的话就先去睡吧。”

“我陪你。”

“那好吧。”

两人有一搭没一搭地聊着，玻璃杯里的牛奶也见了底。

沈听南伸手接过，随意搁置在桌子上。

他站起来，居高临下地垂眸：“还记得出门前答应过我什么吗？”

“嗯？”温絮装傻，手指微微蜷缩，抠着怀里软绵绵的抱枕。

“小骗子。”

她抬头，眼眸明亮得如同一汪春水：“那……我可以摸摸它吗？”女人葱白似的指尖在自己的腹肌上点着。

“可以。”

“那我就不客气啦。”

手摸上去时，一层暗影也顺势覆了下来，月光被完全遮挡。

要孩子这个话题再度提起，是在五年后。

挂断电话，温絮还迟迟没有从这巨大的消息中回过神，见她一副丢了魂的样子，沈听南问：“怎么了？”

“小欢她怀孕了。”温絮坐到沈听南身边，一双美眸里写满不可思议，“她竟然怀孕了！”

沈听南很镇定：“我记得，你们俩好像一样大？”

温絮点头：“对。”

沈听南若有所思：“28 岁……怀孕好像也不过分？”

温絮这才猛然想起，自己已经 28 岁了！她脱口而出：“我们都已经结婚这么久了吗？”

竟然已经快六年了！

沈听南挑眉：“不、然、呢？”

温絮彻底呆滞，怀疑人生之际还在感叹，时间竟然过得这么快。

攥在手心里的手机响了一下，是付女士发来的信息。

“絮絮宝贝，听说小欢怀孕了，代妈妈向她问好哈。

“对了，你和听南……有没有这方面的想法呀？

“妈妈不是在催你哈，只是随便问问，你们千万不要有压力。”

她可是开明的家长，不存在催生。

温絮没回，而是放下手机，将目光投向沈听南，缓缓开口：“我们是不是该要个孩子了？”

“该？”沈听南精准捕捉到重要字眼。

温絮脑袋发蒙，没觉得有什么不对，不太确定地点头：“嗯？”

沈听南抬手，在她额头上弹了一下：“小脑袋瓜成天都在想什么呢。”

温絮吃痛捂头：“你干吗？！”

“没有什么该不该，只有你想不想。”

“哦。”

听他这么一说，温絮脑袋清醒多了，她噘起小嘴：“可是你弹得我好痛。”

“那老公给你吹吹。”

“好。”

“要是能再亲一下就好了。”

沈听南的大掌扣在她后脑勺处，吹了一下，就将她按向自己。

一阵湿热的触感在额头上扩散开来，温絮满意了：“这还差不多。”

她想退开，但身前的人没松手，略带烫意的唇瓣压了下来，温柔缠绵。

良久，身前的人才离开。

“絮絮，遵从自己心里的想法。”

“无论怎样，我都支持你。”

徐亦欢生产那天，温絮去医院看望她，只见她正扒拉着婴儿床，面上表情沉重，还有一丝不易察觉的……嫌弃？

温絮把水果花篮放在桌子上，回头看她：“怎么这种表情？”不知道的还以为婴儿床上是什么不得了的生物。

徐亦欢：“你过来看看。”

温絮不明所以，走过去，两人一起看着正在婴儿床上熟睡的小宝宝。

看了几秒，徐亦欢几不可察地叹了口气：“这真的是我生的吗？也太丑了。”

她和江之淮的基因不算差，怎么会这样？难道是发挥失常？

温絮哭笑不得，她还以为是什么事呢，回复道：“刚出生的宝宝都这样，养两三个月就好看了。”

“真的吗？”

“真的。”

“那就好那就好。”徐亦欢这下放心了，躺回病床上。

温絮在一旁的椅子上坐下，问：“江之淮呢？”

“他回去给我做饭了。”

温絮点点头：“对了，你们给小宝宝起名字没有？”

“有！”徐亦欢说，“江嘉礼。”

“还挺好听，有什么寓意吗？”

“寓意？”徐亦欢摩挲着下巴，“这还真没有，我就是从新华字典里翻的，听上去就很温文儒雅，我就用了。”

“你还挺……”温絮斟酌了一下措辞，“随意的。”

“你又不是不知道我是个起名废物。”

温絮不置可否，她也是起名废物，若是让她来，估计也是半斤八两。

这天，温絮照常去徐亦欢家逗小孩。她来得不凑巧，徐亦欢正在哄江嘉礼睡觉。

看着那张软乎乎的脸蛋，温絮心里直痒痒，没忍住上手戳了一下，动作很轻，没打扰他睡觉。

“宝贝，你说的真没错，这小孩养了三个月还真变好看了。”徐亦欢看着安安静静躺在摇篮床上的江嘉礼，发表感想。

温絮："那是，我怎么会骗你。"

两人坐在摇篮床边，脸上挂着同样的表情。最后，徐亦欢先起来，瘫倒在沙发上。

该说不说的，带小孩是真的累，温絮随口问了句："不是请保姆了吗？怎么还这么累？"

徐亦欢："自己的孩子当然是自己带着更放心一些。"

温絮点点头，确实是这个道理没错。

徐亦欢瞥了她一眼，笑了笑："这么喜欢小孩子，真的不考虑和沈听南要一个？"

"说好的做对方孩子的干妈呢？"

两人以前就约定过，将来要做对方孩子的干妈。现在她可是做到了，就是不知道什么时候才能当上温絮孩子的干妈。

温絮："我再考虑考虑吧。"

再考虑？徐亦欢从沙发上弹起来："你之前可不是这么说的！"她一脸了然的表情，"看来是跟着我养小孩，耳濡目染了啊。"她拖着腔调，调侃意味很浓。

温絮撇撇嘴："少打趣我。"虽然事实的确如此。

她之前有许多顾虑，不过现在已经被打消不少。毕竟小孩子嘛，还真是挺可爱的，尤其是冲你笑的时候。

见她这副神情，徐亦欢就知道她心里什么想法了，看来用不了多久她就能当上干妈了。

温絮在徐亦欢家待了一下午，才去了沈听南的公司。

收到她信息的沈听南很是意外，甚至还没到下班时间就出了办公室，秘书办的员工皆是一愣。

他们老板今天这是怎么了？竟然早退？

看见熟悉的车，沈听南拉开副驾驶室车门就坐了上去。

看见沈听南，温絮还愣了一下，拿出手机看了眼时间："不是还没到下班时间吗？你怎么下来这么快？"

沈听南边系安全带边说："毕竟太太来接我的次数屈指可数，我自然是不敢怠慢，快马加鞭就下来了。”

“怎么样，没让你久等吧？”

“没。”距离她发信息也就过去了两分钟而已。

车子行驶在路上。

沈听南侧目看她：“怎么今天突然来接我下班了？”他都已经记不得上次是什么时候了。

温絮目视前方：“想接就来接了呗，这还需要理由？”

“那……劳烦老婆以后多来接我。”

“你想累死我？”温絮下意识撑他，“再说了，人家都是老公接老婆下班的，怎么到我这儿，就成老婆接老公下班了？”

“行。”沈听南继续说，“那以后我都去接老婆下班。”

两人去餐厅吃饭，点完想吃的菜，温絮又点了酒。

沈听南挑了挑眉：“你确定要喝酒？”

无论是以前还是现在，温絮还是喝不了几杯就会上头。

听出他的言外之意，温絮不服输地说：“我今天是绝对不会醉的。”一定不会！

理想很美好，现实很骨感。

温絮点的酒度数还挺高，没喝多少，脑袋就开始泛迷糊。她戳着面前的饭：“咦，这饭怎么还会动？”

沈听南知道她这是开始上头了，叫来服务员把账结了，又坐到温絮身边，制止她还想端酒杯的手。

“不喝了，我们回家好不好？”他轻声哄着。

大概是他太温柔，温絮呆滞地看了他一秒，便歪着脑袋靠在他怀里：“好，我们回家……”

“要我抱你，还是自己走？”

“我……我自己走。”她还没醉呢，不用抱！

回到家，温絮已经彻底酒精上头，整个人瘫倒在沙发上，眼里泛着迷离的水光。

沈听南把她随意踢掉的高跟鞋收好，便往厨房走。冲了一杯蜂蜜水过来后，他将杯子喂到她嘴边：“喝点。”

温絮乖乖地喝了几口就推开他：“不喝了。”

看着她红扑扑的脸蛋，沈听南忍不住上手捏了一下：“酒量怎么还是这么差啊。”

他声音很小，但温絮还是清晰地听见他说的每个字，皱起眉头反驳：“哪有，已经有进步啦！”

“是吗？”

“嗯！”

沈听南也不和她争：“行。”

“抱你进去睡觉？”

温絮抬起两条白嫩的胳膊，抱住他的脖子：“走吧。”

沈听南把人放在床上，又给她盖好被子，自己去了浴室。

听见潺潺水声，温絮睁开双眸往浴室的方向看，想透过窗户看见点什么，但什么也没看见。

沈听南洗完澡出来，就看见抱着枕头正望着这边的温絮。她头发随意披散着，有几缕发丝没眼力见地翘起，有些凌乱。

“还不睡？”

温絮没应，而是朝他张开手：“抱抱。”

“好。”沈听南抱住她，“抱抱。”

温絮在他脖颈间蹭了蹭：“你好香呀。”

“好想……咬一口。”说完，她也是真的在他脖颈间咬了一下，一个牙齿印赫然浮现。

“嘶——”沈听南吃痛，“你属小狗的？”

温絮又咬了一下：“才不是。”

得，喝醉了还知道反驳他。

沈听南被怀里的人拉了一下，没反应过来，两人跌在床上。

他身子瞬间绷住，神情错愕：“你……干吗？”

温絮笑得眉眼弯弯，妩媚勾人：“老公，我们要个宝宝吧。”

这回，沈听南愣了许久，把她说的话在脑袋里重复无数遍。

“你……认真的？”

“认真的。”

“不后悔？”

“不后悔。”

沈听南盯了她许久，最终还是拉开她的手，小酒鬼的话不可信。

原以为温絮只是酒后随便说说，万万没想到，她竟然是认真的。

在确认了不知道多少遍后，两人终于开始备孕。

但计划赶不上变化，不知道是不是沈听南身体太好了，竟然很快就有了。

温絮捏着验孕棒，迟迟没回过神。

半晌，她的手不自觉地覆在平坦的小腹上，这里竟然有了一个小生命，心中顿时升起一种道不明的情愫。

在门外等候已久的沈听南来回踱步，正准备敲门问问情况时，浴室门开了。

温絮把验孕棒放在他手里，微微颔首，示意他自己看。

沈听南低眸，两条杠。他看过说明书，两条杠就是怀了的意思。

高兴夹杂着担忧的情绪涌上心头，高兴是因为两人有了爱情结晶，担忧是因为听说女人怀孕的时候极其辛苦，一想到自己好生养着的小姑娘要经历这些，他心中不免忧郁。

看他这副表情，温絮有些摸不着头脑：“怎么了这是？到底是笑还是哭啊。”

沈听南微张了张唇瓣，欲言又止。

最后，他抱住她，轻轻地揉了揉她的脑袋，千言万语只化成一句话：“谢谢你老婆。”

温絮蒙了一瞬，回抱住他，那她是不是应该说“不用谢”？

确定有了身孕后，温絮便把这喜讯“昭告天下”。

家长们自然都很高兴，轮番上门看望她，说了一大堆过来人的经验，还带了很多补品。

而徐亦欢则是：“啊？我终于要当干妈啦？”

此后，沈听南把大部分精力都放在了温絮身上。

沈听南在办公室里坐不住，满脑子都是温絮。最后，他还是忍不住从椅子上站了起来。

见他出来，还不知道情况的助理脱口而出：“老板，您又早退啊？”

说完，他恨不得立马捂住自己的嘴巴。他在“胡说八道”些什么，老板的事也是他能过问的？

沈听南倒是不觉得有什么，只是淡淡反问：“又？”

助理没觉得自己说错什么，缓缓点了点头。可不就是早退嘛，这都持续多少天了。

沈听南理了理垂挂在手臂上的西装外套，不紧不慢地解释：“哦，老婆怀孕了，需要有人照顾。”虽然有保姆，但他还是放心不下。

“所以。”沈听南抬起眼皮看他，“这段时间就要辛苦你一点了。”

助理眼睛一亮：“太太有身孕了？！”

他情绪激动，声音也不自觉跟着放大，成功让周围正在勤勤恳恳工作的员工们抬起头，将视线投向他们。

安静了几秒，然后有人带头说了祝福，助理也跟着说了祝福：“放心吧老板，公司的事情您不用操心，安心照顾太太吧！”

“给你加工资。”

“好嘞。”助理应得很快，加工资是他应得的！

不过，他要是知道几个月后沈听南干脆请了长假，就不知道能不能笑得出来了。

大概是知道爸爸很心疼妈妈，温絮肚子里的小宝宝没太闹腾，一直到顺利出生的那天。

是个女孩。

两人之前有商量过给小孩取什么名字，只取了女孩的，叫沈云汀。

孕期的时候，温絮特别喜欢读诗词，这个名字便出自张以宁的《峨眉亭》——秋色淮上来，苍然满云汀。

男孩的名字还没取，不过现在也用不上了。

沈听南一直就很喜欢小女孩，现在真生了个小女孩，自然是欢喜得不行，可以说是含在嘴里怕化了，捧在手里怕摔了。

温絮噘起小嘴，开玩笑：“人家都说女儿是爸爸上辈子的小情人，果然是真的……”

沈听南哑然失笑：“说什么呢。”

他坐在床边，揉捏着温絮的手：“我上辈子、上上辈子都只有一个情人，那就是温絮。”

“油嘴滑舌。”明明是贬义词，但从温絮嘴里说出来就有点像娇嗔。

“这是真的。”

“可是你最近一直都围着小云汀转。”

沈听南手上的动作停下来，盯了她几秒：“我们絮絮怎么还吃小云汀的醋呀。”

温絮“嗯”了一声：“是有一点。”

沈听南嘴边漾着笑意：“是我偏心了，保证没有下次。”

“好。”其实沈听南也没有多偏心，就是她想闹一下他罢了。

小孩子长大的速度飞快，一转眼，小云汀就五岁了。

这天，温絮和徐亦欢一起去接他们放学。

大老远就看见两个颜值颇高的小朋友站在一起。

沈云汀将手里的棒棒糖递过去：“嘉礼哥哥，吃糖，这是我爸爸给我买的，可好吃了。”

江嘉礼接过，撕掉糖果的包装纸，喂到她嘴边：“张嘴。”

沈云汀乖乖地张嘴，江嘉礼又从她手里拿过另一根棒棒糖，送到自己嘴里。

“怎么样，是不是很好吃？”沈云汀小脸上写满期待。

“好吃。”

沈云汀高兴地拉着他的手轻晃：“那我明天再带过来给你吃。”

“好。”

见自家儿子这个样子，徐亦欢连着“啧啧”两声。这孩子也不知道随了谁，小小年纪竟如此有霸总风范。不得了，真的不得了。

不过，这画面出奇的甜蜜。

她扭头看向温絮，发现她脸上也挂着笑，用手肘顶了顶她：“欸，我有个想法，你想不想听？”

温絮挑眉：“正好，我也有个想法。”

两人相视一笑：“考验咱俩默契程度的时候到了。”

下一秒，两人异口同声：“给他们定个娃娃亲！”

说完，两人没绷住，低笑出声。

徐亦欢：“可以啊，这么多年过去，咱俩默契依旧啊。”

温絮：“那可不。”

于是，两人就这么愉快地决定了

两人走近，沈云汀注意到她们，顿时眼睛一亮，朝温絮扑过去：“妈妈！”抱完温絮，她又往徐亦欢怀里扑，“干妈！”

她声音软绵绵的，徐亦欢心软得一塌糊涂。

她蹲下身子：“欸，小云汀，干妈抱抱。”

江嘉礼跟在后面，悠悠地走过来。徐亦欢偏头看他：“儿子，来，过来让妈妈抱一下。”

江嘉礼略显高冷：“不要。”

惨遭拒绝的徐亦欢重新抱住沈云汀：“还是我们汀汀可爱。”

在幼儿园磨蹭了一会，几人终于各自回家了。

当晚，温絮便把自己的想法说给了沈听南听。

沈听南眉头越皱越紧，他就上了个班，自己宝贝女儿就被卖出去了？

“你就这样给小云汀和江嘉礼那小子定娃娃亲了？！”他语气略显激动。

“对呀。”温絮说。

一时间，沈听南不知道该说些什么。

再怎么说，江之淮以前也算是他的情敌，现在，自己的宝贝女儿竟然和他儿子定了娃娃亲，心里总有种说不出来的滋味。

还有就是——他不放心，真的不放心！

温絮不知道他心里的想法，给他顺毛：“放心好了，只是口头上说说。

要是他们长大以后对对方都没有那个心思，也可以不作数的。”

闻言，沈听南抬眸：“真的？”

温絮点头：“真的。”

沈听南翻身下床：“我去看看小云汀睡着没有。”

温絮记得沈听南刚刚才把小云汀哄睡着，心里觉得有些奇怪，便跟了上去。

然后，她就看到沈听南坐在床边，对着已经睡着的沈云汀说：“小云汀呀，咱以后离江嘉礼那小子远点，不跟他玩最好。”

第二天。

沈听南亲自去幼儿园接沈云汀，还是提前到的。

沈云汀还没和江嘉礼说几句话，就被沈听南喊了过去。

“爸爸，干妈还没有来接嘉礼哥哥，我们等等好吗？”

她说话的时候，视线还时不时在江嘉礼身上流连。

沈听南唇线绷直，瞟了江嘉礼一眼：“你干妈一会儿就来了，嘉礼哥哥在幼儿园有老师看着，丢不了。咱们先回家好不好，妈妈可想你了。”

沈云汀思考了一会儿，最终还是在沈听南的注视下点了头。

路上，沈听南试图给沈云汀洗脑：“小云汀呀，爸爸跟你说，那些长得好看的男孩子，多半不靠谱。”

沈云汀嘴里咬着棒棒糖，思考着沈听南说的话，长得好看的男孩子不靠谱……

嘉礼哥哥长得好看，所以，嘉礼哥哥不靠谱？不过很快她就否定了这个想法。

“长得好看的男孩子还很容易招蜂引蝶，总而言之，别和他们走太近。”沈听南趁热打铁。

下一秒就听到小云汀说：“那爸爸也是吗？”

“嗯？”

“爸爸也长得好看，也招蜂引蝶吗？”

“爸爸和他们不一样！”

沈云汀似懂非懂地点头：“哦……反正嘉礼哥哥没有招蜂引蝶。”

行吧。

话术传达失败，不过后来沈听南也慢慢接受了。